Arena-Taschenbuch
AB 16

Jules Verne

Zwei Jahre Ferien

Gefährliche Erlebnisse auf einer
einsamen Insel im Pazifik

Bearbeitet von
Dr. Heinrich Pleticha

Arena

2. Auflage als Arena-Taschenbuch 1980

Originaltitel: »Deux ans de vacances«
Bearbeitet von Dr. Heinrich Pleticha

Reihengestaltung: Peter Frohne
Umschlag: Frantisek Chochola
Gesamtherstellung: Richterdruck Würzburg
ISBN 3 401 00216 3

Inhalt

7 Der Sturm
15 In der Brandung
24 Die Nacht des 15. Februar
32 Insel oder Festland?
48 Ist es das Meer?
64 Menschliche Spuren
71 Das Geheimnis der Höhle
78 Das Floß
93 Ein verdächtiges Geräusch
111 Die große Erkundung
125 Jacques' Geheimnis
144 Das neue Oberhaupt
162 Getrennte Lager
174 Verbrecher auf der Insel
195 Ein gefährlicher Versuch
207 Evans' Flucht
223 Gewalt oder List?
234 Der letzte Kampf
243 Gerettet!

Der Sturm

In der Nacht des 9. März 1860 jagte ein schwerer Sturm über den Pazifischen Ozean. Die mit dem Meer fast zusammenfließenden Wolken verhinderten jede Sicht. Von den aufgewühlten Wogen getragen, flog ein leichtes Fahrzeug fast segellos dahin. Es war eine Jacht von etwa hundert Tonnen, ein »Schooner«, wie man ihn damals in England und Amerika nannte. Seinen Namen »Sloughi« hätte man vergebens am Heck des Schiffes gesucht, denn die Tafelplanke war durch den Anprall der Wogen oder durch einen Zusammenstoß zum größten Teil abgesprengt worden.

Auf dem Hinterdeck der »Sloughi« standen drei weiße Jungen – der eine mochte vierzehn, die beiden anderen dreizehn Jahre alt sein – und ein zwölfjähriger Schiffsjunge, ein Neger. Mit vereinten Kräften hielten sie das Steuerrad, um den seitwärts anstürmenden Wellen, die den Schoner querzulegen drohten, Widerstand zu leisten. Es war ein hartes Stück Arbeit, denn das sich immer wieder drehende Rad konnte sie jeden Augenblick über das Schanzkleid schleudern. Kurz vor Mitternacht brach auch einmal eine solche Wassermenge über die Jacht herein, daß es geradezu ein Wunder zu nennen war, daß das Steuer standhielt. Die Jungen wurden zwar von dem Stoß umgeworfen, erhoben sich aber gleich wieder.

»Gehorcht es noch dem Steuer, Briant?« fragte der eine Junge.

»Ja, Gordon«, antwortete Briant, der seinen Platz schon wieder eingenommen und offenbar seine Kaltblütigkeit

bewahrt hatte. Dann wandte er sich an den dritten. »Festhalten, Doniphan!« rief er – und fragte dann den Schiffsjungen: »Du bist doch nicht verletzt, Moko?«
»Nein, Herr Briant«, erklärte der Gefragte. »Doch achten Sie darauf, die Jacht gerade gegegen die Wellen zu halten, sonst laufen wir Gefahr zu sinken.«
In diesem Augenblick wurde die Tür der nach dem Salon des Schoners hinabführenden Treppe hastig geöffnet.
»Briant! Briant!« rief ein Junge von neun Jahren. »Was ist geschehen?«
»Nichts, Iverson, gar nichts«, erwiderte Briant. »Geh mit Dole wieder hinunter, aber schnell!«
»Wir fürchten uns so sehr!« ließ sich der zweite, noch etwas jüngere Knabe vernehmen.
»Und die anderen?« fragte Doniphan.
»Die anderen auch!« versicherte Dole.
»Nun geht nur alle hinunter«, mahnte Briant. »Schließt euch fest ein und sucht euere Lagerstätten auf. Gefahr ist nicht vorhanden.«
»Achtung! Wieder eine große Welle!« rief in diesem Augenblick Moko. Ein gewaltiger Aufprall erschütterte das Hinterteil der Jacht. Diesmal schlug die See glücklicherweise nicht über, denn wenn das Wasser in größerer Menge durch die Treppentür gedrungen wäre, hätte sich die schwer belastete Jacht bei dem starken Seegang kaum wieder aufrichten können.
»Macht doch, daß ihr hinunterkommt«, rief Gordon. »Hinunter, oder ihr bekommt es mit mir zu tun.« Die beiden Köpfe verschwanden gerade in dem Augenblick, in dem ein anderer am Treppenausgang erscheinender Knabe fragte: »Brauchst du uns nicht, Briant?«
»Nein, Baxter«, antwortete dieser. »Du mußt mit Cross, Webb, Service und Wilcox bei den Kleinen bleiben. Wir vier sind genug.«
Baxter schloß wieder sorgfältig die Tür.
»Die anderen fürchten sich auch!« hatte Dole gesagt. Aber befanden sich denn nur Jungen auf diesem vom Sturm

verschlagenen Schoner? Ja, fünfzehn, unter Einrechnung Gordons, Briants, Doniphans und des Schiffsjungen. Und kein erwachsener Mann? Kein Kapitän, um das Schiff zu führen? Kein Seemann zur Bedienung des Segelwerkes und der Takelage? Kein Steuermann, um bei diesem Sturm das Steuer zu handhaben?

Was mochte hier vorgegangen sein? War die Besatzung des Schiffes durch einen Unfall verunglückt? Hatten Seeräuber sie entführt und an Bord die jungen Passagiere, deren ältester kaum vierzehn Jahre zählte, ihrem Schicksal überlassen? Eine Jacht von hundert Tonnen erfordert mindestens einen Kapitän, einen Obersteuermann und fünf bis sechs Leute. Und von diesem zur Führung des Schiffes unentbehrlichen Personal war ein Schiffsjunge allein übrig!

Woher endlich kam dieser Schoner, der mitten im Pazifischen Ozean dahintrieb, aus welchem australischen Gebiet oder welchem ozeanischen Archipel? Und wohin war er bestimmt? Auf diese Frage, die jeder Schiffer gestellt haben würde, wenn ihm die »Sloughi« in diesen einsamen Meeresteilen begegnet wäre, hätten die Jungen wohl kaum eine Antwort geben können. Es war jedoch weder ein Segel in Sicht noch irgendein Überseedampfer, doch hätte sich auch eines dieser Fahrzeuge in der Gegend gezeigt, so würde es doch nicht in der Lage gewesen sein, der von der rollenden See gleich einem Spielball umhergeworfenen Jacht Hilfe zu leisten.

Inzwischen wachten Briant und seine Gefährten so gut sie konnten darüber, daß der Schoner nicht nach der einen oder der anderen Seite abgedrängt wurde.

»Was tun wir nun?« fragte da Doniphan.

»Alles, was uns mit Gottes Hilfe möglich sein wird, uns zu retten«, antwortete Briant.

Der Sturm verdoppelte jetzt seine Gewalt, und wiederum schien es, als müsse die »Sloughi« bei dem schauerlichen Unwetter in Trümmer gehen. Achtundvierzig Stunden trieb sie jetzt schon dahin, der Großmast war längst vier

Fuß über den Deckbalken abgebrochen, der seiner Oberbramstenge beraubte Fockmast stand zwar vorläufig noch fest, doch war jede Minute zu befürchten, daß er, wenn die Wanten rissen, auf das Deck herabstürzen würde. Nur das Focksegel war übriggeblieben, aber es drohte ebenfalls zu zerreißen, da die Jungen nicht Kraft genug hatten, durch ein eingezogenes Reff seine Oberfläche zu verkleinern.
Und bisher war keine Insel entdeckt worden, keine Linie festen Landes aufgetaucht! Sich mit einem Schiff auf den Strand zu setzen, ist ein entsetzliches Rettungsmittel, und doch würden diese Jungen es weniger gefürchtet haben als das Wüten des grenzenlosen Meeres. Jedes Ufer hätten sie trotz Untiefen oder Klippen, trotz des stürmenden Wogenschwalles und der Brandung, die unaufhörlich gegen die Felsmauern donnert, als winkende Rettung begrüßt. Auch nach einem Licht, auf das sie hätten zusteuern können, spähten sie vergebens.
»Der Fockmast ist gebrochen!« rief plötzlich Doniphan.
»Nein, nur das Segeltuch hat sich von den Tauen losgerissen«, erklärte der Schiffsjunge.
»Wir müssen es sofort abnehmen«, meinte Briant. »Gordon, bleib du mit Doniphan am Steuerrad, und du, Moko, hilfst mir!«
Briant und der Schiffsjunge eilten rasch nach dem Vorderteil der Jacht. Sie mußten sie von dem Focksegel befreien, um eine Drehung zu verhüten. Unter diesen schwierigen Umständen bewiesen Briant und Moko eine wirklich erstaunliche Geschicklichkeit. Um die »Sloughi« während der Dauer des Sturmes vor dem Wind zu halten, bemühten sie sich, das Hißtau der Rahe zu lösen, die sich bis auf etwa vier Fuß über dem Deck herabsenkte. Nachdem sie einzelne Fetzen des Focksegels mit dem Messer abgetrennt hatten, befestigten sie dessen untere Ecken an den Pflöcken des Schanzkleides. Dabei kamen die zwei mutigen Jungen freilich zwanzigmal in Gefahr, von Sturzseen weggespült zu werden. Unter der bis aufs

äußerste verminderten Segelfläche konnte dem Schoner nun wenigstens die Richtung gesichert werden, die er jetzt schon lange Zeit einhielt. Schon der Druck des Windes an seinem Rumpf allein genügte übrigens, um ihn mit unheimlicher Schnelligkeit dahinzujagen. Das war aber sehr wichtig, weil es darauf ankam, schneller als die nachrollenden Wogen fortzutreiben, um von zu schweren Sturzseen frei zu bleiben.

Briant und Moko kehrten wieder zu Gordon und Doniphan zurück, um diese beim Steuern zu unterstützen. In diesem Augenblick öffnete sich die Tür der Treppenkappe zum zweitenmal, und ein Junge steckte den Kopf heraus. Es war Jacques, der um drei Jahre jüngere Bruder Briants.

»Was willst du, Jacques?« fragte ihn sein Bruder.

»Komm! Komm schnell!« erwiderte Jacques. »Im Salon steht Wasser!«

»Ist das möglich?« rief Briant erschrocken. Eilig lief er nach der Kappe und sprang die Treppe hinunter. Eine Hängelampe erleuchtete notdürftig den Salon. Bei ihrem Schein erblickte man etwa zehn Jungen auf den Polsterbänken oder den Lagerstätten der »Sloughi«. Die kleinsten von ihnen – es waren solche von acht bis neun Jahren darunter – hatten sich in ihrer Todesangst dicht aneinander gedrängt.

»Es ist keine Gefahr vorhanden!« rief ihnen Briant zu, der sie zunächst beruhigen wollte. Dann leuchtete er mit einer Signallaterne auf den Fußboden, mußte sich aber überzeugen, daß tatsächlich Wasser von der einen Seite zur anderen flutete. Jetzt galt es festzustellen, woher es kam, und ob es wohl gar durch einen Sprung in der Seitenwand eingedrungen war. Vor dem Salon lagen das große Zimmer und der Speisesaal, und darüber das Wachhaus der Mannschaft. Briant durchsuchte alle diese Räume und erkannte, daß das Wasser weder ober- noch unterhalb der Schwimmlinie eingedrungen sein konnte. Es mußte durch das Aufbäumen der Jacht hereingeschleudert worden sein, und vielleicht durch die zur Mannschaftswohnung führenden Treppenkappe Eingang nach dem Innern gefunden haben. Von dieser Seite drohte also weiter keine Gefahr. Briant beruhigte daher seine Leidensgefährten und nahm mit größter Zuversicht seinen Platz am Steuerrad wieder ein.

Es war jetzt ein Uhr nachts, und während schwere Wolken die Dunkelheit noch verschlimmerten, entfesselte sich der Orkan zur schlimmsten Wut. Die Jacht flog dahin, als wäre sie völlig in Wasser eingetaucht. Eine Stunde später hörte man an Bord wieder etwas zerreißen. Der Rest des Focksegels war in Stücke gegangen, und die Leinwandfetzen flatterten gleich riesigen Möwen durch die Luft davon.

»Nun haben wir kein Segel mehr«, rief Doniphan, »und ein anderes zu setzen ist unmöglich!«

»Tut nichts!« antwortete Briant. »Verlaß dich darauf, daß wir doch noch ebensoschnell vorwärtskommen.«

»Achtung auf die Wellen von rückwärts!« unterbrach ihn Moko. »Festhalten, oder wir werden weggeschwemmt...«

Er hatte den Satz kaum beendet, als eine riesige Welle über sie hereinstürzte. Briant, Doniphan und Gordon wurden gegen die Treppenkappe geschleudert, wo sie sich zum Glück noch anklammern konnten. Der Schiffsjunge verschwand mit den Wassermassen, die sich in brodelndem Schwall von hinten nach vorne über die »Sloughi« ergossen und dabei einen Teil des Mastwerkes und das Kompaßhäuschen mit fortrissen.

»Moko! Moko! rief Briant, sobald er wieder ein Wort sprechen konnte.

»Ist er ins Meer geschleudert worden?« fragte Doniphan.

»Nein, aber man sieht und hört nichts von ihm«, erklärte Gordon, der sich über die Reling hinausgebeugt hatte.

»Wir müssen ihn retten!« antwortete Briant. Und mit lauter Stimme rief er noch einmal: »Moko, Moko!«

»Hierher! Zu Hilfe!« erklang die Antwort des kleinen Negers. »Seine Stimme kommt vom Vorderteil des Schoners her«, sagte Gordon.

»Ich werde ihn retten!« rief Briant. Schon tastete er sich über das Deck hin, sich festklammernd, um bei den Bewegungen des Schiffes auf dem schlüpfrigen Verdeck nicht umgeworfen zu werden. Noch einmal hörte er die Stimme des Jungen, dann war alles still. Mit größter Anstrengung erreichte Briant die Treppenkappe des Mannschaftsraumes und rief nochmals, aber er erhielt keine Antwort. Doch in diesem Augenblick drang ein schwacher Hilferuf vom Gangspill her zu ihm. Und dort fand er auch den Schiffsjungen, der am Schanzkleid eingeklemmt war. Ein Hißtau, das er mit aller Kraft von sich abzudrängen suchte, schnürte ihm den Hals zu. Briant riß ein Messer heraus und durchschnitt das Tau. Dann führte er Moko zurück.

»Danke, Herr Briant, danke!« sagte dieser, sobald er die Sprache wiedererlangt hatte. Dann nahm er seinen Platz am Steuerrad wieder ein, und alle vier banden sich fest, um gegen die Wasserberge, die sich hinter der »Sloughi« auftürmten, gesichert zu sein.

Auf der südlichen Halbkugel der Erde entspricht der März dem Monat September auf der nördlichen, und die Nächte sind noch nicht zu lang. Da es jetzt vier Uhr morgens war, konnte es nicht mehr lange dauern, bis der Horizont im Osten, also in der Richtung, nach der die »Sloughi« getrieben wurde, sich aufhellen mußte. Vielleicht würde die Gewalt des Sturmes mit dem anbrechenden Tage etwas abnehmen, vielleicht auch Land in Sicht kommen und das Los der Jungen sich dann in wenigen Minuten entscheiden.

Gegen einhalb fünf Uhr glitt ein schwacher Lichtschein bis zum Zenit empor, aber unglücklicherweise beschränkte der Dunst in der Luft den Gesichtskreis auf kaum eine Viertelmeile. Der Orkan hatte nichts an Kraft verloren, und weit hinaus verschwand das Meer unter dem Schaum der sich überstürzenden Wogenkämme. Die vier Jungen beobachteten unverwandt das Chaos der durcheinanderwirbelnden Fluten. Sie ahnten wohl, daß ihre Lage immer

verzweifelter werden mußte, wenn sich das Meer nicht bald beruhigte, denn die »Sloughi« konnte keine vierundzwanzig Stunden mehr dem Anprall der Wogen Widerstand leisten.
Da ertönte aufs neue Mokos Stimme: »Land«, rief er jubelnd, »Land!« Er wies dabei nach einem Punkt am Horizont, den aber schon wieder der Nebel verhüllte.
»Bist du deiner Sache sicher?« fragte Doniphan.
»Ja, ganz sicher«, behauptete der kleine Neger. »Wenn der Nebel wieder einmal zerreißt, so seht nur scharf dorthin, etwas rechts vom Fockmast! Da! Achtung... da unten!«
Die sich eben öffnenden Nebelmassen lösten sich allmählich von der Meeresfläche, und ein paar Augenblicke später war der Ozean auf die Strecke von mehreren Seemeilen vor der Jacht klar zu übersehen.
»Ja, Land! Das ist Land!« rief Briant. Jetzt konnte kein Zweifel mehr aufkommen. Auf einer breiten Strecke des Horizonts zeichnete sich Festland oder eine Insel in deutlicher Linie ab. Das Land mochte etwa fünf bis sechs Seemeilen von hier entfernt sein, und die »Sloughi« mußte binnen einer Stunde unbedingt auf dasselbe geworfen werden. Freilich war dabei zu befürchten, daß sie zertrümmert würde, doch daran dachten die Jungen gar nicht. In dem Land, das sich so unerwartet ihren Blicken darbot, sahen sie nur das Heil, die winkende Rettung. In diesem Augenblick begann der Wind wieder stärker zu wehen. Wie eine Feder dahingetragen, stürmte die »Sloughi« auf die Küste zu, die sich scharf wie ein schwarzer Strich vom weißlichen Grund des Himmels abhob.
Während Doniphan, Gordon und Moko am Steuer blieben, kämpfte sich Briant auf das Vorderdeck durch und beobachtete das sich rasch nähernde Land. Vergebens suchte er aber eine Stelle, wo sie hätten anlaufen können. Doch es zeigte sich weder die Mündung eines Flusses, noch selbst ein flach ins Meer abfallender sandiger Strand, auf dem man mit einem Stoß festfahren konnte. Vor dem

Strand streckte eine Reihe von Klippen ihre schwärzlichen Häupter aus den Wogenmassen. Hier mußte die »Sloughi« beim ersten Stoß in Stücke gehen. Briant sagte sich, daß es besser sei, im Augenblick des Strandens alle seine Kameraden auf dem Deck zu haben. Er öffnete also die Tür der Kappe und rief hinunter: »Alle herauf!«
Sofort kam ein Hund herausgesprungen und ihm folgten zehn Jungen, die sich nach der Steuerbordseite des Schoners drängten. Kurz vor sechs Uhr morgens kam die »Sloughi« bis an den Rand des Klippengürtels heran.
»Jetzt festhalten!« rief Briant.
Da spürten sie schon den ersten Stoß. Die »Sloughi« schlug auf einen Felsen, aber trotz der gewaltigen Erschütterung des ganzen Schiffsrumpfes drang doch kein Wasser durch seine Plankenwand. Von einer zweiten Welle gehoben, wurde sie noch gegen fünfzig Fuß weitergetragen, diesmal ohne die Klippen zu streifen, die an unzähligen Stellen emporstarrten. Dann blieb die Jacht, nach Backbord geneigt, inmitten der kochenden Brandung eine Viertelseemeile vom Strand entfernt liegen.

In der Brandung

Die Wolken flogen noch immer mit rasender Schnelligkeit am Himmel dahin, der Sturm hatte noch immer nicht ausgewütet. Die Lage der »Sloughi« war jetzt nicht minder beängstigend als in der Nacht. Die Jungen mußten sich verloren glauben, wenn die Wogen über das Schanzkleid schlugen und sie alle mit Schaum bedeckten. Die Stöße waren jetzt um so härter, da der Schoner ihnen nicht mehr frei nachgeben konnte. Er erzitterte bei jedem Anprall bis in alle Rippen. Briant und Gordon gingen in die unteren Räume und überzeugten sich wenigstens, daß noch kein Wasser in den Rumpf eindrang. Sie beruhigten die Kameraden, besonders die Kleinsten unter ihnen.

»Habt nur keine Angst!« wiederholte Briant immer wieder. »Die Jacht ist fest gebaut und der Strand nicht mehr fern! Wartet nur, wir werden den Strand schon erreichen!«
»Und warum sollen wir warten?« fragte Doniphan.
»Ja, warum denn?« setzte ein anderer zwölfjähriger Junge namens Wilcox hinzu. »Doniphan hat recht. Warum denn warten?«
»Weil der Seegang noch zu schwer ist und uns auf die Felsen schleudern würde«, erwiderte Briant.
»Und wenn die Jacht nun in Stücke geht?« rief ein dritter Junge.
»Ich glaube nicht, daß das zu befürchten ist«, antwortete Briant, »mindestens nicht mehr, wenn die Ebbe eintritt. Sobald das Wasser sich so weit zurückgezogen hat, wie der Sturm das zuläßt, werden wir an unsere Rettung gehen.«
Briant hatte völlig recht. Obwohl die Gezeiten im Stillen Ozean verhältnismäßig schwach auftreten, so können sie doch zwischen Flut und Ebbe eine nicht unbeträchtliche Verschiedenheit des Wasserstandes hervorbringen. Es war also von Vorteil, einige Stunden zu warten, besonders wenn dann auch der Wind abflaute. So vernünftig der Rat auch erschien, so zeigten sich Doniphan und zwei oder drei andere doch gar nicht geneigt, ihm Folge zu leisten. Sie traten auf dem Vorderdeck zusammen und sprachen gedämpften Tones miteinander. Es trat schon klar zutage, daß Doniphan, Wilcox, Webb und Cross keine Lust hatten, Briant zu gehorchen.
Sie betrachteten das schäumende, von Wirbeln aufgeregte und von der Strömung hingerissene Wasser, das freilich schwer zu überwinden schien. Der geübteste Schwimmer hätte der Brandung des zurücksinkenden Meeres, die der Sturm von rückwärts packte, nicht zu widerstehen vermocht. Der Ratschlag, einige Stunden zu warten, rechtfertigte sich also von selbst. Doniphan und seine Kameraden mußten das endlich einsehen und kehrten wieder

nach dem Hinterdeck zurück, wo die Kleinen standen und warteten. Da sagte Briant zu Gordon und den Umstehenden: »Wir dürfen uns auf keinen Fall trennen. Wir müssen zusammenbleiben, oder wir sind verloren!«
»Du nimmst dir doch nicht etwa heraus, uns Vorschriften machen zu wollen?« rief Doniphan, der die Worte verstanden hatte.
»Ich nehme mir gar nichts heraus«, antwortete Briant, »und verlange nichts, als daß wir zum Heil aller vereinigt handeln.«
»Briant hat recht«, erklärte Gordon, ein ernster, schweigsamer Junge, der nie sprach, ohne seine Worte reiflich erwogen zu haben. Doniphan erwiderte nichts mehr; doch er und seine Freunde hielten sich abseits in Erwartung der Stunde, in der man die Rettung beginnen sollte.
Doch welches Land lag eigentlich vor ihnen? Gehört es zu einer der Inseln des Stillen Ozeans oder zu einem Festland? Diese Frage mochte vorläufig offenbleiben, da die »Sloughi« sich viel zu nahe am Ufer befand, als daß man einen weiteren Gesichtskreis überblicken konnte. Vergebens suchte Briant mit einem Fernrohr zu erkennen, ob das Meer jenseits der Vorberge an die Uferlinien einer Insel brandete. In diesem Fall entstand die ernste Frage, wie man die Insel wieder verlassen könne, wenn es sich als unmöglich erwies, den Schoner wieder flottzumachen, den die nächste Flut wahrscheinlich elend zertrümmern würde. Und wenn diese Insel unbewohnt war, wie sollten die auf sich selbst angewiesenen Jungen, die nichts besaßen, als was die Jacht an Vorräten barg, sich die notwendigsten Dinge zum Leben verschaffen? Auf festem Land schien die Aussicht auf Rettung wesentlich besser zu sein. Denn das Festland mußte Südamerika sein, und hier konnten sie doch in wenigen Tagen Hilfe erwarten.
Die Witterung war jetzt klar genug, um alle Einzelheiten deutlich erkennen zu lassen, und man unterschied das Vorland des Strandes und das hohe, den Hintergrund einrahmende Ufer mit verschiedenen Baumgruppen. Briant

erkannte sogar die Mündung eines Flüßchens rechts am Ufer. Bewohnt schien der sichtbare Teil des Ufers aber nicht zu sein. Wenigstens bemerkte man hier kein Haus und keine Hütte.

»Ich kann nicht den geringsten Rauch entdecken«, sagte Briant, als er das Fernrohr sinken ließ.

»Und am Strand befindet sich kein einziges Boot«, bemerkte Moko.

Inzwischen sank das Wasser mit der Ebbe langsam weiter zurück. Jetzt galt es also, sich bereit zu halten für den Augenblick, wo die Klippenreihe einen Übergang gestatten würde. Es war nun gegen sieben Uhr. Jeder beschäftigte sich damit, die für den ersten Bedarf notwendigsten Gegenstände auf das Deck zu schaffen. Die Großen wie die Kleinen legten hierbei Hand an. An Bord befand sich ein großer Vorrat an Konserven, Zwieback, an gepökeltem und geräuchertem Fleisch. Diese Nahrungsmittel wurden zu handlichen Ballen verpackt und sollten, unter die Größeren verteilt, von ihnen an Land geschafft werden. Briant und Gordon beobachteten unablässig und aufmerksam das Meer. Die Luft wurde jetzt merklich ruhiger, und die Gewalt der Brandung begann ebenfalls nachzulassen. Der Schoner selbst neigte sich immer weiter nach Backbord. Es war sogar zu befürchten, daß diese Neigung noch weiter zunehmen und er sich ganz auf die Seite legen würde. Wenn das Wasser dann das Vorderdeck des Fahrzeuges eher erreichte, als man es verlassen konnte, mußte die Situation äußerst bedrohlich werden.

Wie beklagenswert erschien es nun, daß die Rettungsboote vom Sturm weggerissen worden waren. Sie hätten ausgereicht, die ganze Gesellschaft aufzunehmen, und die jungen Leute wären jetzt schon in der Lage gewesen, die Landung zu versuchen. Wenn die »Sloughi« schon in der nächstfolgenden Nacht vielleicht in Stücke ging, was waren dann ihre Wracktrümmer wert, wenn man die vielen nützlichen Gegenstände an Bord zurücklassen mußte? Sahen sich die jungen Schiffbrüchigen nicht in kürzester

Zeit allein auf die Hilfsquellen angewiesen, die ihnen dieses Land bot?
Plötzlich ertönte vom Vorderdeck ein lauter Aufschrei. Baxter hatte eine jetzt hochwichtige Entdeckung gemacht. Die für verloren gehaltene Jolle hatte sich unter dem Knie des Bugspriets in den Ketten gefangen. Diese Jolle konnte freilich nur fünf bis sechs Personen aufnehmen, doch da sie unbeschädigt war, erschien es nicht unmöglich, sie für die Überfahrt durch die Klippenreihe zu benützen. Dazu mußte man natürlich den niedrigsten Stand der Ebbe abwarten, und es kam wieder zu einer lebhaften Auseinandersetzung zwischen Briant und Doniphan. Doniphan, Wilcox, Webb und Cross, die sich der Jolle bemächtigt hatten, gingen nämlich schon daran, sie wieder über Bord zu befördern, als Briant auf sie zutrat. »Was habt ihr vor?« fragte er.
»Was uns paßt!« antwortete Wilcox.
»Ihr wollt dieses kleine Fahrzeug besteigen?«
»Ja«, erwiderte Doniphan, »und du wirst uns nicht davon abhalten.«
»Das werde ich doch tun, ich und alle die übrigen, die du verlassen willst.«
»Verlassen? Wer sagt dir das?« antwortete Doniphan hochmütig. »Ich will niemand verlassen, verstehst du? Wenn wir erst am Strand sind, wird einer die Jolle zurückrudern.«
»Und wenn er nicht zurückkehren kann«, rief Briant, der sich nur mit Mühe beherrschte, »wenn sie zwischen den Felsen leck würde?«
»Einsteigen! Zum Einsteigen fertig!« unterbrach ihn Webb, der Briant zurückdrängte. Von Wilcox und Cross unterstützt, hob er schon das leichte Fahrzeug auf, um es ins Wasser zu bringen.
Briant packte es an dem einen Ende. »Ihr werdet nicht einsteigen!« rief er.
»Das wollen wir doch sehen!« antwortete Doniphan.
»Ich sage euch, ihr steigt nicht ein!« wiederholte Briant,

entschlossen, im allgemeinen Interesse Widerstand zu leisten. »Die Jolle muß zunächst für die Kleinsten zurückbehalten werden.«
»Laß uns in Ruhe!« schrie Doniphan aufbrausend. »Ich erkläre dir nochmals, du wirst uns nicht hindern.«
»Und ich wiederhole dir«, herrschte ihn Briant ebenso laut an, »daß ich euch doch hindern werde!«
Die beiden Jungen waren schon bereit, aufeinander loszustürzen, und der Streit hätte die schlimmsten Folgen haben können, als Gordon sich ins Mittel legte. »Halt, Doniphan!« rief er. »Etwas Geduld! Du siehst doch, daß der Seegang noch stark ist und wir Gefahr laufen, unsere Jolle ganz einzubüßen.«
»Ich dulde es nicht, daß Briant uns etwas vorschreibt, wie er sich das seit einiger Zeit angewöhnt hat«, erwiderte Doniphan heftig.
»Es fällt mir gar nicht ein, irgend etwas vorzuschreiben«, antwortete Briant. »Ich werde aber niemandem gestatten, gegen unsere Interessen zu handeln.«
»Das liegt uns ebensosehr am Herzen wie dir«, rief Doniphan, »und jetzt wo wir auf dem Land sind...«
»Leider noch nicht«, fiel ihm Gordon ins Wort. »Wir müssen noch einen günstigen Augenblick abwarten, in dem wir die Jolle verwenden können.«
Gordon war zu sehr gelegener Zeit als Vermittler zwischen Briant und Doniphan getreten, und die Kameraden fügten sich seinen Vorstellungen. Der Wasserstand hatte jetzt um zwei Fuß abgenommen, und es entstand die Frage, ob sich zwischen den Klippen vielleicht eine Art Kanal hinziehe. Da Briant glaubte, von der Höhe des Fockmastes aus den Klippengürtel besser übersehen zu können, ging er nach dem Vorderdeck und kletterte an den Tauen der Bramstenge hinauf. Quer durch die Klippenbank zeigte sich deutlich eine Durchfahrt, deren Richtung durch viele sie auf beiden Seiten begrenzende Felsblöcke angedeutet war, und der man folgen mußte, wenn man mit Hilfe der Jolle nach dem Strande gelangen

wollte. Augenblicklich freilich brodelte und wirbelte die Brandung hierzu noch viel zu heftig. Unfehlbar wäre die Jolle auf eine Felsspitze geworfen und schwer beschädigt, wenn nicht vernichtet worden. Es empfahl sich also, noch so lange zu warten, bis das sinkende Meer hier eine gefahrlose Durchfahrt zuließ. Briant stieg wieder hinunter und berichtete seinen Gefährten, was er gesehen hatte. Gordon erkundigte sich: »Als die ›Sloughi‹ strandete, war es da nicht gegen sechs Uhr früh?«
»Ja«, antwortete Briant.
»Und wie lange dauert es bis zum niedrigsten Wasserstande?«
»Ich glaube, fünf Stunden. Nicht wahr, Moko?«
»Ja, zwischen fünf und sechs Stunden«, erklärte der Schiffsjunge.
»Das träfe also gegen elf Uhr ein«, fuhr Gordon fort. »Dann wäre der günstigste Zeitpunkt zu dem Versuche, die Küste zu erreichen.«
»So hatte ich auch berechnet«, bemerkte Briant.
»Nun wohl«, nahm Gordon wieder das Wort. »Wir wollen uns für diese Zeit bereit halten und inzwischen etwas essen.« Ein guter Rat, wie er von diesem vernünftigen Jungen zu erwarten war! Sie gingen also daran, aus Konserven und Zwieback ein Frühstück zu bereiten. Briant sorgte dabei für die Kleinen. Jenkins, Iverson, Dole und Costar begannen sich bei der glücklichen Sorglosigkeit ihres Alters schon wieder völlig zu beruhigen und aßen ohne jede Rücksicht darauf los, denn sie hatten seit vierundzwanzig Stunden nichts über die Lippen gebracht. Nach dem Frühstück ging Briant wieder zum Vorderteil des Schoners und beobachtete die Klippen.
Inzwischen war es dreiviertel elf Uhr geworden, und innerhalb von fünfundvierzig Minuten mußte die Ebbe den tiefsten Stand erreicht haben. Am Steven der »Sloughi« maß man nur noch vier bis fünf Fuß Wasser, es schien aber nicht, als ob der Wasserstand sich noch weiter verringern würde. Die Schwierigkeit lag nun darin, über die

tieferen Stellen zwischen dem Schiff und dem Strand glücklich hinweg zu kommen. Briant überlegte, wenn es ihm gelang, in dieser Richtung ein Tau auszulegen und es an einem Felsen zu befestigen, so mußte dieses Tau es ermöglichen, eine Stelle zu erreichen, wo man gut Grund fand. Holte man dann an dem Kabel die Ballen mit Mundvorräten und Werkzeug herüber, so würden diese voraussichtlich unbeschädigt an Land gelangen. Wie gefährlich dieser Versuch auch sein mochte, so wollte Briant ihn doch selbst unternehmen, und er traf seine Vorbereitungen. An Bord befanden sich mehrere schwächere Taue von etwa hundert Fuß Länge, von denen er eines auswählte und, nachdem er sich halb entkleidet hatte, an seinem Gürtel befestigte.

»Jetzt Achtung, ihr anderen!« rief Gordon. »Seid bei der Hand, das Tau nachgleiten zu lassen. Hierher aufs Vorderdeck!« Doniphan, Wilcox, Cross und Webb konnten ihre Mithilfe bei einem Unternehmen nicht verweigern, dessen Wichtigkeit sie einsahen. Trotz ihrer schlechten Laune ließen sie sich dazu herbei, an dem Tau mit anzupacken und es je nach Bedarf nachschießen zu lassen, um Briants Kräfte möglichst zu schonen. Dieser sprang über Bord und schwamm mit kräftigen Bewegungen, während das Tau ihm nachrollte. Selbst bei ruhigem Meer wäre das Unternehmen sehr schwierig gewesen, denn die Brandung schlug heftig gegen die Felsen. Strömungen und Gegenströmungen hinderten den unerschrockenen Jungen oft, eine gerade Richtung einzuhalten. Wenn sie ihn packten, hatte er Mühe, sich wieder herauszuarbeiten. Immerhin kam er dem Strand allmählich näher, während seine Kameraden das Tau langsam ablaufen ließen. Offenbar aber nahmen seine Kräfte ab, obwohl er sich erst fünfzig Fuß weit vom Schoner entfernt befand. Vor ihm tobte jetzt ein heftiger Wirbel. Gelang es ihm, um diesen herumzukommen, so durfte er hoffen, sein Ziel zu erreichen, denn dahinter war das Wasser bedeutend ruhiger. Er versuchte also, sich mit aller Anstrengung nach links zu werfen, aber vergeblich, von den durcheinanderschießenden Wellen erfaßt, wurde er unwiderstehlich nach der Mitte des Wirbels gezogen. »Zu Hilfe!« rief er noch und verschwand dann plötzlich. An Bord der Jacht verbreitete sich ein unbeschreiblicher Schrecken, nur Gordon rief kaltblütig: »Holt ein!« Und in weniger als einer Minute war Briant – freilich bewußtlos – an Bord geholt. Er kam aber in den Armen seines Bruders bald wieder zu sich.

Der Versuch, ein Tau irgendwo an den Klippen zu befestigen, war somit mißglückt, und keiner hätte ihn mit Aussicht auf Erfolg wiederholen können. Die unglücklichen Jungen waren also darauf angewiesen, ruhig zu warten. Die Flut machte sich allmählich wieder bemerkbar, und die Brandung wurde stärker. Da gleichzeitig Neumond war, mußte die Flut sogar höher steigen als am vergangenen Tage. Wenn dann der Wind wieder mehr nach der Seite des hohen Meeres zurückging, lief der Schoner Gefahr, von seinem Felsenbett noch einmal abgehoben zu werden und mußte dann an den Klippen kentern! Diesen Ausgang des Schiffbruchs würde aber keiner überleben.

Auf dem Achterdeck versammelt, betrachteten alle das Wiederansteigen des Meeres. Der Wind war nach Westen umgeschlagen, und wie in der Nacht zuvor peitschte er das Land mit voller Wucht. Mit der Flut wuchsen auch die Wellen wieder an, sie hüllten die »Sloughi« in feuchte Dünste und mußten bald über sie hinwegbranden.

Kurz vor zwei Uhr richtete sich der Schoner wieder auf und lag jetzt nicht mehr nach Backbord geneigt. Nun stieß er aber mit dem Vorderteil auf den Grund, obwohl sein Hintersteven noch auf dem Felsen festsaß. Bald wiederholten sich die Stöße ohne Unterlaß, und die »Sloughi« rollte dabei von der einen Seite zur anderen. Die Jungen mußten sich fest aneinanderhalten, um nicht über Bord geschleudert zu werden. In diesem Augenblick kam ein schaumgekrönter Berg von der offenen See her angestürmt, brauste über den Klippengürtel hinweg, hob die »Sloughi« auf und trug sie über die Felsen hinweg, ohne daß ihr Kiel diese auch nur streifte. Binnen weniger als einer Minute wurde die Jacht, umhüllt von der gurgelnden Wassermasse, bis zur Mitte des Strandes und hier auf einen Sandhügel geworfen, so daß sie kaum zweihundert Schritte von den Bäumen des hohen Uferrandes entfernt lag. Hier blieb sie diesmal unbeweglich sitzen, während das wieder abflutende Meer den Strand trocken zurückließ.

Die Nacht des 15. Februar

Zur Zeit, da unsere Geschichte spielt, war das Internat Chairman eines der angesehensten in Auckland, der Hauptstadt Neuseelands. Es zählte gegen 100 Zöglinge, meist junge Engländer, Franzosen, Amerikaner und Deutsche, lauter Söhne von Plantagenbesitzern, Kaufleuten oder Beamten des Landes.

Am Nachmittag des 14. Februar 1860 traten aus diesem Internat, begleitet von ihren Eltern, etwa hundert Knaben, mit lustigen Gesichtern – junge Vögel, deren Käfig man geöffnet hatte. Es war nämlich der Beginn der Ferien. Zwei Monate Unabhängigkeit, zwei Monate Freiheit! Einigen dieser Zöglinge winkte außerdem die verlockende Aussicht auf eine Seereise, die schon lange Zeit vorher im Internat der Gegenstand lebhaftester Gespräche gewesen war. Wir brauchen wohl nicht zu schildern, wie freudig erregt diejenigen waren, die sich an Bord der Jacht »Sloughi« einschiffen durften, um an einer Umseglung von ganz Neuseeland teilzunehmen. Der von den Eltern der Zöglinge gemietete hübsche Schoner war für eine Reise von sechs Wochen ausgerüstet. Er gehörte dem Vater eines Schülers, Mr. William Garnett, einem ehemaligen Kapitän der Handelsflotte, zu dem man das größte Vertrauen haben konnte. Für die jungen Leute bedeutete das natürlich eine große Freude, und schwerlich hätte man die wenigen Wochen Ferien besser verwenden können. Die Zöglinge, die an der Rundfahrt der »Sloughi« teilnehmen sollten, gehörten verschiedenen Altersabteilungen des Internats Chairman an. Wie der Leser schon weiß, befanden sich an Bord des Schoners Jungen von acht bis vierzehn Jahren, und diese fünfzehn Jungen, den Schiffsjungen eingerechnet, sollten weit weg verschlagen werden und die schlimmsten Abenteuer zu bestehen haben!

Mit Ausnahme zweier Franzosen, der Brüder Briant, und Gordons, eines Amerikaners, waren sie alle englischer Abkunft. Doniphan und Cross stammten aus reichen Farmerfamilien. Sie waren dreizehn Jahre und einige Monate alt, Vettern, und gleichzeitig Mitglieder der fünften Altersabteilung des Internats. Der elegante und auf seine äußere Erscheinung streng achtende Doniphan war einer der hervorragendsten Zöglinge. Geistig geweckt und eifrig, bewahrte er ehrgeizig sein Ansehen, teils aus Neigung, sich auszubilden und zu lernen, teils infolge des Wunsches, seinen Kameraden immer voranzustehen. Ein gewisser aristokratischer Stolz hatte ihm den Spitznamen »Lord Doniphan« eingetragen, und sein Charakter verleitete ihn dazu, überall herrschen zu wollen. Die Rivalität zwischen ihm und Briant dauerte schon mehrere Jahre an. Sie hatte in dem Maße zugenommen, in dem sich Briants Einfluß auf seine Kameraden erweiterte. Cross war ein gewöhnlicher Durchschnittszögling, jedoch durchdrungen von der Bewunderung für alles, was sein Vetter Doniphan dachte, sprach oder tat.

Der gleichen Abteilung gehörte auch der dreizehn Jahre alte Baxter an, ein verschlossener, fleißiger Junge, der sich durch besondere Handfertigkeit auszeichnete. Er war der Sohn eines bescheidenen Kaufmanns. Webb und Wilcox, beide zwölfeinhalb Jahre alt, waren Zöglinge der vierten Abteilung. Von mittlerer Veranlagung, waren sie im übrigen ziemlich eigenwillig und streitsüchtig. Garnett und sein Freund Service stammten aus der dritten Abteilung, beide zwölf Jahre alt. Der eine war der Sohn eines pensionierten Flottenkapitäns, der andere der eines Farmers, und ihre Familien wohnten nahe beieinander. Da sie gute Nachbarschaft hielten, lebten auch Garnett und Service unzertrennlich miteinander. Sie waren gutmütig, aber etwas träge. Garnett hatte außerdem eine beklagenswerte Leidenschaft für das bei der englischen Flotte so beliebte Akkordeon. Als Sohn eines Seemanns spielte er in jeder freien Minute sein Lieblingsinstrument und hatte es natürlich auch mit an Bord der »Sloughi« genommen. Was Service betraf, so galt er als einer der ausgelassensten der ganzen Gesellschaft, der nur von Reiseabenteuern träumte und Robinson Crusoe und den Schweizer Robinson, die er beide immer wieder mit Vorliebe las, schon auswendig kannte.

Wir haben nun die Jungen von neun Jahren anzuführen. Da war Jenkins, der Sohn des Vorsitzenden der Gesellschaft der Wissenschaften und Iverson, der Sohn eines Pfarrers. Dann kamen Dole, achteinhalb, und Costar, acht Jahre alt, beide Söhne von Offizieren der englisch-neuseeländischen Armee. Sie gehörten zu den »Kleinen« der ersten Abteilung, und man konnte von ihnen nichts anderes sagen, als daß Dole ein rechter Starrkopf und Costar ein kleines Leckermaul war.

Der junge Amerikaner Gordon gehörte mit seinen vierzehn Jahren zu den gesetztesten Schülern der fünften Abteilung. Ihm fehlte das äußerlich Glänzende seines Kameraden Doniphan, dafür besaß er ein scharfes Urteil und gesunden Menschenverstand. Den Blick auf ernstere Dinge gerichtet, war er ein guter Beobachter mit kaltem Temperament. Seine Kameraden schätzten ihn, versagten seinen guten Eigenschaften nicht die gebührende Anerkennung und nahmen ihn, obwohl Nichtengländer, stets freundlich in ihrem Kreise auf.

Die beiden jungen Franzosen endlich waren die Söhne eines Ingenieurs, der seit zweieinhalb Jahren in Neuseeland die Arbeiten bei der Trockenlegung der Sümpfe im Innern des Landes leitete. Der Ältere zählte dreizehn

Jahre, nicht besonders arbeitsam, und trotz sehr guter Anlagen kam es häufig vor, daß er der letzte in seiner Abteilung war. Wenn er aber wollte, gelang es ihm bei seiner leichten Auffassungsgabe und seinem erstaunlichen Gedächtnis, sich rasch auf den ersten Platz emporzuschwingen, worüber Doniphan erklärlicherweise nicht wenig eifersüchtig wurde. Übrigens war Briant kühn, unternehmend, in allen körperlichen Übungen geschickt, nicht mundfaul und gleich mit einer Gegenrede bei der Hand, sonst aber ein guter, hilfsbereiter Junge, ohne den Stolz Doniphans, ja, in bezug auf seine äußere Erscheinung sogar etwas nachlässig – kurz, vom Scheitel bis zur Sohle Franzose, und er unterschied sich schon deshalb wesentlich von seinen englischen Kameraden. Sein jüngerer Bruder Jacques galt stets als der Schalk und Spaßvogel der dritten Abteilung, wenn nicht des ganzen Internats, Service inbegriffen, da er immer neue Possen erfand und seinen Kameraden Streiche spielte, für die er dann gleichmütig seine Bestrafung hinnahm.

Während ihrer mehrwöchigen Fahrt rings um Neuseeland hätte die »Sloughi« von ihrem Eigentümer, dem Vater Garnetts, befehligt werden sollen. Die Besatzung bestand aus einem Obersteuermann, sechs Matrosen, einem Koch und einem Schiffsjungen – Moko, einem Neger von zwölf Jahren, dessen Familie bei einem Ansiedler in Neuseeland schon lange Zeit in Diensten stand. Wir dürfen auch nicht vergessen, noch einen schönen Jagdhund, Phann, zu erwähnen, der Gordon gehörte und seinen Herrn niemals verließ.

Als Abfahrtstag war der fünfzehnte Februar bestimmt worden. Vorerst lag die »Sloughi«, von den Sorrtauen gehalten, am äußersten Ende des Piers und folglich nahe der Seeseite des Hafens. Die Besatzung befand sich nicht an Bord, als sich die jungen Passagiere am Abend des vierzehnten Februar einschifften. Kapitän Garnett sollte erst eintreffen, wenn das Schiff die Fahrt antrat. Nur der Obersteuermann und der Schiffsjunge empfingen Gordon

und seine Kameraden, da die übrige Mannschaft noch an Land bei einem letzten Glase Whisky saß. Nachdem alle untergebracht und ihnen die Lagerstätten angewiesen waren, suchte auch der Obersteuermann noch einmal die Schenke im Hafen auf, und er machte sich der unverzeihlichen Nachlässigkeit schuldig, bis zur späten Nachtstunde dort zu verweilen. Der Schiffsjunge hatte sich bereits in dem Mannschaftslogies zum Schlafen niedergelegt.
Dann aber mußten die Sorrtaue sich entweder zufällig gelöst haben oder waren freventlich von fremder Hand gelöst worden, ohne daß an Bord jemand etwas davon bemerkte. Tiefdunkle Nacht verhüllte den Hafen und den Golf Hauraki. Vom Land her wehte ein ziemlich starker Wind, und der Schoner, den gleichzeitig die rückströmende Ebbe mit fortzog, wurde nach der offenen See hinausgetrieben.
Als der Schiffsjunge erwachte, schaukelte der Schoner, als werde er von hohem Seegang umhergeworfen, eine Bewegung, die mit der durch die Brandung veranlaßten gar nicht zu verwechseln war. Moko sprang eiligst nach dem Deck hinauf, aber die Jacht trieb schon ab. Auf den lauten Ruf des Schiffsjungen verließen Gordon, Briant, Doniphan und einige andere ihre Lagerstätten und stürmten die Treppe hinauf. Aber sie riefen vergeblich um Hilfe! Sie erblickten nicht einmal mehr ein einziges Licht von der Stadt und vom Hafen. Der Schoner befand sich schon in der Mitte des Golfes, gegen drei Meilen vom Ufer entfernt.
Anfänglich versuchten die Jungen auf Mokos Rat hin, ein Segel zu setzen, um durch Kreuzen nach dem Hafen zurückzugelangen; zu schwer aber, um von ihnen in die passende Lage gebracht zu werden, hatte dieses Segel keine andere Wirkung, als daß es sie durch den Westwind, den es abfing, noch weiter hinaustrieb. Die »Sloughi« umschiffte dabei das Kap Colville, glitt durch die Meerenge, die das Kap von der großen Barre trennt, und befand sich bald mehrere Meilen von Neuseeland entfernt.

Der Ernst der Lage war leicht zu erkennen. Briant und seine Gefährten konnten auf Hilfe vom Land her nicht mehr rechnen. Selbst wenn ein Schiff vom Hafen auslief, sie aufzuspüren, so mußten im günstigsten Falle mehrere Stunden vergehen, ehe es sie einholte – angenommen, daß es überhaupt möglich war, den Schoner bei der tiefen Finsternis zu entdecken. Freilich blieb auch die Möglichkeit übrig, einem Schiff zu begegnen, das nach einem der Häfen Neuseelands unterwegs war. Trotz der Unwahrscheinlichkeit eines so glücklichen Zufalles beeilte sich Moko doch, eine angezündete Signallaterne an der Spitze des Fockmastes zu befestigen. Dann aber konnten sie nichts anderes tun, als den Anbruch des Tages abzuwarten.

Die Kleinen, die von dem Lärm nicht aufgewacht waren, ließen sie lieber weiterschlafen. Ihr Schrecken hätte an Bord nur Unordnung verursacht. Immerhin wurden noch mehrere Versuche unternommen, der »Sloughi« eine günstigere Richtung zu geben. Diese widerstand aber allen Bemühungen und trieb mit großer Schnelligkeit immer weiter nach Osten hinaus.

Plötzlich tauchte etwa zwei bis drei Meilen entfernt ein Lichtschein auf. Es war das weiße Licht oben am Mast, das Zeichen eines in Fahrt begriffenen Dampfers. Bald sahen sie auch seine beiden Positionslichter, das rote und das grüne, und da beide gleichzeitig sichtbar blieben, war das ein Beweis dafür, daß der Dampfer in gerader Richtung auf den Schoner zusteuerte. Vergeblich riefen die Knaben laut um Hilfe. Das Klatschen und Schlagen der Wellen und das Heulen des Windes ließen ihre Stimmen ungehört verhallen. Doch wenn sie die Rufe nicht hörten, mußten die wachhabenden Matrosen des anderen Schiffes dann nicht wenigstens das Signallicht der »Sloughi« erkennen? Das war die letzte Hoffnung.

Unglücklicherweise war aber durch die heftige Schlingerbewegung die Leine zerrissen und die Laterne dabei ins Meer gefallen. So verriet jetzt nichts mehr die Gegenwart der »Sloughi«, auf die der Dampfer mit einer Schnelligkeit von zwölf Knoten in der Stunde zusteuerte. Nach wenigen Sekunden wurde die Jacht gerammt und wäre ohne Zweifel versenkt worden, wenn der Stoß sie rechtwinklig getroffen hätte. So zerstörte er aber nur am Heck die Planke mit dem Namen, ohne den Schiffsrumpf selbst zu beschädigen. Der Stoß war überhaupt so schwach gewesen, daß der Dampfer, der nichts gemerkt hatte, seine Fahrt ruhig fortsetzte.

Vom Winde weit hinausgejagt, mußten die Jungen sich für so gut wie verloren halten. Als der Tag graute, sahen sie nur eine öde Wasserwüste vor sich. Auf diesem weniger belebten Teil des Stillen Ozeans folgten die Schiffe, die von Ozeanien nach Amerika oder umgekehrt segelten, einem entweder weit nördlicheren oder mehr südlicheren Wege. In Sicht der Jacht kam kein einziges vorüber. Wieder brach die Nacht herein, die noch schlimmer zu werden drohte als die erste, und wenn der eigentliche Sturm sich auch zeitweilig etwas beruhigte, so wehte doch der Wind immer recht stark vom Westen her. Wie lange diese Fahrt dauern sollte, davon hatten natürlich weder Briant noch seine Kameraden eine Ahnung. Vergeblich suchten sie so zu manövrieren, daß der Schoner nach den neuseeländischen Gewässern zurückkehrte, es fehlte ihnen aber an Kenntnissen, seine Richtung bestimmend zu beeinflussen, und an Kraft, die schweren Segel zu setzen. Unter diesen Umständen gewann Briant, der eine seinem Alter überlegene Tatkraft entwickelte, allmählich eine Überlegenheit über seine Gefährten, der sich auch Doniphan nicht entziehen konnte. Gelang es ihm auch nicht, die Jacht wieder nach Westen zurückzusteuern, so benutzte er doch seine geringen Kenntnisse, um sie unter möglichst günstigen Bedingungen forttreiben zu lassen. Er schonte sich keinen Augenblick, wachte Tag und Nacht und starrte immer nach dem Horizont hinaus, um eine Aussicht auf Rettung zu entdecken. Gleichzeitig ließ er mehrere Flaschen mit einem Bericht über den Verbleib der »Sloughi« ins Meer werfen. Wenn das auch ein sehr unzuverlässiges Hilfsmittel war, so wollte er es doch nicht vernachlässigen. Inzwischen trieb der Westwind die Jacht immer weiter in den Stillen Ozean hinaus, ohne daß es möglich war, ihren Lauf zu lenken oder auch nur ihre Geschwindigkeit zu vermindern.

Wir wissen schon, was sich weiter zutrug. Wenige Tage, nachdem der Schoner durch die Wasserstraße des Golfes Hauraki hingetrieben worden war, brach ein Sturm los, der zwei volle Wochen lang mit außergewöhnlicher Heftigkeit wütete. Von ungeheueren Wellen auf und ab geschleudert, hundertmal nahe daran, durch andonnernde Wassermassen zertrümmert zu werden, war die »Sloughi« schließlich auf ein unbekanntes Stück Erde im Stillen Ozean geworfen worden.

Als in Auckland das Verschwinden der »Sloughi« in der Nacht vom 14. zum 15. Februar bemerkt worden war, benachrichtigte man gleich den Kapitän Garnett und die Familien der unglücklichen Kinder. Ohne eine Minute Zeit zu verlieren, traf der Hafenkapitän Anstalten, der Jacht zu Hilfe zu kommen. Zwei kleine Dampfer sollten den ganzen Golf durchsuchen. Die Nacht über kreuzten sie umher, während der Seegang immer schwerer wurde, und als sie mit Tagesanbruch zurückkehrten, raubten ihre Meldungen den von dieser schrecklichen Katastrophe betroffenen Familien den letzten Schimmer von Hoffnung. Denn wenn die Dampfer auch die »Sloughi« nicht aufgespürt hatten, so hatten sie doch die ins Meer gefallenen Trümmer des Heckbords aufgefischt. Auf diesen Bruchstücken waren noch drei bis vier Buchstaben des Namens »Sloughi« deutlich zu erkennen. Es konnte also kein Zweifel darüber herrschen, daß die Jacht verunglückt und vielleicht ein Dutzend Meilen von der Küste Neuseelands entfernt mit Mann und Maus untergegangen war.

Insel oder Festland?

Die Küste schien wirklich verlassen zu sein, wie Briant es erkannt hatte, als er von der Rah des Fockmastes auslugte. Seit einer Stunde lag der Schoner nun schon auf dem Ufersand, und noch hatte man nichts von Eingeborenen bemerkt. Briant und Gordon planten sogleich, unter die Baumgruppen einzudringen, um die höhere Wand, die den Strand abschloß, zu erreichen und wenn möglich zu erklimmen.

»Da wären wir nun auf dem Land; das ist ja auch schon etwas«, sagte Gordon. »Doch was ist das für ein Land, das ganz unbewohnt scheint?«

»Die Hauptsache bleibt doch, daß es nur nicht unbewohnbar ist«, erwiderte Briant. »Für einige Zeit haben wir Mundvorrat und Munition. Es fehlt uns zunächst nur ein Obdach, und das müssen wir finden. Zumindest für die Kleinen. Vorwärts also!«

»Ja, du hast recht!« stimmte ihm Gordon zu.

»Herauszubringen, wo wir uns befinden«, fuhr Briant fort, »wird noch Zeit genug sein, wenn wir erst für das Allernötigste gesorgt haben. Wenn es ein Festland ist, so hätten wir ja einige Aussicht, Hilfe zu finden, ist es eine Insel, so werden wir eben sehen müssen.«

Beide erreichten schnell genug den Saum des Waldes, der sich schräg zwischen dem steilen Ufer und der rechten Seite des Flußlaufes, drei- bis vierhundert Schritte stromaufwärts hinzog. In diesem Gehölz fand sich keine Spur von Menschen. Alte, morschgewordene Stämme lagen hie und da auf der Erde, Briant und Gordon sanken bis ans Knie in einen Teppich von weichem Laub ein. In zehn Minuten hatten die beiden Jungen das Gehölz durchschritten, das nach der felsigen Rückseite zu, die gleich einer Mauer auf eine mittlere Höhe von 180 Fuß schroff emporstieg, immer dichter wurde. Vergeblich suchten sie am Fuß dieser Felswand irgendeine Höhle, in der man

hätte Obdach finden können, entdeckten weder eine Grotte noch einen Einschnitt, durch den sie bis zum Scheitel der steilen Mauer hätten klettern können. Um in das Innere des Landes zu gelangen, mußten sie wahrscheinlich dieses steile Ufer vollständig umwandern.
Etwa eine halbe Stunde lang zogen die beiden längs des Strandes an dem hohen Ufer hin nach Süden. Dann erreichten sie die rechte Seite des Flusses, der in vielen Windungen nach Osten zu verlief. War dieses Ufer von schönen Bäumen beschattet, so begrenzte das andere eine Landschaft von ganz verschiedenem Aussehen, ohne Grün und ohne jede Bodenunebenheit. Man glaubte, einen ungeheuren Sumpf zu sehen, der sich bis zum südlichen Horizont hin ausdehnte. Getäuscht in ihrer Hoffnung, bis zur Höhe des steilen Ufers emporklimmen zu können, von wo aus sie ohne Zweifel das Land hätten in einem Umkreis von mehreren Meilen überschauen können, kehrten Briant und Gordon zu der »Sloughi« zurück.
In einem Gespräch mit den Größeren setzten sie diese von dem Erfolg ihres kurzen Ausfluges in Kenntnis. Bevor die Untersuchungen nicht weiter ausgedehnt werden konnten, erschien es ratsam, den Schoner nicht zu verlassen. War dieser auch in seinem ganzen Rippenwerk erschüttert, und lag er ziemlich tief nach Backbord geneigt, so konnte er doch an Ort und Stelle, wo er festlag, als einstweilige Wohnung dienen.
Glücklicherweise hatten die Flutwellen die »Sloughi« bis über den Klippengürtel hinausgeworfen. Wenn die Jacht auch niemals wieder flott werden konnte, so war sie wenigstens bewohnbar geblieben, da ihr Oberwerk sowohl dem Wellenschlag als auch dem nachfolgenden Stoß widerstanden hatte, und nichts sie wieder aus diesem sandigen Bett reißen konnte, in das sie ihren Kiel tief eingesenkt hatte. Unter der abwechselnden Einwirkung der Sonne und des Regens würde sie wohl mit der Zeit aus den Fugen gehen, ihre Wand sich öffnen und das Verdeck schließlich aufspringen, so daß das Obdach, das sie jetzt

noch bot, einmal unzulänglich zu werden drohte. Doch bis dahin hofften die jungen Schiffbrüchigen entweder eine Stadt oder ein Dorf zu finden, oder, wenn der Sturm sie auf eine ganz öde Insel verschlagen hatte, würden sie doch irgendwo eine Grotte in den Uferfelsen entdeckt haben.

Am besten erschien es also, vorläufig an Bord der »Sloughi« zu bleiben, und dazu richtete man sich noch am gleichen Tage ein. Eine an Backbord befestigte Strickleiter gestattete den Großen wie den Kleinen, die Treppenkappe des Verdecks zu erreichen. Moko, der wie alle Schiffsjungen etwas vom Kochen verstand, beschäftigte sich, unterstützt von Service, dem das Vergnügen machte, mit der Herrichtung einer Mahlzeit, die alle mit größtem Appetit verzehrten.

Stark ermüdet nach so vielen Tagen und so vielen Nächten der Angst während des furchtbaren Sturmes, dachten die Jungen endlich daran, sich schlafenzulegen. Die Kleinen verteilten sich in die Zimmer der Jacht, Briant, Gordon und Doniphan wollten jedoch der Reihe nach Wache halten, denn man mußte ja mit dem Überfall wilder Tiere oder Eingeborener rechnen. Doch die Nacht verlief ohne Störung, und als die Sonne aufging, machten sich alle nach dem Gebet an die notwendige Arbeit. Zuerst galt es, die Vorräte der Jacht zu überprüfen, und dann das Material an Waffen, Instrumenten, Geräten, Werkzeugen, Kleidungsstücken und so weiter aufzunehmen. Ein Überschlag ließ erkennen, daß abgesehen von dem in sehr großen Mengen vorhandenen Schiffszwieback, die Konserven, der Schinken, das Salzfleisch und die Leckerbissen in Blechdosen nicht länger als zwei Monate reichen würden, selbst wenn man sehr sparsam damit umging. Deshalb empfahl es sich von Anfang an, auf die Erzeugnisse des Landes zurückzugreifen, um den Proviant zu schonen für den Fall, daß es notwendig würde, einige hundert Meilen weiter zu ziehen, um einen Hafen an der Küste oder eine Stadt im Innern des Landes zu erreichen.

»Wenn nur ein Teil der Konserven nicht schon verdorben ist!« bemerkte Baxter. »Ist nach unserer Strandung das Meerwasser in den Schiffsrumpf eingedrungen?«
»Das werden wir sehen, wenn wir die Kisten öffnen, die beschädigt erscheinen,« antwortete Gordon.
»Warum wollen wir eigentlich nicht schon heute die Felsen absuchen und dort eßbare Vogeleier einsammeln?« erkundigte sich Wilcox.
»Ja, und warum sollten wir nicht fischen?« fügte Webb hinzu. »Sind denn nicht Angelschnüre an Bord und Fische im Meere? – Wer will mit mir angeln gehen?«
»Ich! Ich!« riefen die Kleinen.
»Gut!« sagte Briant. »Aber es handelt sich nicht darum, nur zu spielen, und Angelschnüre erhalten von uns nur ernsthafte Fischer.«
»Wir können einstweilen Schaltiere zum Frühstück einsammeln«, bemerkte Service.
Jenkins, Dole, Costar und Iverson brachen also unter der Führung Mokos auf und gingen am Rand der Klippen entlang, die das Meer jetzt ganz trockengelegt hatte. Vielleicht konnten sie in den Zwischenräumen der Felsblöcke eine reichliche Ernte an Schaltieren, Miesmuscheln, Taschenkrebsen oder gar Austern einbringen, und roh oder gekocht mußten diese eine angenehme Zugabe zum Frühstück geben.
Sobald die kleine Gesellschaft sich entfernt hatte, begannen die Großen die Nachforschungen an Bord der Jacht. Auf der einen Seite nahmen Doniphan, Cross, Wilcox und Webb die Durchsicht der Waffen, des Schießbedarfs, der Kleidungsstücke, Bettwäsche, Geräte und Werkzeuge des Schiffes vor; auf der anderen berechneten Briant, Garnett, Baxter und Service, was an Getränken, Wein, Whisky und Gin, die sich in kleinen Fäßchen im unteren Raume befanden, vorhanden war. Nachdem sie jeden einzelnen Gegenstand untersucht hatten, verzeichnete Gordon die Anzahl oder das Maß in seinem Notizbuch. Dieses Notizbuch war übrigens schon vorher mit Aufzeichnungen über

die Ausrüstung und Ladung des Schoners angefüllt. Der methodische Amerikaner, der sich seiner Veranlagung nach für alles verantwortlich zu fühlen schien, besaß schon ein Inventarverzeichnis, das bei dieser Gelegenheit nur noch berichtigt zu werden brauchte. Zuerst stellte sich dabei heraus, daß noch eine vollständige Serie von Segeln und Takelwerk, Leinen, Seile, Taue und dergleichen vorhanden war. Wäre die Jacht noch flott gewesen, so hätte nichts gefehlt, sie wieder in segelklaren Zustand zu versetzen. Wenn diese vortreffliche Leinwand, diese neuen Taue nun zwar nicht mehr zu einer Schiffsausstattung dienen sollten, so versprachen sie doch sehr nützlich zu werden, wenn es darauf ankam, sich häuslich einzurichten. Einige Angeln und Schleppnetze befanden sich ebenfalls unter dem Inventar, und diese waren höchst wichtig, vorausgesetzt, daß es im Wasser reichlich Fische gab.

Was die Waffen betrifft, so hatte Gordon in seinem Notizbuch folgendes eingetragen: acht Jagdgewehre, eine weittragende Entenflinte und ein Dutzend Revolver. Der Schießbedarf bezifferte sich auf dreihundert Patronen für die Gewehre, zwei Fässer Pulver von je fünfundzwanzig Pfund und eine große Menge Blei, Schrot und Kugeln. Die Pulverkammer enthielt noch eine große Anzahl von Raketen, die als Nachtsignale zu verwenden waren, und etwa dreißig Kartuschen und Projektile für die beiden kleinen Kanonen der Jacht, von denen man allerdings nicht hoffte Gebrauch machen zu müssen.

Toilettengegenstände und Küchengeräte waren in ausreichendem Maße vorhanden, so daß sie selbst für einen längeren Aufenthalt genügen würden. Wenn ein Teil des Geschirrs auch beim Aufschlagen der »Sloughi« zerbrochen war, so gab es doch mehr als genug für Speisekammer und Tafel. Von größerer Wichtigkeit erschien ein ausreichender Vorrat an Kleidungsstücken aus Flanell, Tuch, Baumwolle und Leinwand, die man je nach Temperatur wechseln konnte. Lag dieses Land nämlich unter der gleichen Breite wie Neuseeland – was schon der Umstand wahrscheinlich machte, daß der Schoner von dem Hafen Auckland aus stets durch westliche Winde fortgetrieben worden war – so mußte hier im Sommer große Hitze, im Winter aber empfindliche Kälte herrschen. Die Kisten und Koffer der Mannschaft enthielten unter anderem Hosen, wollene Jacken, Wachstuchröcke, dicke gestrickte Westen und Strümpfe, die man für Große wie für Kleine passend machen konnte, kurz, eine so reiche Auswahl, daß man auch dem Winter beruhigt entgegensehen durfte. An Instrumenten befanden sich zwei Barometer an Bord, ein Thermometer, zwei Schiffsuhren, mehrere Signalhörner für den Nebel, drei Fernrohre und ein Deckkompaß. Auch Werkzeuge gab es genug. So fand sich im Arbeitskasten des Tischlers ein ganzes Sortiment, abgesehen von den Säcken mit Nägeln, den Schraubenziehern, Holz- und Metallschrauben und Eisenvorräten in jeder Art, die zu gelegentlichen kleinen Reparaturen der Jacht bestimmt waren. Knöpfe, Nähfaden und Nadeln fehlten ebenfalls nicht, dafür hatten die Mütter der Zöglinge ausreichend vorgesorgt. Außerdem fanden die Jungen einen großen Vorrat an Streichhölzern, Zündschnüre und Feuerstahl, so daß bestimmt keine Gefahr bestand, daß ihnen das Feuer ausgehen würde.

An Bord gab es auch in großem Maßstab entworfene Land- und Seekarten, die sich freilich nur auf die Küste Neuseelands bezogen. Zum Glück hatte Gordon einen Welt-Atlas mitgenommen. Die Bibliothek der Jacht zählte überdies viele gute englische und französische Bücher, meist Reiseschilderungen und ältere wissenschaftliche Arbeiten, ohne von den beiden berühmten Robinsons zu reden, die Service gerettet hatte. Auch Garnetts Ziehharmonika war bei der Strandung heil geblieben. Neben den Lesestoffen fanden sich schließlich noch Schreibmaterialien, Federn, Bleistifte, Tinte und Papier, und schließlich ein Kalender des Jahres 1860, in dem Baxter jeden verflossenen Tag zu streichen übernahm. Dann entdeckten die Jungen noch fünfhundert Pfund in Goldstücken, die im Geldschrank der Jacht aufbewahrt worden waren.

Gordon beschäftigte sich mit einer sorgfältigen Aufnahme der im unteren Raum verstauten Fässer. Einige hatten beim Schiffbruch so arg gelitten, daß ihr Inhalt ausgelaufen war, um so mehr empfahl es sich also, mit dem Rest sehr sorgsam umzugehen.

Eine Reparatur der Jacht, die bis auf Grund hätte ausgebessert werden müssen, überstieg, wie sich herausstellte, die Kräfte der Jungen, auch würden dazu die Werkzeuge nicht ausgereicht haben. Ebensowenig konnten sie aber daran denken, aus den Trümmern ein neues Fahrzeug herzustellen, und wie wäre es bei ihren mangelhaften Kenntnissen in der Schiffahrtskunde auch möglich gewesen, durch den Stillen Ozean nach Neuseeland zu segeln!

Gegen Mittag kamen die Kleinen unter der Führung Mokos zur »Sloughi« zurück. Sie hatten sich wirklich nützlich zu machen verstanden und brachten einen reichen Vorrat an Schaltieren mit, deren Zubereitung der Schiffsjunge sofort in die Hand nahm. Eier mußte es wohl auch in großen Mengen geben, denn Moko hatte sich von dem Vorhandensein unzähliger eßbarer Felsentauben überzeugt, die in den Löchern und Spalten des hohen Steilufers nisteten.

»Das ist schön!« rief Briant. »So werden wir an einem der nächsten Tage auf die Jagd gehen, die sehr erfolgreich zu werden verspricht.«

»Ganz gewiß«, bestätigte Moko, »drei bis vier Flintenschüsse müßten uns Dutzende von jenen Tauben liefern. Was die Nester angeht, so dürfte es nicht allzu schwierig sein, sich an einem Tau herabzulassen und sie auszunehmen.«

Nach Verlauf einer Stunde meldete Moko, das Frühstück sei fertig. Alle eilten wieder an Bord des Schoners und nahmen im Speisesaal Platz. Die Tafel neigte sich zwar merklich nach Backbord, das störte aber die Jungen keineswegs. Die Schaltiere, besonders die Miesmuscheln, wurden als ausgezeichnet befunden, obwohl ihre Zubereitung zu wünschen übrigließ. Aber in diesem Alter ist Hunger stets der beste Koch. Schiffszwieback, ein tüchtiges Stück Cornedbeef und frisches Wasser aus dem Fluß, gewürzt mit einigen Tropfen Brandy, das alles bildete zusammen eine gar nicht zu verachtende Mahlzeit.

Insel oder Festland? Das blieb an diesem und an den nächsten Tagen die wichtigste Frage, mit der sich Briant, Gordon und Doniphan unausgesetzt beschäftigten. Sie sprachen oft darüber, ob dieses Land eine Insel sei oder ob es zu einem Festland gehöre. Jedenfalls lag es nicht innerhalb der Tropenzone, das bewies die Pflanzenwelt, die Eichen, Buchen, Birken, Weiden, Fichten und Tannen verschiedener Art, das zeigte sich auch an den zahlreichen Steinbrecharten, die als Bäume oder Gebüsche im tropischen Teil des Stillen Ozeans nicht vorkommen. Es schien sogar, als läge dieses Gebiet in etwas höherer Breite als Neuseeland, deshalb war aber auch zu befürchten, daß der Winter hier mit größter Strenge auftreten würde.

»Es scheint mir schon ratsam«, bemerkte Gordon am nächsten Tag, »daß wir uns nicht endgültig an diesem Teil der Küste ansiedeln, da wir ja nicht wissen, wie der Winter hier wird.«

»Das meine ich auch«, antwortete Doniphan. »Doch wenn wir die schlechte Jahreszeit herankommen lassen, wird es zu spät sein, einen bewohnten Ort aufzusuchen, besonders wenn wir vielleicht mehrere hundert Kilometer bis dorthin zurückzulegen haben.«

»Geduld, Geduld!« erwiderte Briant. »Noch ist es erst Mitte März!«

»Nun«, entgegnete Doniphan, »die schöne Witterung mag bis Ende April anhalten, und innerhalb von sechs Wochen müssen wir ein gutes Stück Weges vorwärts kommen.«

»Vorausgesetzt, daß es überhaupt einen Weg gibt«, erwiderte Briant.

»Und warum sollte es keinen geben?«
»Natürlich«, fiel Gordon ein. »Doch wenn es einen gibt, wissen wir auch, wohin er führen wird?«
»Ich sehe nur das eine«, erwiderte Doniphan, »daß es eine große Torheit wäre, vor Einbruch der Kälte und der Regenzeit den Schoner nicht verlassen zu haben. Und schon aus diesem Grund darf man nicht bei jedem Schritt neue Schwierigkeiten wittern.«
»Es ist besser, die Schwierigkeiten scharf ins Auge zu fassen«, versetzte Briant, »als sich gleich Narren in ein Land hineinzuwagen, das man nicht kennt.«
»Und es ist sehr leicht«, erklärte Doniphan herausfordernd, »diejenigen Narren zu nennen, die nicht deiner Ansicht sind!«
Vielleicht hätte diese Antwort Doniphans wieder scharfe Gegenreden seines Kameraden hervorgerufen und das Gespräch in eine Zänkerei ausarten lassen, da trat aber Gordon vermittelnd dazwischen. »Es nützt nichts, miteinander zu streiten«, sagte er, »und um sich in schlimmer Lage zu helfen, gilt es zuerst, sich zu verständigen. Doniphan hat damit recht, daß wir, wenn ein bewohntes Land in unserer Nachbarschaft liegt, ungesäumt dahin aufbrechen sollten. Ist das aber anzunehmen?«
»Ich bin bereit, auf Erkundung auszuziehen«, schlug Briant vor.
»Ich ebenfalls«, erwiderte Doniphan sofort.
»Wir alle sind gewiß dazu bereit«, meinte Gordon. »Es wäre jedoch sehr unklug, auch die Kleinen bei einem solchen möglicherweise langen und beschwerlichen Zug mitzunehmen. Zwei oder drei von uns werden, denke ich, genug sein.«
»Es ist sehr bedauerlich«, äußerte Briant, »daß es hier keine beträchtlicheren Anhöhen gibt, von deren Gipfel aus man Umschau halten könnte. Leider befinden wir uns aber auf ziemlich niedrigem Land, und auch von der Seeseite her habe ich selbst am Horizont keinen Berg entdecken können.«

»Vielleicht wäre es doch von Nutzen, diese Gegend einmal genauer zu untersuchen«, warf Gordon ein, »ehe wir das Steilufer weiter durchforschen, in dem ich mit Briant vergeblich nach einer Höhle gesucht habe.«

»Nun, warum sollen wir nicht den Norden der Bucht erforschen?« fragte Briant. »Wenn wir das dortige Vorgebirge ersteigen, so müßten wir, wie mir scheint, einen weiten Rundblick haben. Ich bin gerne bereit, dorthin zu gehen.«

»Wozu aber?« warf Doniphan ein. »Was wäre von da oben zu sehen?«

»Ich meine, den Versuch ist es jedenfalls wert«, erwiderte Briant.

Tatsächlich erhoben sich am Ende der Bucht einige Felsen, die auf der einen Seite mit einer schroffen Wand zum Meer hin abfielen und auf der anderen in das lange Steilufer überzugehen schienen. Von der »Sloughi« aus maß die Entfernung dorthin längs der Windungen des Strandes höchstens zwölf bis fünfzehn Kilometer. Gordon täuschte sich auch wohl nicht, wenn er die Höhe dieser Felsen über dem Meer auf dreihundert Fuß abschätzte. Es wurde also beschlossen, den Plan auszuführen; die »Sloughi« aber nicht eher zu verlassen, als bis man mit Sicherheit wußte, ob diese an der Küste eines Festlandes gescheitert war oder nicht. Dieses Festland konnte dann aber kein anderes als Amerika sein.

Während der nächsten fünf Tage ließ sich der Ausflug aber nicht durchführen. Das Wetter war dunstig geworden, und manchmal rieselte ein feiner Regen herab. Zeigte der Wind keine Neigung zum Auffrischen, so mußten die den Horizont verhüllenden Dunstmassen jeden Ausblick verhindern. Die Tage waren deshalb jedoch nicht verloren. Man benützte sie zu verschiedenen Arbeiten. Briant beschäftigte sich vor allem mit den kleineren Jungen, die er überwachte. Stets achtete er darauf, daß sie, so gut die Umstände es erlaubten, mit allem Nötigen versorgt wurden. Als die Temperatur zu sinken schien, forderte er sie auf, wärmere Kleider anzuziehen, die sich in den Kisten der Matrosen fanden, aber erst passend gemacht werden mußten. Das war eine Schneiderarbeit, bei der die Schere mehr zu tun hatte als die Nadel, und bei der Moko, der etwas nähen konnte, sich sehr anstellig erwies. Man hätte freilich nicht sagen können, daß sich die Jungen besonders elegant ausnahmen, in diesen für sie zu großen Hosen und Wolljacken, von denen nur die Beine und Ärmel passend abgeschnitten waren!

Übrigens ließ man sie auch nicht müßig gehen. Unter der Führung Garnetts oder Baxters zogen sie öfters hinaus, um Muscheln zu sammeln oder im Fluß zu fischen. Das war für sie ein Vergnügen und für alle ein Vorteil. Mit Arbeit beschäftigt, die sie belustigte, dachten sie übrigens gar nicht an den Ernst ihrer Lage.

Gordon und Briant verließen kaum jemals die »Sloughi«, deren Instandhaltung sie übernommen hatten. Service blieb dann manchmal bei ihnen und machte sich immer recht nützlich. »Sieh einer, das macht sich!« rief er gern. »Wahrhaftig, unsere ›Sloughi‹ ist zu sehr gelegener Zeit von einer gefälligen Welle auf den Strand geworfen und nicht einmal zu sehr beschädigt worden! Das ist ein Vorzug, den weder Robinson Crusoe noch der Schweizer Robinson auf ihren erdichteten Inseln genossen haben.«

Und Jacques Briant? Nun, wenn Jacques zuweilen seinem Bruder bei den verschiedenen Arbeiten an Bord zu Hilfe kam, so antwortete er doch kaum auf die an ihn gerichteten Fragen und wandte stets schnell die Augen ab, wenn ihn jemand ansah. Briant war besorgt über das Benehmen seines Bruders. Vier Jahre älter als dieser, hatte er stets einen guten Einfluß auf ihn ausgeübt. Seit der unfreiwilligen Abfahrt des Schoners schien es jedoch, als ob der Junge von irgendwelchen Gewissensbissen gequält würde. Hatte er sich ein Vergehen vorzuwerfen, das er nicht einmal seinem Bruder gestehen wollte? Sicher war jedenfalls, daß seine Augen durch auffallende Röte wiederholt verrieten, daß er geweint hatte.

Während der Zeit vom 11. bis 15. März beschäftigten sich Doniphan, Wilcox, Webb und Cross mit der Jagd auf die in den Felsen nistenden Vögel. Sie gingen immer miteinander, sichtlich bestrebt, eine besondere Partei zu bilden. Gordon bemerkte das nicht ohne Beunruhigung. Wenn sich Gelegenheit bot, unterließ er es auch nie, den einen oder den anderen vorzunehmen und ihnen klarzumachen, wie notwendig für alle ein einmütiges Zusammenhalten sei. Doniphan aber antwortete auf diese Ermahnungen stets mit solch abweisender Kälte, daß es Gordon für klug hielt, nicht allzusehr in ihn zu dringen.
Während dieser ungünstigen Tage, die den geplanten Ausflug nach dem Ende der Bucht verhinderten, lieferte die Jagd gute Beute. Doniphan, der jeder Art Sport mit Vorliebe huldigte, erwies sich sehr geschickt im Schießen. Sehr stolz – vielleicht etwas zu stolz – auf diese Eigenschaft, zeigte er eine offene Verachtung gegen alle anderen Jagdgeräte, wie etwa Fallen und Schlingen, denen Wilcox den Vorzug gab.
Am 15. März schien sich die Witterung endlich günstiger zu gestalten, um das geplante Vorhaben durchzuführen. Während der Nacht hatte sich der Himmel aufgeklärt, und der vom Land wehende Wind fegte ihn bald völlig rein. Glänzende Sonnenstrahlen vergoldeten den Rand des hohen Ufers. Man durfte hoffen, daß der Horizont im Osten, wenn ihn die Nachmittagssonne erst schräg beleuchtete, ziemlich klar erscheinen würde. Erstreckte sich das Wasser dann auch längs dieser Seite hin, so bildete das Land eine Insel, und Hilfe war nur dann zu erwarten, wenn sich ein Schiff in die Nähe verirrte.
Am Abend des 15., als das Barometer auf schön Wetter zeigte, teilte Briant Gordon mit, daß er am nächsten Morgen bei Tagesanbruch aufbrechen wolle. Die Entfernung schreckte den mutigen Jungen nicht. Ein ganzer Tag mußte ihm völlig genügen, seine Nachforschungen zu vollenden.
Briant brach also mit dem ersten Morgengrauen auf, ohne

daß die anderen etwas davon wußten. Er führte nur einen Stock und einen Revolver mit sich, für den Fall, daß ihm ein Raubtier in den Weg kam, obwohl die Jäger während ihrer bisherigen Ausflüge niemals die Spur eines solchen entdeckt hatten. Außer der Verteidigungswaffe nahm Briant noch eines der Fernrohre von der »Sloughi« mit, das sich durch besondere Klarheit auszeichnete. An Proviant hatte er Schiffszwieback, ein Stück Pökelfleisch und einen Flaschenkürbis voll Wasser eingepackt.

Schnellen Schrittes dahinwandernd, folgte er anfänglich der Küstenlinie. Nach Verlauf einer Stunde gelangte er schon zu dem äußersten von Doniphan und dessen Begleitern auf der Taubenjagd erreichten Punkt. Das Wetter war klar und der Himmel ganz frei, das mußte er nützen. Häuften sich am Nachmittag nach Osten zu wieder Nebelwolken, so war sein ganzes Unternehmen verfehlt.

Während der ersten Stunden hatte Briant ziemlich schnell ausschreiten und etwa die Hälfte seines Weges zurücklegen können. Stellte sich ihm kein Hindernis in den Weg, so durfte er damit rechnen, etwa gegen acht Uhr am Vorgebirge einzutreffen. Je mehr sich das steile Ufer aber der Klippenbank näherte, desto beschwerlicher wurde für ihn der Boden des Vorlandes. Briant mußte jetzt über nasse Felsblöcke und schlüpfrige See-Eichen vordringen, oder gelegentlich Wasserlachen umwandern und über loses Gestein hinbalancieren, auf dem der Fuß nirgends einen festen Stützpunkt fand. Das machte sein Fortkommen sehr schwierig – und was noch schlimmer war – verursachte ihm eine Verspätung von zwei vollen Stunden.

»Ich muß das Kap vor Wiedereintritt des Hochwassers erreichen!« sagte sich Briant. Ohne auf die Anstrengungen zu achten, die ihm fast die Glieder lähmten, suchte er den kürzesten Weg einzuschlagen. Manchmal mußte er Stiefel und Strümpfe ausziehen und bis zu den Knien durch das Wasser waten. Befand er sich dann wieder auf den Klippen, so konnte er nur mühsam manchen gefährlichen Sturz vermeiden. Wie er feststellte, tummelte sich gerade an dieser Stelle der Bucht das Seegeflügel in größter Menge; ja, man konnte sagen, daß es hier von Tauben, Austernfressern und Enten nur so wimmelte. Auch einige Pelzrobben spielten am Rande der Klippen und zeigten nicht die geringste Furcht.

Bei näherer Überlegung erkannte Briant aus dieser Tatsache, daß die Küste in noch höherer Breite liegen mußte, als er vorher angenommen hatte, jedenfalls südlicher als Neuseeland. Der Schoner war also bei der Fahrt über den Stillen Ozean wahrscheinlich weit nach Südosten abgewichen. Diese Wahrnehmung wurde noch dadurch bestätigt, daß er am Fuße des Vorgebirges ganze Scharen von Plattfischen entdeckte, die nur die antarktischen Gegenden bewohnen.

Inzwischen war es zehn Uhr vormittags geworden, und erschöpft und ausgehungert hielt er es für das klügste, sich erst etwas zu stärken, ehe er die Besteigung der Felsen versuchte, deren Kamm sich bis dreihundert Fuß über der Meeresoberfläche erhob. Er setzte sich also, geschützt gegen die ansteigende Flut, die schon über den Klippengürtel hinwegschäumte, auf einen Felsen nieder und dehnte seinen Aufenthalt eine gute Stunde aus, um wieder ganz zu Kräften zu kommen. Dann schnürte er seinen Proviantsack zu, warf ihn auf den Rücken und begann die ersten Felssprossen emporzuklettern. Ganz am Ende der Bucht zeigte sich das in einer scharfen Spitze auslaufende Vorgebirge. Briant bemerkte, daß es eine enge Schlucht von dem Steilufer trennte. Auf der anderen Seite erstreckte sich das Vorland über Sichtweite nach Norden hinaus. Da der Hügel die umgebenden Höhenpunkte jedoch um gute hundert Fuß überragte, mußte der Blick von seinem Gipfel eine ziemlich umfassende Fernsicht gewähren, und darauf kam es Briant ja besonders an. Das Klettern war ziemlich schwierig, er mußte sich von einem Felsstück zum andern emporschwingen, und diese waren oft so groß, daß er nur mit Mühe ihre oberen Kanten erreichen konnte. Auf dem Gipfel setzte Briant sofort das

Fernrohr an das Auge und schaute zuerst in der Richtung nach Osten hinaus. Diese Gegend erschien, soweit er sehen konnte, völlig flach. Das steile Ufer bildete ihre größte Erhebung, und dessen Hochebene senkte sich dann ganz allmählich nach dem Innern zu hinab. Weiter hinaus unterbrachen noch einige kleinere Erhöhungen diese Fläche, ohne das Bild des Landes besonders zu verändern. Nach der gleichen Richtung hin bedeckten sie große Waldmassen, die unter ihrem jetzt mehr gelblichen Blätterdach die Wasserläufe bergen mochten, die am Uferland mündeten. Das Ganze erschien also bis zum Horizont hinaus als große Ebene, deren Durchmesser etwa sechzehn Kilometer betragen konnte. Es hatte also nicht den Anschein, als ob das Meer an dieser Seite das Land begrenzte, und um festzustellen, ob es zu einer Insel oder zu einem Festland gehöre, bedurfte es eines weiter ausgedehnten Ausfluges in der Richtung nach Osten.

Nach Norden hin erkannte Briant kein Ende des Vorlandes, das sich in jener Linie wohl elf Kilometer weit ausdehnte. Jenseits eines weiter draußen liegenden, sehr verlängerten Vorberges bildete es vielmehr eine große sandige Fläche, die man fast als eine Wüste bezeichnen konnte. Nach Süden zu und hinter dem anderen Vorgebirge, das sich dort am Ende der Bucht erhob, verlief die Küste von Nordost nach Südwest und begrenzte da einen ausgedehnten Sumpf, der mit dem öden Vorland im Norden auffallend kontrastierte.

Briant suchte mit dem Fernrohr sorgfältig den ganzen Gesichtskreis ab. Befand er sich auf einer Insel? War er auf einem Festland? Er hätte es nicht sagen können. Wenn es eine Insel war, so hatte sie einen ziemlich bedeutenden Umfang. Mehr konnte er vorläufig nicht feststellen.

So wandte er sich jetzt der Westseite zu. Das Meer erglänzte unter den schrägen Strahlen der Sonne, die allmählich zum Horizont hinabsank. Plötzlich nahm Briant das Fernrohr sehr hastig wieder vor das Auge und richtete es nach der äußersten Linie der offenen See.

»Schiffe! Schiffe!« rief er für sich. »Vorübersegelnde Schiffe!«
In der Tat zeigten sich drei schwarze Punkte am Rande der glitzernden Gewässer in einer Entfernung, die mindestens 25 Kilometer betragen mochte. Wie fühlte sich Briant seltsam erregt! War er das Opfer einer Augentäuschung? Sah er dort wirklich Fahrzeuge? Er senkte das Fernrohr und reinigte das Okular. Dann blickte er wieder hinaus.
In der Tat schienen die drei schwarzen Punkte Schiffe zu sein, von denen man nur den Rumpf sehen konnte. Von Masten zeigte sich freilich nichts, und keine Rauchsäule deutete darauf hin, daß es Dampfer in Fahrt seien. Sofort kam Briant der Gedanke, daß diese Schiffe, wenn es solche waren, sich in viel zu großer Entfernung befanden, als daß sie Signale von ihm hätten wahrnehmen können. Da er auch annehmen mußte, daß seine Kameraden dic Fahrzeuge nicht bemerkt hatten, erschien es ihm das beste, so rasch wie möglich zur »Sloughi« zurückzukehren, um auf dem Strand ein großes Feuer anzuzünden und dann... wenn die Sonne versunken war... Während dieser Gedanken behielt Briant die drei schwarzen Punkte unausgesetzt im Auge. Wie groß aber war seine Enttäuschung, als er sich überzeugte, daß diese sich nicht von der Stelle bewegten. Erneut beobachtete er sie durch das Fernrohr, und da wurde es ihm bald klar, daß er nur drei kleine Inseln vor sich hatte, die im Westen vor der Küste lagen.
Die Enttäuschung war sehr schmerzlich.
Das Meer begann sich jetzt wieder zurückzuziehen und ließ den Klippengürtel zur Seite des steilen Ufers trocken liegen. Briant hielt es an der Zeit, zu der »Sloughi« heimzukehren und bereitete sich vor, nach dem Fuß der Felsen hinabzusteigen. Vorher wollte er aber noch einmal den östlichen Horizont besichtigen. Vielleicht erkannte er bei dem jetzt noch tieferen Stand der Sonne einen anderen Punkt des Landes, der ihm bisher entgangen war. Er be-

gann also nochmals seine aufmerksamen Beobachtungen in dieser Richtung, und wirklich, er sollte diese Mühe nicht zu bereuen haben. In der Tat unterschied er am äußeren Horizont jenseits der Wälder sehr deutlich eine blaue Linie, die sich auf der Entfernung von einigen Kilometern von Nord nach Süd hin fortsetzte, eine Linie, deren beide Enden sich hinter den verstreuten Bäumen verbarg. »Was ist das?« fragte er sich; noch einmal blickte er möglichst genau hinaus.

»Das Meer! Ja, das ist das Meer!«

Fast wäre das Fernrohr seinen Händen entfallen. Da sich das Meer auch im Osten ausdehnte, gab es also keinen Zweifel mehr, daß es kein Festland war, auf dem die »Sloughi« gescheitert war, sondern eine Insel, eine in der grenzenlosen Weite des Stillen Ozeans verlorene Insel, von der sie unmöglich wieder fortkommen konnten!

Ist es das Meer?

Noch am gleichen Tag nach dem Abendessen berichtete Briant den Großen über seine Nachforschungen. Die »Sloughi« hatte also das Unglück gehabt, auf einer Insel und nicht auf dem Festland zu scheitern. Anfangs nahmen Gordon und die anderen diese Mitteilung ihres Gefährten mit großer Erregung auf. Sie befanden sich auf einer Insel und ihnen fehlte es an Mitteln, um von ihr wieder wegkommen zu können! Auf die frühere Absicht, nach Osten zu weiter in das Festland vorzudringen, sollten sie verzichten müssen! Sollten verurteilt sein, auf ein Schiff zu warten, das zufällig an dieser Küste vorübersegelte!

»Doch sollte sich Briant in seinen Beobachtungen nicht getäuscht haben?« bemerkte Doniphan.

»Ja, Briant«, ließ sich Cross vernehmen, »könntest du nicht vielleicht eine Wolkenbank für das Meer angesehen haben?«

»Nein«, versicherte Briant, »ich bin fest überzeugt, mich nicht geirrt zu haben. Ich habe im Osten bestimmt Wasser gesehen, das sich bis zum Horizont ausbreitete.«
»In welcher Entfernung?«
»Etwa zehn Kilometer vom Vorgebirge.«
»Und bis dahin gab es keine Berge, kein höher aufsteigendes Land?«
»Nein, nichts als den weiten Himmel!«
Briant schien seiner Sache so sicher, daß man seine Angaben vernünftigerweise nicht anzweifeln konnte. Wie es Doniphan aber immer tat, wenn er über irgend etwas mit ihm sprach, so beharrte er auch jetzt bei seiner eigenen Meinung. »Ich wiederhole«, erklärte er, »daß Briant sich doch hat täuschen können, und solange wir uns nicht mit eigenen Augen überzeugt haben...«
»Das soll schon morgen geschehen«, nahm Gordon wieder das Wort. »Wir werden jedenfalls, wenn es das Wetter erlaubt, einen auf mehrere Tage ausgedehnten Ausflug unternehmen. Ich sage, wenn es schönes Wetter ist, denn bei schlechtem Wetter sich in die dichten Wälder des Inneren zu wagen, würde eine entschiedene Torheit sein.«
»Ganz recht, Gordon«, bestätigte Briant, »und wenn wir die entgegengesetzte Seite der Insel erreicht haben...«
»Im Falle, daß es eine Insel ist«, rief Doniphan, der ungläubig mit den Achseln zuckte, dazwischen.
»Es ist aber eine Insel«, versetzte Briant ungehalten. »Ich habe mich nicht getäuscht! Mit vollster Deutlichkeit habe ich im Osten das Meer erkannt. Doniphan gefällt sich nur darin, mir seiner Gewohnheit gemäß zu widersprechen.«
»Oh, du bist nicht unfehlbar, Briant!«
»Nein, das bin ich nicht, doch diesmal werdet ihr sehen, ob ich mich geirrt habe! Ich werde selbst ausziehen, dieses Land näher zu besichtigen, und wenn Doniphan mich begleiten will...«
»Natürlich gehe ich mit!«
»Und wir ebenfalls!« riefen drei oder vier der größeren Jungen.

»Schon gut!« meinte Gordon. »Alle dürfen wir nicht durch die Wälder ziehen. Die Kleinen können uns dahin doch nicht folgen, und wir dürfen sie ja nicht allein auf der ›Sloughi‹ zurücklassen. Es wird das beste sein, wenn Doniphan und Briant und höchstens noch zwei andere gehen.«

»Ich!« meldete sich Wilcox.

»Und ich!« rief Service.

»Meinetwegen«, antwortete Gordon, »drei werden übrigens genug sein. Kommt ihr nicht rechtzeitig zurück, so könnte euch immer noch einer von uns entgegengehen, während die anderen auf dem Schoner verbleiben. Vergeßt nicht, daß hier unser Lager, unser Haus ist, und das dürfen wir nicht verlassen, außer wenn wir sicher sind, uns auf einem Festland zu befinden.«

»Wir sind auf einer Insel!« erwiderte Briant. »Ich bleibe bei meiner Behauptung!«

»Das werden wir sehen!« sagte Doniphan.

Die klugen Ratschläge Gordons hatten dem Streit dieser jungen Starrköpfe ein Ende gemacht. Auch Briant erkannte gern an, daß es notwendig sei, durch die ganze Breite der Wälder des Innern zu gehen, um bis zu der von ihm gesehenen Wasserlinie selbst zu gelangen. Jedenfalls schien es geraten, die Nachforschungen nur bei ganz gutem Wetter anzustellen.

So eilig es Briant und Doniphan mit ihrem Ausflug hatten, so zwang sie doch ein Umschlag des Wetters, ihn zu vertagen. Am nächsten Morgen fiel mit einzelnen Unterbrechungen ein recht kalter Regen. Das fortwährende Fallen des Barometers stellte eine Periode unsteten Wetters in Aussicht, von der niemand vorher wissen konnte, was sie mit sich bringen würde.

Gordon ließ sich inzwischen die Mühe nicht verdrießen und versuchte festzustellen, in welchem Teil des Ozeans der Schiffbruch wohl stattgefunden habe. Der Atlas, der zur Bibliothek der Jacht gehörte, enthielt auch eine Reihe Karten des Stillen Ozeans. Verfolgte man nun die Wegstrecke von Auckland bis zur Westküste Amerikas, so lagen nördlich derselben und jenseits der Komotoinseln nichts als die Osterinsel und die Insel Juan Fernandez, auf der Selkirk – ein wirklicher Robinson – einen Teil seines Lebens zugebracht hatte. Nach Süden zu fand sich kein Land bis nach den unbegrenzten Flächen des antarktischen Ozeans. Weiter östlich stieß man auf die längs der Küste Chiles verstreuten Chileo- oder Madre-de-Dios-Inseln und tiefer unten auf die Magellan-Straße und Feuerland, um das am Kap Hoorn das Meer stets mit furchtbarem Wüten brandete.

War der Schoner gar auf eine dieser öden Inseln verschlagen worden, die nur die Pampas zu Nachbarn haben, so würden die Jungen Hunderte von Kilometern zurücklegen müssen, um nach bewohnten Gebieten Chiles oder der argentinischen Republik zu gelangen. Welche Hilfsmittel boten ihnen aber diese ungeheuren Einöden, wo Gefahren aller Art die Reisenden bedrohten?

Der Plan, im Osten die Land- und Wasserverhältnisse zu erforschen, blieb natürlich bestehen, konnte jedoch während der folgenden vierzehn Tage nicht zur Ausführung gebracht werden. Das Wetter wurde geradezu abscheulich; es regnete oft vom Morgen bis zum Abend, und fast unausgesetzt heulte ein mächtiger Sturm. Während dieser langen, stürmischen Tage sahen sich Gordon und seine Kameraden auf das Schiff beschränkt, ohne daß sie deshalb untätig bleiben mußten. Sie versuchten, die Beschädigungen der Jacht auszubessern. Die Planken begannen allmählich sich weiter zu öffnen, und das Deck war auch nicht mehr wasserdicht. An einigen Stellen drang der Regen schon durch die Fugen, deren Werg sich allmählich ausfaserte.

Sehr dringend erschien es nun auch, ein weniger unzuverlässiges Obdach zu suchen. An ein Auswandern nach dem Osten war in den nächsten fünf bis sechs Monaten doch nicht zu denken, und so lange hielt die »Sloughi« sicherlich nicht mehr zusammen. Mußten sie diese aber während

der rauhen Jahreszeit verlassen, wo hätten sie Unterkunft finden sollen, wenn der Westabhang des Steilufers nicht einmal eine Höhle zeigte, die benutzt werden konnte?
Gordon hätte gerne die Reservesegel zur Umhüllung des ganzen Rumpfes verwendet, er schreckte aber doch davor zurück, diese dichten Gewebe zu opfern, die vortrefflich zum Bau eines Zeltes dienen konnten, wenn sie zufällig in die Lage kamen, unter freiem Himmel nächtigen zu müssen.
Inzwischen war die gesamte Ladung in einzelne Ballen verteilt und in Gordons Notizbuch diejenigen mit Nummern bezeichnet worden, die im Notfall schleunigst ans Land geschafft werden sollten.
Klarte das Wetter einmal für wenige Stunden auf, so zogen Doniphan, Webb und Wilcox sogleich zur Jagd auf Felstauben hinaus, die Moko mit mehr oder weniger Erfolg in verschiedener Weise zuzubereiten sich bemühte. Andererseits beschäftigten sich Garnett, Service und Cross, denen sich auch die Kleinen anschlossen und die selbst Jacques manchmal begleitete, wenn sein Bruder das ausdrücklich verlangte, mit dem Fischfang.
Als am 27. März im Laufe des Nachmittags der Regen einmal aufgehört hatte, gingen die Kleinen mit ihren Fischgeräten an den Fluß. Plötzlich ertönten laute Schreie. Gordon, Briant, Service und Moko, die an Bord des Schoners beschäftigt waren, unterbrachen ihre Arbeit und eilten in die Richtung, aus der die Rufe ertönten.
»Schnell, schnell, hierher! Kommt hierher!« rief Jenkins.
»Schnell, seht nur Costar mit seinem Renner!« sagte Iverson.
»Noch schneller, Briant, noch schneller, oder er geht uns durch!« wiederholte Jenkins.
»Genug! Laßt mich herunter! Ich fürchte mich!« rief in diesem Augenblick Costar weinend und mit den kläglichsten Gebärden.
»Pfui!« schrie dagegen Dole, der hinter Costar auf einer sich bewegenden Masse Platz genommen hatte. Diese

Masse war nichts anderes als eine sehr große Schildkröte, die man meist auf der Oberfläche des Meeres eingeschlafen antrifft. Hier war sie jedoch auf dem Strand überrascht worden und suchte jetzt ihr natürliches Element wiederzugewinnen.

Vergebens bemühten sich die Jungen, nachdem sie eine Leine um den Hals des Tieres geschlungen hatten, die sich auch über dessen Rücken hin fortsetzte, das kräftige Tier zurückzuhalten, dieses kroch immer weiter, und wenn es auch nicht schnell von der Stelle kam, so zog es doch mit unwiderstehlicher Gewalt die ganze Gesellschaft nach sich. Aus Scherz hatte Jenkins den kleinen Costar auf den Rückenschild gesetzt, und Dole hielt rittlings hinter ihm den Knaben fest, der nur um so ängstlicher schrie, je mehr die Schildkröte sich dem Meer näherte.

»Nur Mut, Costar, nur Mut!« rief Gordon. Briant konnte sich, da von einer Gefahr gar keine Rede war, des Lachens nicht enthalten. Aber es schien notwendig, das Tier zu fangen. Es lag auf der Hand, daß alle zusammen nicht imstande sein würden, die Schildkröte aufzuhalten. Man mußte also an ein Mittel denken, ihr Weiterkriechen zu verhindern, ehe sie im Wasser verschwand, wo sie dann unbedingt in Sicherheit war. Die Revolver, die Gordon und Briant vom Schoner mitgenommen hatten, konnten hierzu nicht dienen, denn der Rückenpanzer einer Schildkröte verträgt eine Kugel ohne Schaden, und wenn man sie mit Äxten angegriffen hätte, so würde sie einfach Kopf und Füße eingezogen haben.

»Es gibt nur ein Mittel«, sagte Gordon, »und das besteht darin, sie auf den Rücken zu drehen.«

»Doch wie?« erwiderte Service. »Das Tier da wiegt wenigstens seine 300 Pfund, und wir werden nicht imstande sein, es zu drehen.«

»Sparren holen!« rief Briant.

Begleitet von Moko lief er, was ihn die Füße tragen konnten, zur »Sloughi« zurück. In diesem Augenblick befand sich die Schildkröte nur noch 30 Schritt vom Meer.

Gordon beeilte sich, um Costar und Dole, die noch immer auf dem Tier saßen, herunterzuheben. Dann packten alle den Strick und zerrten mit Leibeskräften daran rückwärts, ohne den Gang des Tieres nur verzögern zu können; ja, die Schildkröte wäre wohl imstande gewesen, das ganze Internat Chairman fortzuschleppen. Glücklicherweise kamen Briant und Moko zurück, ehe die Schildkröte das Meer erreicht hatte. Zwei Sparren wurden ihr unter den Brustschild geschoben, und mit Hilfe dieser Hebel gelang es endlich, freilich nicht ohne große Anstrengung, sie auf den Rücken zu wenden. In dem Augenblick, wo sie den Kopf einziehen wollte, traf sie Briant mit einem so wohlgezielten Axthieb, daß sie fast augenblicklich tot war.
»Nun, Costar, hast du immer noch Angst vor ihr?« erkundigte sich Briant.
»Ich wette«, rief Service, »daß du nicht von ihr zu essen wagst.«
»Kann man das Tier denn essen?«
»Oh, es ist ausgezeichnet«, rief Moko, der gar nicht genug rühmen konnte, wie schmackhaft das Fleisch der Schildkröte sei. Da es unmöglich schien, diese schwere Masse nach der Jacht zu befördern, mußte man sich zum Ausweiden an Ort und Stelle entschließen. Das war zwar eine etwas widerwärtige Arbeit, die jungen Schiffbrüchigen gewöhnten sich aber schon langsam an die oft recht unangenehmen Notwendigkeiten ihres Robinsonlebens. Am schwierigsten war es, den Brustschild zu sprengen, dessen metallische Härte selbst die Schneide einer Axt schartig gemacht hätte. Es gelang endlich, mit einem Meißel die Verbindungsstellen der Platten zu sprengen; dann wurde das Fleisch nach der »Sloughi« geschafft.
Noch am gleichen Tag konnten sich alle überzeugen, daß die Schildkrötensuppe wirklich vorzüglich schmeckte, ganz zu schweigen von den gerösteten Fleischstücken, die verzehrt wurden, obwohl Moko sie hatte auf den glühenden Kohlen etwas zu schwarz werden lassen.
So verstrich der Monat März, und es kam nun darauf an,

ehe der Winter seinen Einzug hielt, die wichtige Frage, ob Festland oder Insel, mit Bestimmtheit zu lösen. Am ersten April wurde es offenbar, daß die Witterung in nächster Zeit umschlagen würde. Das Barometer stieg langsam, und der Wind, der auf das Land zuwehte, schwächte sich mehr und mehr ab. Man konnte sich über diese Vorzeichen einer bevorstehenden Ruhe, und zwar einer länger andauernden, nicht täuschen.

»Ich denke«, meinte Doniphan, »daß uns eigentlich nichts abhält, schon morgen früh aufzubrechen?«

Die Vorbereitungen waren bald beendet. Lebensmittel für vier Tage, in Säcken, die an einem breiten Gurt getragen wurden, vier Flinten, vier Revolver, zwei kleine Schiffsäxte, ein Taschenkompaß, ein Fernrohr, Reisedecken, Streichhölzer, Lunten und Feuerstahl, das schien für die Bedürfnisse einer kürzeren, aber nicht ungefährlichen Expedition zu genügen. Briant, Doniphan und die beiden anderen Jungen, die sie begleiten sollten, mußten jedenfalls vorsichtig vorgehen, die Augen überall hinwenden und durften sich nicht trennen.

Gordon sagte sich wohl, daß seine Anwesenheit zwischen Briant und Doniphan sehr nützlich gewesen wäre; es schien ihm aber doch klüger, bei der »Sloughi« zu bleiben, um die kleineren Gefährten zu überwachen. Von Briant, den er einmal beiseite nahm, erhielt er übrigens die Zusicherung, daß dieser jede gereizte Auseinandersetzung und jeden Streit unbedingt vermeiden werde.

Die Vorhersage des Barometers war in Erfüllung gegangen, und noch vor Tagesende verschwanden die letzten Wolken im Norden. Die Kreislinie des Meeres zeichnete sich im Westen scharf am Horizont ab. Die prächtigen Sternbilder der südlichen Halbkugel flimmerten am Firmament, unter ihnen das herrliche Kreuz des Südens, das am antarktischen Pol der Welt leuchtet.

Am Abend der bevorstehenden Trennung fühlten Gordon und seine Kameraden ihr Herz recht schwer belastet. Was konnte sich alles bei einem Ausflug ereignen, der vielleicht unerwartete Zwischenfälle mit sich brachte! Und während ihre Blicke am Sternenhimmel hafteten, wandten sich die Gedanken ihren Eltern, ihren Familien und der Heimat zu, die sie vielleicht niemals wiedersehen sollten.

Briant, Doniphan, Wilcox, Service verließen das Lager der »Sloughi« am nächsten Tag um sieben Uhr morgens. Die am wolkenlosen Himmel aufsteigende Sonne versprach einen schönen Tag, wie sie der Oktober zuweilen den Bewohnern der gemäßigten Zone auf der nördlichen Halbkugel beschert.

Anfangs zogen die jungen Forscher schräg über das Vorland, um zu den Felsen des Steilufers zu gelangen. Gordon hatte ihnen empfohlen, Phann mitzunehmen, dessen Instinkt ihnen gewiß von Nutzen sein konnte.

Eine Viertelstunde nach dem Aufbruch waren die vier Jungen schon unter dem Blätterdach des Waldes verschwunden, den sie rasch durchmaßen. Auf den Bäumen flatterten verschiedene Vögel umher. Doniphan, der seinen Wünschen widerstand, ließ sie unbehelligt. Selbst Phann schien zu begreifen, daß sein weites Hinundherlaufen jetzt unnütz sei, und hielt sich bei seinen Herren, ohne sich von ihnen weiter zu entfernen, als es seine Rolle als Kundschafter bedingte. Am Steilufer erkannte Briant auch die Stelle wieder, an der er mit Gordon während des ersten Ausfluges haltgemacht hatte. Da sich in diesem Teil der Kalkwand kein Durchgang vorfand, mußten sie im Norden eine gangbare Stelle suchen, selbst wenn sie das auch zwingen würde, bis zum Vorgebirge selbst zu gehen. Eine Stunde etwa marschierte man so vorwärts, und da man voraussichtlich bis zum Vorgebirge hinausziehen mußte, so sorgte sich Briant schon darüber, ob der Weg dahin wirklich frei sein würde. Hatte zu dieser vorgerückten Stunde die Flut nicht den Strand schon wieder bedeckt? Das hätte den Verlust eines halben Tages bedeutet, wenn man warten mußte, bis die Ebbe die Klippenbank wieder trockenlegte.

»Wo ist denn Service?« rief in diesem Augenblick Doniphan. Der Knabe war nicht mehr da. Nachdem er sich mit Phann entfernt hatte, war er hinter einem Vorsprung des Steilufers, etwa hundert Schritte zur Rechten verschwunden. Plötzlich ertönten, begleitet vom Gebell des Hundes, laute Rufe, als ob sich Service in Gefahr befände. In wenigen Augenblicken hatten Briant, Doniphan und Wilcox ihren Kameraden eingeholt, der vor einer offenbar schon lange vorhandenen Einsturzstelle der Felswand wartete. Durch das Einsickern des Wassers oder überhaupt durch die Unbilden der Witterung, die im Lauf der Zeit die Kalkmassen lockerten, war eine Art Halbtrichter entstanden, eine halbkegelförmige Schlucht, deren innere Wände schräg anstiegen. Sie boten eine Reihe von Stützpunkten, auf denen der Fuß Halt finden mußte. Gewandte Jungen würden also die Kammhöhe ohne große Gefahren erklimmen können, wenn sie dabei nicht einen Gesteinsschlag verursachten.
Doniphan schwang sich zuerst auf die am Grunde lagernden Blöcke.
»Warte!« rief Briant ihm zu. »Keine Unklugheit!«
Doniphan hörte jedoch nicht auf diese Warnung, und da ihn seine Eigenliebe anspornte, es seinen Kameraden – vor allem gerade Briant – vorauszutun, hatte er sehr bald schon die Hälfte der Schlucht erklettert. Die anderen folgten ihm nach, vermieden aber die Stelle gerade unter ihm, um nicht von den Bruchstücken getroffen zu werden, die sich von der Kalksteinwand lösten und bis zum Erdboden hinabrollten.
Alles ging gut ab, und Doniphan genoß die Befriedigung, als erster den Fuß auf den Kamm des Steilufers zu setzen, während die anderen erst nach ihm dort anlangten. Er zog gleich sein Fernrohr aus dem Etui und richtete es nach der Oberfläche der Waldungen, die sich im Osten bis über Sichtweite hinaus fortsetzten. Hier bot sich ihm das gleiche Rundgemälde von Himmel und Grün, das Briant von der Höhe des Vorgebirges aus gesehen hatte –

nur in etwas beschränkterer Ausdehnung, da der jetzige Standpunkt weniger hoch lag.
»Nun«, fragte Wilcox, »siehst du nichts?«
»Ganz und gar nichts!« versicherte Doniphan.
»So laß mich einmal hindurchsehen«, bat Wilcox. Doniphan reichte das Fernrohr dem Kameraden, während sein Gesicht eine unverhohlene Befriedigung widerspiegelte.
»Ich kann nicht die geringste Wasserlinie entdecken«, sagte Wilcox, das Fernrohr senkend.
»Das ist sehr erklärlich«, antwortete Doniphan, »da es nach dieser Seite hin überhaupt keine gibt. Du kannst ja hindurchsehen, Briant, und ich glaube, du erkennst dann deinen Irrtum.«
»Das wäre nutzlos«, erwiderte Briant. »Ich weiß, daß ich mich nicht getäuscht habe.«
»Das ist doch etwas stark! Wir beide können nichts erblicken.«
»Sehr natürlich, weil unser Standpunkt hier niedriger ist als das Vorgebirge, und weil die Sichtweite dadurch verkürzt wird. Wären wir auf der Höhe, wo ich damals stand, so würde die bläuliche Linie in einer Entfernung von neun bis zehn Kilometern sichtbar sein.«
»Das ist leicht gesagt!« warf Wilcox ein.
»Und auch leicht bewiesen«, antwortete Briant gelassen. »Gehen wir nur über die Hochfläche des Steilufers, dann durch die Wälder hin, und gehen wir immer weiter, bis wir die Stelle erreichen…«
»Ah, sehr schön«, unterbrach ihn Doniphan, »das könnte uns weit weg führen, und wer weiß, ob sich die Mühe lohnt?«
»So bleib du hier«, sagte Briant, der, Gordons Rat folgend, trotz des bösen Willens seines Kameraden die Ruhe bewahrte. »Bleib du hier zurück; Service und ich werden allein gehen.«
»Nein, wir gehen mit!« rief Wilcox. »Auf, Doniphan, und vorwärts nun!«
»Erst wenn wir gefrühstückt haben!« meinte Service.

Das war nach einer halben Stunde abgetan, dann zogen die Jungen weiter. Die ersten Kilometer wurden schnell zurückgelegt, da der Rasenboden keine Hindernisse bot. Als Briant mit seinen Gefährten die ebene Fläche überschritten hatte, konnten sie auch nur mit Mühe an der anderen Seite des hier fast ebenso hohen und wie nach der Bucht zu schroff abfallenden Steilufers hinuntergelangen. Ohne das halb ausgetrocknete Bett eines Bergbaches, dessen vielfache Windungen die Steilheit des Abhanges etwas mäßigten, wären sie wohl genötigt gewesen, hier oben bis zum Vorgebirge hin zu wandern.

Im Walde selbst gestaltete sich das Fortkommen auf dem von üppig wuchernden Pflanzen und hohem Gras bedeckten Boden weit beschwerlicher. Manchmal sperrten umgestürzte Bäume den Weg oder war das Unterholz so dicht, daß sie sich erst mit der Axt Bahn brechen mußten. Jeden Augenblick gab es einen Aufenthalt, der die Arme mehr ermüdete als die Beine und das Fortkommen so verzögerte, daß der vom Morgen bis zum Abend zurückgelegte Weg kaum mehr als fünf bis sieben Kilometer betrug.

Es schien in der Tat, als sei noch kein menschliches Wesen durch diese üppigen Waldungen vorgedrungen, wenigstens fand sich davon keine Spur. Der schmalste Pfad hätte ja hingereicht, dafür den Beweis zu erbringen; doch nirgends war ein solcher zu entdecken. Das an manchen Stellen niedergetretene Gras deutete nur auf das Vorkommen mittelgroßer Tiere, von denen jetzt noch einige entflohen, ohne daß ihre Art zu bestimmen gewesen wäre. Jedenfalls waren sie nicht besonders zu fürchten, da sie sich so eilig außer Schußweite in Sicherheit brachten. Die Baumarten des Waldes gehörten vorwiegend verschiedenen Sorten von Birken und Buchen an, die ihre Äste wohl bis auf hundert Fuß emporstreckten.

Es war zwei Uhr, als sie nochmals haltmachten, und zwar inmitten einer schmalen, von einem seichten Flüßchen durchströmten Lichtung. Sein vollkommen klares Wasser floß langsam über ein schwärzliches Felsenbett hin. Wenn man den friedlichen und wenig tiefen Lauf betrachtete, der weder abgestorbenes Holz noch welkes Gras mit sich führte, so durfte man wohl annehmen, daß seine Quelle nicht weit von hier zu suchen wäre. Über einige verstreute Steine hinweg konnte man es leicht überschreiten; ja, an einer Stelle schienen solche flachen Steine so ordnungsgemäß aneinandergeschichtet, daß es auf den ersten Blick auffallen mußte.

»Das sieht ja merkwürdig aus!« sagte Doniphan. In der Tat bildete das Ganze eine Art Weg von einem Ufer zum anderen.

»Man könnte es für eine Brücke halten«, meinte Service, der schon daranging, sie zu überschreiten.

»Halt! Achtung!« rief ihm da Briant zu. »Wir müssen die Anordnung dieser Steine erst näher untersuchen!«

»Es ist doch ganz unmöglich«, fügte Wilcox hinzu, »daß sie der reine Zufall so aneinandergefügt hat.«

Sie prüften nun sorgsam die einzelnen Bestandteile dieses schmalen Brückleins, die das Wasser nur um wenige Zoll überragten, und während der Regenzeit überschwemmt sein mußten. Konnte man deshalb aber sagen, daß es die Hand eines Menschen gewesen sei, die diese Steinplatten quer durch das Flüßchen gelagert, um das Überschreiten des Wasserlaufs zu erleichtern? Nein, es war dagegen wohl mit mehr Wahrscheinlichkeit anzunehmen, daß die Gewalt der Strömung zur Zeit des Hochwassers sie hier nach und nach zusammengeholt und damit eine natürliche Brücke gebildet hatte. So erklärte sich wenigstens auf einfache Weise das Vorhandensein dieses Steges, und nach genauester Untersuchung nahmen auch Briant und seine Kameraden diese Auffassung an, zumal weder das rechte noch das linke Ufer andere Spuren erkennen ließ und nichts darauf hindeutete, daß der Fuß eines Menschen jemals diese Lichtung betreten habe.

Die vier Jungen brachen wieder auf, nachdem sie das Flüßchen auf jener Naturbrücke überschritten hatten, um weiter stromaufwärts sich dazu nicht etwa unter ungünstigeren Verhältnissen gezwungen zu sehen. Es war leicht genug, dem Uferrande zu folgen, bis auf wenige Stellen, wo gewisse Baumgruppen ihre Wurzeln in dem murmelnden Wasser badeten, während ihre Zweige sich von Ufer zu Ufer verstrickten. Gegen fünf Uhr mußten Briant und Doniphan zu ihrem Leidwesen erkennen, daß der Lauf des Flüßchens sich entschieden nach Norden richtete. Folgten sie ihm auch ferner als Leitfaden, so wurden sie offenbar weit ab und nach einer ihrem Ziel nicht entsprechenden Richtung weggeführt. Sie beschlossen also, vom Ufer abzuweichen und durch die dichtesten Birken und Buchen einen geraden Weg nach Osten einzuschlagen. Doch welche Schwierigkeiten brachte das mit sich! Inmitten des hohen, ihre Köpfe zuweilen überragenden Grases mußten sie sich wiederholt anrufen, um zusammenzubleiben. Als nach eintägiger Wanderung noch nichts die Nähe einer größeren Wasserfläche verriet, wurde Briant allmählich doch etwas unruhig. Sollte er das Opfer einer Augentäuschung gewesen sein, als er von der Höhe des Vorgebirges den Horizont betrachtet hatte?

»Nein, nein!« wiederholte er sich. »Ich habe mich nicht getäuscht! Das kann nicht sein! Das ist nicht der Fall!«

Doch wie dem auch sein mochte, jedenfalls war um sieben Uhr abends die Grenze des Waldes noch nicht erreicht, und die Dunkelheit schon zu groß, um noch weiter vorwärts zu dringen. Briant und Doniphan beschlossen, haltzumachen und die Nacht unter dem Schutz der Bäume zu verbringen. Unter ihren dicken Decken würden sie von der Kälte nichts zu leiden haben. Zum Schutz gegen etwaige Raubtiere zündeten sie außerdem mit dürren Zweigen noch ein Feuer an. Nach dem Abendessen legten sie sich nieder, und in ihrem Alter ließ der Schlaf sich nicht lange bitten. Bald lagen sie auch ruhig schlummernd, während Phann, der eigentlich hätte wachen sollen, es seinen Herren nachtat.

Es war gegen sieben Uhr, als Briant und seine Kameraden

erwachten. Die schrägen Strahlen der Sonne erleuchteten nur unbestimmt den Ort, an dem sie die Nacht verbracht hatten. Service kroch zuerst aus dem Dickicht hervor, sofort aber schrie er wieder auf, oder ließ wenigstens Rufe des Erstaunens hören.

»Briant! Doniphan! Kommt doch!«

»Was gibt es denn?« fragte Briant.

»Ja, was ist denn los?« ließ sich auch Wilcox vernehmen. »Mit seiner Gewohnheit, gleich loszuschreien, versetzt uns Service immer in unnötige Schrecken!«

»Schon gut!« antwortete Service. »Seht doch einmal nach, wo wir geschlafen haben!«

Es war kein Dickicht, sondern eine Blätterhütte, die von den Indianern »Ajoupa« genannt wird und die sie aus verflochtenen Zweigen herstellen. Der Ajoupa hier mußte vor langer Zeit errichtet worden sein, denn Dach und Wände hielten nur noch zusammen, weil sie sich an den Baum in der Mitte stützten, dessen Laubwerk die Hütte neu überkleidete.

»Hier gibt es also doch Menschen?« fragte Doniphan, schnell umherblickend.

»Ja, oder es hat zumindest welche gegeben«, antwortete Briant, »denn diese Blätterhütte hat sich nicht allein aufbauen können.«

»Damit erklärt sich auch das Vorhandensein des Steinplattenstegs über das Flüßchen«, bemerkte Wilcox.

Doniphan schlug vor, die Hütte genau zu untersuchen, möglicherweise fand sich hier irgendein Gegenstand, ein Werkzeug oder Instrument, dessen Ursprung man zu erkennen vermochte. Das auf dem Boden der Hütte ausgebreitete Lager von trockenen Blättern wurde sorgfältig weggeräumt, und in einer Ecke fand Service wirklich einen Scherben aus gebranntem Ton, der einem Napf oder einer bauchigen Flasche angehört haben mochte. Das war zwar ein neues Beweisstück von menschlicher Arbeit, es klärte sie aber über nichts auf. Sie mußten ihre Wanderung also weiter fortsetzen.

So zogen sie zwei Stunden langsam, sehr langsam weiter, da sie sich durch das feste Gewirr von Büschen und Sträuchern erst mit der Axt einen Weg bahnen mußten. Endlich, kurz vor zehn Uhr, breitete sich vor ihren Augen ein anderer Horizont aus als die endlose Waldfläche. Hier lag eine mit Mastixbüschen, Thymian und Heidekraut bedeckte Ebene, einen Kilometer weiter im Osten wurde diese von einem Streifen sandigen Landes umschlossen, an den sanft die Brandung des von Briant gesehenen und bis zu den Grenzen des Horizontes hinausreichenden Meeres anschlug.
Doniphan schwieg mäuschenstill. Es kostete den ehrgeizigen Knaben viel Überwindung, anzuerkennen, daß sein Kamerad sich nicht getäuscht hatte. Briant, den es übrigens nach gar keinem Triumph dürstete, betrachtete inzwischen die Umgebung durch das Fernrohr. Im Norden wandte sich die von den Sonnenstrahlen glänzend erleuchtete Küste etwas nach links hin. Der Süden bot den gleichen Anblick, nur rundete sich hier das Gestade zu einem mehr vorspringenden Bogen ab.
Jetzt konnte niemand länger zweifeln. Es war kein Festland, sondern eine Insel, auf die der Sturm den Schoner geschleudert hatte, und sie mußten auf jede Hoffnung, von hier wegzukommen, verzichten, wenn ihnen nicht von außen Hilfe zuteil wurde. Nach der hohen See hinaus war kein weiteres Land in Sicht. Es schien, als ob diese Insel ganz vereinzelt und wie verloren in der ungeheuren Wasserwüste des Stillen Ozeans liege. Die Jungen machten am Fuß eines niedrigen Sandhügels halt. Sie wollten nur frühstücken, um dann durch den Wald zurückzukehren. Während dieser traurigen Rast wechselten sie kaum einige Worte. Endlich raffte Doniphan Rucksack und Flinte zusammen, erhob sich und sagte nur: »Laßt uns aufbrechen!« Alle vier schickten sich nach einem letzten Blick über das vor ihnen liegende Meer an, über die Ebene zurückzugehen, als Phann noch einmal nach dem Saum des Strandes davonsprang.

»Phann! Phann!« rief Service.
Der Hund lief aber, den feuchten Sand hinter sich aufwerfend, in großen Sätzen weiter. Dann gelangte er mit einem Sprung in die kleinen Brandungswellen und begann hier begierig zu saufen. – »Er trinkt!« rief Doniphan.
In einem Augenblick hatte er den schmalen Sandstreifen hinter sich gebracht und kostete ebenfalls einige Tropfen des Wassers, mit dem Phann seinen Durst stillte.
Es schmeckte nicht salzig! Nur ein See war es, der sich bis zum östlichen Horizont hin ausdehnte – nicht das Meer.

Menschliche Spuren

Die hochwichtige Frage, von der das Wohl und Wehe der jungen Schiffbrüchigen abhing, blieb also auch jetzt noch ungelöst. Das vermeintliche Meer war ein See, darüber gab es keinen Zweifel. Konnte es deshalb jedoch nicht immer noch möglich sein, daß dieser See nur zu einer Insel gehörte? Würde man nicht bei weiteren Nachforschungen auf das wirkliche Meer stoßen – auf das Meer, über das zu entkommen ihnen jedes Mittel fehlte?
Dieser See zeigte übrigens eine recht ansehnliche Ausdehnung, da der Himmelshorizont – wie Doniphan bemerkte – drei Viertel seines Umfanges abschloß. Das machte es wieder wahrscheinlicher, daß man sich hier auf einem Festland und nicht auf einer Insel befand.
»Danach wäre es also Amerika, an dessen Küste wir scheiterten«, sagte Briant.
»Das habe ich ja von jeher angenommen«, antwortete Doniphan, »und es scheint, ich irre damit nicht.«
»Jedenfalls«, erwiderte Briant, »war es eine Wasserlinie, die ich im Osten wahrgenommen hatte.«
»Zugegeben; ein Meer war es aber nicht!«
Diese berechtigte Einrede gewährte Doniphan offenbar eine Befriedigung, die mehr für seine Eitelkeit als für ein

gutes Herz sprach. Briant beschied sich ohne Groll; jedenfalls war es im allgemeinen Interesse besser, daß er sich teilweise getäuscht hatte. Auf einem Festland würden sie nicht Gefangene sein wie auf einer Insel. Inzwischen erschien es notwendig, eine noch günstigere Zeit abzuwarten, um einen Ausflug nach Osten zu unternehmen.

Da Gordon und Briant am Westabhang des Steilufers keine passende Höhle gefunden hatten, war es übrigens auch notwendig, Umschau zu halten, ob sich nicht nach der Seite des Binnensees zu eine zur Ansiedlung geeignete Stelle entdecken ließ. Jetzt galt es also, seine Umgebung sorgfältig zu untersuchen, wenn diese Nachforschung die Rückkehr auch um einen oder zwei Tage verzögerte. Gordon würde sich darüber zwar nicht wenig beunruhigen, doch änderte das an Briants und Doniphans Entschlüssen nichts. Ihr Mundvorrat mußte noch für 48 Stunden ausreichen, und da kein Anzeichen eine Wetteränderung befürchten ließ, beschlossen sie, nach Süden hin der Seeküste nachzugehen.

Aber auch noch ein anderer Grund bestimmte sie, ihre Nachforschungen weiter auszudehnen. Unzweifelhaft war dieser Teil des Landes von Eingeborenen bewohnt oder mindestens besucht gewesen. Der durch das Flüßchen gelegte Weg, die Hütte, deren Errichtung die Gegenwart von Menschen vor längerer oder kürzerer Zeit erkennen ließ, das alles waren Anzeichen, die eine Untersuchung erforderten, ehe man sich zu einer Ansiedlung für den Winter entschloß.

Gegen halb neun Uhr machten sich alle vier wieder auf den Weg nach Süden zu durch die grasbestandenen kleinen Dünen. Dem Gestade längs dem Fuß der Dünen folgend und dann wieder ganz am sandigen Ufer dahinwandernd, konnten die Jungen im Laufe des Tages ohne zu große Anstrengung noch gegen 15 Kilometer zurücklegen. Eine Spur von Eingeborenen fanden sie dabei nicht. Keine Rauchsäule wirbelte aus dem Waldesdickicht empor; kein Eindruck eines Fußes zeigte sich im Sand, den der Wellenschlag dieser großen, bis an ihr Ende nicht übersehbaren Wasserfläche feucht erhielt. Es schien nur, als ob deren nördliches Ufer sich wieder nach Süden zuwandte, um hier den Ring um den See zu schließen. Sonst zeigte sich dieser gänzlich verlassen. Weder hob sich ein Segel von dem Horizont ab noch glitt ein Boot über seine schimmernde Fläche. War dieses Gebiet bewohnt gewesen, so konnte das heute kaum noch der Fall sein. Auch wilde Tiere sah man nirgends.

Gegen sieben Uhr abends wurde haltgemacht. Am nächsten Morgen hofften die Jungen, wenn nicht unerwartete Hindernisse eintraten, nach der »Sloughibai« – so nannte man schon allgemein den Uferteil, an dem der Schoner auf Grund geraten war – zurückzukehren. An diesem Abend wäre es übrigens unmöglich gewesen, in der Richtung nach Süden noch weiter zu marschieren. An dem erreichten Punkt verlief nämlich ein Fluß, durch den das Wasser des Sees abfloß, und den sie nur schwimmend überschreiten konnten. Die Dunkelheit gestattete überdies kein genaues Erkennen der Örtlichkeit, und es schien, als ob ein Steilufer die rechte Seite des Flußlaufes umfaßte.

Nach dem Abendessen dachten Briant, Doniphan, Wilcox und Service nur noch daran, auszuruhen, diesmal unter freiem Himmel.

Am nächsten Morgen weckte Briant seine in ihre Decken gehüllten Kameraden. Alle standen gleich auf den Füßen, und während Service ein Stück Schiffszwieback kaute, warfen die anderen drei den ersten Blick auf die üppige Gegend jenseits des Wasserlaufs.

»Wahrhaftig«, rief Wilcox, »es war nur gut, daß wir gestern nicht versuchten, diesen Fluß zu durchschwimmen; wir wären in den schlimmsten Sumpf geraten!«

»Ja freilich«, meinte Briant, »das ist eine Sumpfniederung, die sich nach Süden hinzieht, und deren Ende man nicht zu erkennen vermag.«

Im Hintergrund erhob sich ein mächtiges Steilufer, das auf der anderen Seite schroff abzufallen schien. Von seinen beiden fast im rechten Winkel zusammenstoßenden Schenkeln lehnte sich der eine an die Seite des kleinen Flusses, während der andere nach dem See zu gerichtet war. Ob diese Erhebung sich nach Nordwesten hin fortsetzte und die gleiche war, welche die Sloughibai einfaßte, das ließ sich erst nach näherer Untersuchung der Umgebung feststellen. Was den Flußlauf betraf, so erstreckte sich sein rechtes Ufer etwa in der Breite von 20 Fuß längs der benachbarten Höhen hin, während das sehr niedrige linke sich kaum von den Einschnitten, Wasserlachen und Schlammflächen der sumpfigen Ebene unterschied, die sich nach Süden zu über Sichtweite verlor. Um die Richtung des Wasserlaufs kennenzulernen, mußte man dessen Steilufer ersteigen, und Briant nahm sich vor, nicht eher als bis er das ausgeführt hatte, nach der Sloughibai zurückzukehren.

»Ha, seht doch!« rief Wilcox, als er den Fuß des Steilufers erreichte.

Was seine Aufmerksamkeit erregte, war eine Anhäufung von Steinen, die eine Art Damm bildeten, wie sie ihn schon gestern im Wald angetroffen hatten.

»Diesmal kann es keinen Zweifel geben!« sagte Briant.

»Nein, unmöglich!« antwortete Doniphan, indem er gleichzeitig nach einzelnen Holzresten am Ende des Dammes hinwies. Diese Trümmer rührten ganz bestimmt von dem Rumpf eines Fahrzeugs her, und unter ihnen befand sich ein Stück stark verfaultes und von grünem Moos überzogenes Holz, dessen Krümmung verriet, daß es zu einem Vordersteven gehört hatte, und an dem noch ein vom Rost ganz zerfressener Eisenring hing.

»Ein Ring!« rief Service.

Unbeweglich sahen sich alle um, als müsse der Mann, der sich dieses Bootes bediente, der diesen Damm aufgetragen hatte, jeden Augenblick erscheinen. Nein! Niemand! Viele Jahre waren verflossen, seitdem dieses Boot am Ufer zurückgelassen worden sein mochte. Ob der Mann, der hier gelebt, je seinesgleichen wieder gesehen hatte, oder ob sein

elendes Dasein auf diesem Land endete, wer hätte es sagen können?
Da bemerkten die Jungen plötzlich das auffallende Benehmen des Hundes. Phann hatte offenbar eine Fährte gefunden. Mit aufgerichteten Ohren und wedelndem Schweif schlüpfte er unter dem Gras am Erdboden hin.
»Seht nur Phann!« sagte Service.
»Er hat etwas gewittert«, erwiderte Doniphan, der dem Hund nachlief.
Phann war stehengeblieben, hatte die eine Pfote erhoben und den Kopf aufgerichtet. Dann stürmte er plötzlich zu einer Baumgruppe, die am Fuß des Steilufers an der Seeseite stand. Briant und seine Kameraden folgten ihm. Nach wenigen Augenblicken erreichten sie eine uralte Buche, deren Rinde zwei Buchstaben und eine Jahreszahl in folgender Anordnung zeigte:

F. B.
1807

Briant, Doniphan, Wilcox und Service hätten lange Stunden regungslos vor dieser Inschrift verharrt, wenn Phann nicht zurückgelaufen und im Winkel der anstoßenden Uferhöhe verschwunden wäre.
»Hier, Phann, hierher!« rief Briant. Der Hund folgte dem Rufe nicht, ließ dagegen ein lautes Gebell vernehmen.
»Jetzt Achtung!« sagte Briant. »Bleiben wir beisammen!«
Gewiß konnten sie in ihrer Lage gar nicht vorsichtig genug sein. Vielleicht befand sich eine Rotte Eingeborener in der Nachbarschaft, und deren Anwesenheit war mehr zu fürchten als zu wünschen, wenn sie zu den wilden Indianerhorden gehörten, die in den Pampas von Südamerika leben.
Die Gewehre wurden schußfertig gemacht und die Revolver zur Hand genommen, um zur Verteidigung bereit zu sein. Die Jungen drangen weiter vor; als sie den Winkel der Uferhöhe hinter sich gelassen hatten, glitten sie längs des schmalen Ufersaums hin. Sie mochten kaum 20 Schritte zurückgelegt haben, als Doniphan sich bückte

und einen Gegenstand von der Erde aufhob. Es war eine Schaufel, deren Eisenteil mit dem verfaulten Griff kaum noch zusammenhielt – aber eine Schaufel amerikanischen oder europäischen Ursprungs, nicht eines jener plumpen Geräte, wie sie die Wilden Polynesiens herstellen. Wie der Ring des Fahrzeuges, war auch sie stark oxydiert und hatte jedenfalls seit einer Reihe von Jahren hier gelegen. Am Fuß des Steilufers gewahrten sie auch noch einzelne Spuren, nämlich einige unregelmäßige Furchen und ein kleines Beet von Ignamen, die aus Mangel an Pflege wieder ganz verwildert waren.

Plötzlich ertönte wieder ein dumpfes Bellen.

Phann erschien in ganz seltsamer Aufregung. Er drehte sich um sich selbst, lief vor seinen jungen Herren her, sah sie an, bellte, schien sie einzuladen, ihm zu folgen.

»Er hat sicher etwas Außerordentliches gefunden«, sagte Briant, der sich ganz vergeblich bemühte, den Hund zu beruhigen.

»Laßt uns sehen, wohin er uns führt«, schlug Doniphan vor, der Wilcox und Service durch ein Zeichen aufforderte, ihm zu folgen.

Zehn Schritte weiter verhielt Phann vor einer Anhäufung von Gebüschen und Sträuchern, deren Zweige sich am Fuß des Steilufers vielfach verstrickten. Briant trat vor, um nachzusehen, ob dieser Haufen nicht den Kadaver eines Tieres oder gar den Körper eines Menschen bedeckte, auf dessen Fährte Phann gekommen war. Da, als er das Gewirr der Zweige etwas lüftete, bemerkte er eine enge Öffnung. Mit seiner Axt begann er, die Zweige zu zerteilen. Trotz gespannten Lauschens hörte er nichts Verdächtiges. Service wollte schon in den schnell freigelegten Eingang dringen, als Briant ihm riet: »Sehen wir erst zu, was Phann beginnt!« Der Hund gab noch immer ein dumpfes, also nicht besonders beruhigendes Gebell von sich. Und doch, wäre ein lebendiges Wesen in dieser Höhle gewesen, so wäre es sicher schon herausgekommen.

Sie mußten wissen, was hier los war. Da jedoch die Luft im

Innern der Höhle schädlich und nicht zum Atmen sein konnte, warf Briant eine Handvoll angezündeten trockenen Grases durch die Öffnung. Auf dem Boden sich ausbreitend, brannten die Halme lebhaft weiter, ein Beweis von der Reinheit der Luft.

»Gehen wir nun hinein?« fragte Wilcox.

»Wartet wenigstens, bis wir deutlich sehen können«, antwortete Briant.

Er hatte schon einen harzigen Zweig von einer der Fichten geschnitten, die am Rand des Flusses wuchsen, und setzte ihn jetzt in Brand. Gefolgt von seinen Kameraden kroch er nun durch das Gestrüpp.

Am Eingang selbst maß die Öffnung fünf Fuß in der Höhe, bei zwei Fuß Breite; sie weitete sich jedoch schnell aus und bildete eine Höhle von etwa zehn Fuß Höhe und doppelter Breite, deren Boden aus ganz trockenem feinem Sande bestand. Schon beim Eintreten stieß Wilcox gegen einen hölzernen Schemel, der nahe bei einem Tisch stand, auf dem sie verschiedenes Geschirr sahen, wie einen Steinkrug, große Muschelschalen, die wohl als Teller gedient hatten, ein Messer mit schartiger und verrosteter Klinge, zwei bis drei Angelhaken, eine Blechtasse, die ebenso leer war wie der Krug. An der entgegengesetzten Wand befand sich eine Art Koffer aus lose verbundenen Planken, der noch einzelne zerfetzte Kleidungsstücke enthielt.

Es lag also auf der Hand, daß diese Höhle bewohnt gewesen war, jedoch zu welcher Zeit und von wem? Lag das menschliche Wesen, das hier gelebt, vielleicht in einem Winkel? Im Hintergrund erhob sich eine erbärmliche Lagerstätte, mit einer völlig zerrissenen wollenen Decke darüber. Am Kopfende auf einer Bank stand noch eine zweite Tasse und ein hölzerner Leuchter, dessen Dülle noch das Ende eines verkohlten Dochtes enthielt.

Die jungen Leute wichen zunächst zurück bei dem Gedanken, daß diese Decke einen Leichnam verhüllen könne. Briant überwand jedoch seinen Widerwillen und hob sie in die Höhe – das Lager war leer. Ein paar Augenblicke später kletterten sie wieder durch die Öffnung hinaus zu Phann, der immer noch lebhaft bellte. Zwanzig Schritte gingen sie noch am Ufer hinunter und blieben dann plötzlich stehen. Ein Gefühl starren Entsetzens hatte sie an die Stelle gebannt.

Hier, zwischen den Wurzeln einer Buche, lagen die Reste eines menschlichen Gerippes auf der Erde. An dieser Stelle war der Unglückliche also gestorben, der in jener Höhle gewiß lange Jahre hindurch gelebt hatte und diese elende Zufluchtsstätte, die er als Wohnung benützte, war nicht einmal sein Grab geworden.

Das Geheimnis der Höhle

Briant, Doniphan, Wilcox und Service bewahrten tiefes Stillschweigen. Wer war der Mann, der hier seinen Tod gefunden hatte? War es ein Schiffbrüchiger, der noch bis zu seiner letzten Stunde auf Hilfe gehofft hatte? Welcher Nation gehörte er an? Rührten die verschiedenen in der Höhle befindlichen Gegenstände von einem Schiff her, oder hatte er sie mit eigener Hand verfertigt? Jedem drängten sich hier unwillkürlich viele Fragen auf, deren Lösung vielleicht niemals gelingen würde.

Eine derselben schien die wichtigste: Wenn es ein Festland war, auf dem dieser Mann Zuflucht fand, warum hatte er nicht eine Stadt im Landesinneren, nicht einen Hafen an der Küste aufgesucht? Stellten sich seiner Rückkehr ins Vaterland so schwere Hindernisse entgegen, daß er sie nicht zu überwinden vermochte? War die Entfernung so groß, daß sie jedes derartige Unternehmen vereitelte? Und wenn ihm die Mittel gefehlt hatten, im Norden oder Osten dieses Gebietes Rettung zu suchen, würden sie dann nicht auch den jungen Schiffbrüchigen von der »Sloughi« fehlen?

Wie dem auch sein mochte, jedenfalls erschien es notwendig, die Höhle genauer zu untersuchen. Wer konnte sagen, ob sich da nicht vielleicht ein Schriftstück fand, das über diesen Mann, über seine Herkunft und die Dauer seines Verweilens hier Aufschluß gab? Andererseits mußte man auch zu erkennen versuchen, ob man sich nach dem Verlassen der Jacht hier für den Winter niederlassen könne.

»Kommt mit!« sagte Briant.

In Begleitung Phanns drangen sie nun beim Schein eines anderen harzigen Zweiges erneut durch die Öffnung ein. Der erste Gegenstand, der ihnen jetzt auf einem Brett an der Wand in die Augen fiel, erwies sich als ein Paket dicker Kerzen, die aus Fett und zerfasertem, lose gedrehtem Hanf hergestellt worden waren. Briant zündete eine an, setzte sie in den hölzernen Leuchter, und die Untersuchung nahm nun ihren weiteren Fortgang. Vor allem handelte es sich darum, die Ausdehnung und Gestalt der Höhle zu ergründen, an deren Bewohnbarkeit nicht zu zweifeln war.

Sie bestand aus einer geräumigen, wahrscheinlich schon seit Urzeiten gebildeten Ausweitung des Kalkfelsens. Von Feuchtigkeit zeigte sich dabei keine Spur, wenngleich der Luftwechsel nur durch die einzige, nach dem Uferland zu gelegene Öffnung stattfinden konnte.

Ihre Wände waren ebenso trocken, als wären sie von Granit, und schon ihre Lage schützte sie gegen die Winde vom Meer her. Tageslicht drang freilich nur sehr wenig herein, wenn man aber eine oder zwei Öffnungen herstellte, mußte es leicht sein, diesem Übelstand abzuhelfen und auch den Innenraum für die Bedürfnisse von 15 Personen hinreichend zu lüften. Was die Ausdehnung betraf – 25 Fuß in die Breite und 30 Fuß in die Länge –, so erschien diese Höhle zwar zu beschränkt, um gleichzeitig als Schlafraum, Speisekammer und allgemeine Niederlassung zu dienen, es handelte sich aber auch nur darum, fünf bis sechs Wintermonate hier zuzubringen, bevor man nach Nordosten hinausziehen wollte, um eine Stadt zu suchen. Briant besichtigte im einzelnen die vorhandenen Gegenstände. Es waren in der Tat wenig genug. Dieser Unglückliche mußte fast nichts besessen haben. Was hatte er von seinem Schiffbruch retten können? Nichts als formlose Wrackstücke, zerbrochene Sparren, Teile der Reling, die zur Herstellung jenes erbärmlichen Lagers, des Tisches, Koffers, der Bank und des Schemels gedient hatten. – Das einzige Mobiliar dieser Wohnung! Einige Werkzeuge, eine Schaufel, eine Axt, zwei oder drei Küchengeräte, ein kleines Tönnchen, das wohl Branntwein enthalten haben mochte, ein Hammer, zwei Hobel und eine Säge – das war alles, was man zunächst vorfand. Diese Geräte hatte er offenbar in dem Boot gerettet, von dem jetzt nur noch wenige Trümmer nahe dem Damm am Flüßchen umherlagen.

Doch wer war denn dieser Mann? Woher stammte er? Zu welcher Zeit hatte er Schiffbruch erlitten? Ohne Zweifel waren viele Jahre seit seinem Tode verflossen. Der Zustand der am Fuß des Baumes gefundenen Knochen sprach deutlich genug. Wies nicht außerdem das ganz von Rost zerfressene Eisen der Schaufel und des Bootsringes, das dichte Gebüsch, das den Eingang der Höhle verdeckte, darauf hin, daß der Tod des Schiffbrüchigen schon vor sehr langer Zeit erfolgt sein mußte? Sollte nicht ein weiteres Merkmal gestatten, diese Vermutung zur Gewißheit zu erheben?

Bei fortgesetzter Untersuchung wurden in der Tat noch mehrere Gegenstände gefunden – ein zweites Messer, von dem ein Teil der Klinge abgebrochen war, ein Zirkel, ein Siedekessel und ein eiserner Pflock. Dagegen kein einziges Schiffsinstrument, kein Fernrohr oder Kompaß, ebenso keine Feuerwaffe, um Wild erlegen oder sich gegen Raubtiere oder Eingeborene verteidigen zu können.

Da er nun doch hatte leben müssen, war jener Mann gewiß gezwungen gewesen, Fallen zu stellen. Über diesen Punkt erhielten sie noch einige Aufklärung, als Wilcox rief: »Was ist denn das?«

»Ein Kugelspiel?« sagte Briant verdutzt. Er erkannte

aber sofort, zu welchem Zweck die zwei runden Steine gedient hatten, die Wilcox eben aufhob. Sie bildeten ein Jagdgerät, und zwar eine soenannte »Bola«, die aus zwei durch einen Strick verbundenen Kugeln besteht, und von den Indianern Südamerikas vielfach verwendet wird. Schleudert eine geübte Hand diese Kugeln, so schlingen sie sich um die Füße des Tieres, das dadurch eine leichte Beute des Jägers wird, weil es kaum mehr weiter fort kann. Unzweifelhaft hatte der Bewohner dieser Höhle das genannte Gerät hergestellt, ebenso wie ein Lasso, das aber ganz wie die Bola nur auf kürzere Entfernung verwendet werden konnte.

Am Kopfende des Lagers und unter einer Falte der von Briant zurückgeschlagenen Decke fand Wilcox eine Uhr, die an einem in der Wand eingeschlagenen Nagel hing. Diese Uhr war von ziemlich feiner Arbeit und jedenfalls von besserer Art, als sie die Matrosen zu tragen pflegen.

»Jede Uhr«, bemerkte Doniphan, »trägt aber einen Namen. Das könnte uns darüber aufklären...«

»Ja, du hast recht«, antwortete Briant. Er musterte das Innere des Deckels und konnte dort tatsächlich einige eingravierte Worte lesen.

»Dellpeuch, Saint-Malo« – so lauteten Name und Adresse des Fabrikanten.

»Es ist ein Franzose, ein Landsmann von mir, gewesen!« rief Briant.

Zu diesem Beweis kam bald noch ein anderer nicht minder entscheidender, denn Doniphan, der das Lager etwas abrückte, fand auf der Erde ein Schreibheft, dessen vergilbte Blätter mit Bleistiftschrift bedeckt waren. Leider konnte man den größten Teil des Geschriebenen nicht mehr lesen. Einige Worte ließen sich jedoch entziffern, und unter diesen der Name François Baudoin. Das stimmte überein mit den beiden großen Buchstaben, die in den Baum eingeschnitten waren. In diesem Heft hatte der Tote wohl das Tagebuch seines Lebens von dem Zeitpunkt an geführt, da er an der Küste gescheitert war. Unter den von der langen Zeit noch nicht völlig verloschenen Schriftzügen vermochte Briant auch noch die Worte »Duguay-Trouin« zu entziffern, offenbar der Name des Schiffes, das in dieser verlassenen Gegend des Stillen Ozeans einst gesunken war.

Ganz zu Anfang endlich stand eine Jahreszahl, die gleiche wie unter den Buchstaben F. B. an der Buche, die wahrscheinlich das Jahr des Schiffbruches bezeichnete.

Es waren viele Jahre verflossen, seit François Baudoin an dieses Gestade gekommen war, und während der ganzen Dauer seines Aufenthaltes hier hatte er von außen keine Hilfe gefunden! Wenn aber dieser Schiffbrüchige keinen anderen Ort des Landes erreichen konnte, so mußten sich dem wohl unübersteigliche Hindernisse entgegengestellt haben. Mehr als je trat den jungen Leuten jetzt der Ernst ihrer Lage vor Augen. Wie sollten sie ein Ziel erreichen, das selbst ein Mann, ein Seefahrer, der an harte Arbeit gewöhnt und durch Anstrengungen gestählt war, nicht erlangt hatte? Auch ein anderer Fund sollte sie lehren, daß jeder Versuch, dieses Land zu verlassen, vergeblich sein mußte. Beim Durchblättern des Heftes entdeckte Doniphan nämlich noch ein lose zusammengefaltetes Stück Papier. Es war eine Landkarte, gezeichnet mit einer Art Tinte, die sich Baudoin wahrscheinlich aus Wasser und Ruß gemischt hatte.

»Eine Karte«, rief er, »die der Schiffbrüchige wahrscheinlich selbst gezeichnet hat.«

»Wenn das der Fall ist, so kann dieser Mann kein gewöhnlicher Matrose gewesen sein«, bemerkte Wilcox, »sondern einer der Offiziere des Schiffes.«

Erregt untersuchte Doniphan das Blatt genauer. Ja, es war eine Karte dieses Landes! Auf den ersten Blick erkannte man darauf die Sloughibai, den Klippengürtel, den Strand, auf dem sich ihr Lager jetzt befand, den See, an dessen westlichem Ufer Briant mit seinen Kameraden herabgezogen war, die drei Eilande draußen im Meer, das Steilufer, das sich am Rand des Flusses hinstreckte, und

die Wälder, die das ganze Innere bedeckten. Jenseits des entgegengesetzten Seeufers befanden sich ebenfalls Wälder, die sich bis zum Rand einer anderen Uferstrecke ausdehnten und dieses Ufer – wurde in seinem ganzen Umkreis vom Meer begrenzt. Damit fielen also alle Pläne, nach Osten zu ziehen, um in dieser Richtung Rettung zu suchen, in sich zusammen.
Briant hatte gegen Doniphan leider recht behalten! Das Meer umrahmte von allen Seiten dieses Land. Es war eine Insel, und deshalb hatte François Baudoin von hier nicht wieder fortkommen können.
Die Karte bewies ferner, daß der Schiffbrüchige seine ganze Insel genau untersucht haben mußte, weil er auf ihr die hauptsächlichsten geographischen Einzelheiten eingezeichnet hatte, und ohne Zweifel waren die Laubhütte wie der Plattenweg über das Flüßchen sein Werk.
Nach dem am Fuß der Karte eingezeichneten Maßstab betrug die größte Länge der Insel von Norden nach Süden ungefähr 80 km, und 40 km in der Breite von Ost nach West. Mit Einrechnung der größeren Unregelmäßigkeiten ihrer Küstenlinie mochte sich der Umfang auf etwa 240 km belaufen.
Über die Lage der Insel im Stillen Ozean gab leider das Blatt auch keine Auskunft. Auf jeden Fall sahen sich die Schiffbrüchigen von der »Sloughi« nun vor die Notwendigkeit gestellt, zu einer dauernden, nicht zu einer zeitweiligen Ansiedlung zu schreiten. Da die Höhle ihnen eine vortreffliche Unterkunft bot, so mußte das gesamte Material hierher überführt werden, ehe die ersten Winterstürme die Zerstörung der »Sloughi« vollendeten. Jetzt galt es, ohne Verzug zum Lagerplatz zurückzukehren. Gordon mußte, da schon drei Tage seit ihrem Abmarsch verstrichen waren, sehr beunruhigt sein und wohl fürchten, daß ihnen ein Unfall zugestoßen sei.
Auf Briants Rat wurde nun beschlossen, den Rückmarsch noch am gleichen Tag um elf Uhr vormittags anzutreten. Es wäre unnütz gewesen, das Steilufer zu erklimmen, da

die Karte erkennen ließ, daß der kürzeste Weg am rechten Ufer des von Osten nach Westen verlaufenden Flusses hinführte. Hier trennten sie nur höchstens zehn Kilometer von der Bucht, und diese konnten in wenigen Stunden zurückgelegt werden.
Bevor sie jedoch aufbrachen, wollten die Jungen dem schiffbrüchigen Franzosen noch die letzte Ehre erweisen. Sie hoben ein Grab am Fuße des Baumes aus, in den François Baudoin die Anfangsbuchstaben seines Namens eingeschnitten hatte, und bezeichneten die Stelle überdies mit einem Kreuz. Dann verschlossen die vier den Eingang der Höhle, verzehrten ihre letzten Mundvorräte und gingen längs des Steilufers auf dem Landstreifen rechts des Flusses hin. Solange sie dem Flußufer folgten, kamen sie ziemlich rasch vorwärts, da der Weg hier durch Bäume und Gebüsch nur wenig behindert war.
Um vier Uhr nachmittags mußten sie jedoch das Flußufer verlassen, an das rechte Ufer schloß sich nämlich eine breite und weiche Schlammlache, über die sie sich nicht ohne Gefahr wagen konnten. So schien es ratsam, geradewegs durch den Wald vorzudringen. Den Kompaß in der Hand, wandte sich Briant daher nach Nordwesten, um die Sloughibai auf kürzestem Weg zu erreichen. Dabei gab es freilich beträchtliche Verzögerungen, denn das üppig wuchernde hohe Gras bildete auf dem Erdboden ein starkes Dickicht; dazu wurde es unter den Bäumen mit Sonnenuntergang rasch dunkel. Zwei bis drei Kilometer wanderten sie so unter recht beschwerlichen Umständen dahin. Nach Umgehung der Schlammlache wäre es das beste gewesen, das Flußbett wieder aufzusuchen, das ja nach der Karte in der Sloughibai ausmündete. Der Umweg erschien Briant und Doniphan aber so bedeutend, daß sie nicht Zeit damit verlieren wollten. So zogen sie also unter dem Gehölz immer weiter, leider nur, um sich gegen sieben Uhr überzeugen zu müssen, daß sie sich verirrt hatten.
Sollten sie nun gezwungen sein, die Nacht unter den Bäu-

men zuzubringen? Das wäre ja nicht allzu schlimm gewesen, wenn es ihnen nicht an Nahrungsmitteln gefehlt hätte. Um acht Uhr konnten sie gar nichts mehr erkennen, so dunkel war es geworden. Und noch immer erreichten sie nicht die Grenze dieses schier endlosen Waldes. Plötzlich gewahrte Briant durch eine Lichtung der Bäume einen hellen Schein, der sich in der Luft verbreitete. »Was war denn das?« fragte Service.
»Doch wohl eine Sternschnuppe«, meinte Wilcox.
»Nein, das war eine Rakete«, erklärte Briant, »eine Rakete, die von der ›Sloughi‹ aus abgeschossen worden ist.«
»Und demnach ein Signal Gordons!« rief Doniphan, der dieses Signal durch einen blinden Schuß beantwortete.
Nachdem sie sich als Richtungspunkt einen Stern gemerkt hatten, als eine zweite Rakete durch die Finsternis aufgestiegen war, hielten sich Briant und seine Gefährten nach diesem Richtungspunkt und trafen eine Dreiviertelstunde später richtig bei der »Sloughi« ein.

Das Floß

»Wir sind auf einer Insel!« Das war alles, was Briant vorläufig meldete, und es schien auch auszureichen, um seinen Gefährten die Zukunft in düsterem Licht vor Augen treten zu lassen.
Am anderen Morgen – es war der 5. April – traten die Großen, nämlich Gordon, Briant, Doniphan, Baxter, Cross, Wilcox, Service und Webb denen sich noch Moko, dessen Rat auch nicht zu verachten war, anschloß, auf dem Vorderdeck der Jacht zusammen, während die Kleinen noch schlummerten. Briant und Doniphan nahmen abwechselnd das Wort und setzten ihre Kameraden von allem in Kenntnis, wobei sie nicht die geringste Einzelheit übergingen. Auf der Karte erkannten nun alle, daß ihnen Rettung nur von außerhalb kommen konnte.

Wenn sich ihnen die Zukunft damit in recht düsteren Farben darstellte, und die jungen Schiffbrüchigen ihre Hoffnung nur noch auf Gott setzen konnten, so war doch – es verdient das besonders hervorgehoben zu werden – Gordon derjenige, der deshalb am wenigsten erschrak. Bei seiner praktischen Veranlagung, seiner methodischen und organisatorischen Natur hatte die Aufgabe, sozusagen eine kleine Kolonie zu bilden, für ihn nichts Erschreckendes.

Er sah darin vielmehr eine Gelegenheit, seinen natürlichen Neigungen nachzugehen, und zögerte nicht, die Zuversicht seiner Kameraden dadurch wieder zu stärken, daß er ihnen, wenn sie ihm nur folgen wollten, ein erträgliches Leben in Aussicht stellte.

Da die Insel doch ziemlich groß sein mußte, erschien es anfänglich undenkbar, daß sie auf der Karte des Stillen Ozeans in der Nähe des Festlandes von Südamerika nicht angeführt sein sollte. Doch nach sorgfältigem Studium erkannten sie, daß der Atlas keine irgendwie bedeutendere Insel außerhalb der Inselgruppen angab, die Feuerland und der Gegend der Magellan-Straße vorlagern. Gehörte die Insel aber zu diesen Gruppen, die überall nur schmale Wasserstraßen zwischen sich lassen und auch dem Festland nahe liegen, so hätte François Baudoin sie gewiß auf seiner Karte angedeutet, das war aber nicht der Fall. Die Insel mußte also vereinzelt und jedenfalls mehr nördlich oder südlicher von jenem Meeresteil liegen. Ohne ausreichende Unterlagen und geeignete Instrumente blieb es aber unmöglich, ihre Lage im Stillen Ozean zu bestimmen. Jetzt galt es nur, sich endgültig einzurichten, ehe das schlechte Wetter einen Ortswechsel verhinderte.

»Am besten ist wohl, wir richten uns als Wohnung die Höhle ein, die wir am Strand des Sees gefunden haben«, sagte Briant. »Sie wird uns ein gutes Obdach bieten.«

»Ist sie auch geräumig genug, um uns alle aufzunehmen?« fragte Baxter.

»Das zwar nicht«, antwortete Doniphan, »aber ich glaube, daß sie sich leicht vergrößern läßt, indem wir aus der lockeren Felsmasse eine zweite Höhle ausbrechen.«

»Nehmen wir sie zuerst, wie sie gerade ist«, warf Gordon ein. »Selbst wenn es darin etwas eng herginge.«

»Und versuchen wir«, fügte Briant hinzu, »möglichst bald dorthin zu gelangen.«

Tatsächlich erschien das sehr dringend. Wie Gordon schon erwähnt hatte, mußte der Schoner von Tag zu Tag unwohnlicher werden. Die letzten Regen hatten sehr merkbar dazu beigetragen, daß sich die Fugen des Rumpfes und des Verdecks lösten.

Die zerrissene Segeltuchhülle ließ Wasser und Luft in das Innere eindringen. Wenn ein Sturm, wie er jetzt um die Zeit der Tagundnachtgleiche jeden Tag zu erwarten war, über die Küste hereinbrach, so mußte man fürchten, die »Sloughi« in wenigen Stunden in Trümmern gehen zu sehen.

Es handelte sich also nicht allein darum, den Schoner ohne Zögern zu verlassen, sondern ihn auch ordnungsgemäß zu zerlegen und alles, was von Nutzen sein konnte, wie Planken, Bohlen, Eisenzeug, Kupfer usw. zu gewinnen, um damit die Franzosenhöhle auszustatten. Diesen Namen hatte man nämlich der Höhle zum Andenken an den schiffbrüchigen Franzosen beigelegt.

»Wo werden wir aber bis zu der Zeit wohnen, ehe wir dort Unterkommen gefunden haben?« fragte Doniphan. »In einem Zelt«, antwortete Gordon, »das wir am rechten Ufer des Flusses unter den Bäumen aufschlagen.«

Das Abtragen der Jacht, das Ausladen des Materials und des Proviants, das alles erforderte wenigstens einen Monat Arbeit, und ehe die Sloughibai verlassen werden konnte, mußten die ersten Tage des Mai herankommen, die den ersten Novembertagen, also dem Anfang des Winters, auf der nördlichen Halbkugel der Erde entsprechen. Mit gutem Grund hatte Gordon das Ufer des Flusses für den neuen Lagerplatz gewählt, denn der Transport des gesamten Besitzes sollte später zu Wasser erfolgen. Kein anderer Weg wäre so kurz und so bequem gewesen. Bekanntlich bot der Fluß, wie Briant sich überzeugt hatte, in seinem oberen Lauf keinerlei Hindernisse, weder Wasserfälle noch Stromschnellen oder Sandbänke. Um nun den Unterlauf von der Schlammlache bis zur Mündung kennenzulernen, wurde ein weiterer Ausflug, diesmal aber mit der Jolle, unternommen. Briant und Moko erkannten dabei, daß auch diese Strecke vollkommen schiffbar war. Hier bot sich also eine natürliche Verkehrsstraße zwischen der Sloughibai und der Franzosenhöhle.

Während der nächsten Tage begannen die Jungen mit dem Einrichten des Lagers am Ufer des Flusses. Die unteren Äste zweier Buchen dienten, durch lange Stangen mit einer dritten verbunden, als Stütze für das Reserve-Großsegel der Jacht, das man an der Seite bis zur Erde herabfallen ließ. Unter das Zeltdach, das durch Stricke haltbar befestigt wurde, schafften die Jungen das Bettzeug, die notwendigsten Geräte, die Waffen und die Munition sowie die Proviant-Ballen.

Um den 15. April befand sich auf dem Schoner nichts mehr als die zu schweren Gegenstände, die erst ausgeladen werden konnten, wenn man die Planken abmontiert hatte – unter anderem die als Ballast dienenden Bleibarren, die Wassertonnen im unteren Schiffsraum, das Gangspill und die Herdeinrichtung, zu deren Fortschaffen es geeigneter Hebeapparate bedurfte. Das ganze Takelwerk dagegen war schon nach und nach in die Nähe des Zeltes geschleppt oder getragen worden.

So schritt die Arbeit nach Wunsch und nach einer gewissen Methode vor sich, in der man leicht das Einwirken Gordons erkannte, dessen praktischer Sinn ihn niemals im Stich ließ. Was Doniphan übrigens von diesem ruhig annahm, das hätte er weder Briant noch einem anderen zugestanden. Kurz, jetzt herrschte eine löbliche Eintracht in dieser kleinen Welt.

Die Jungen mußten sich jedoch beeilen. Die zweite Hälfte des April war weniger schön, und die Temperaturen sanken nicht unbeträchtlich, ja, mehrmals wies das Thermometer am frühen Morgen auf null Grad. Der Winter meldete sich an, und mit ihm erschien gewiß sein Gefolge von Hagel, Schnee und Sturmwinden, die in den höheren Breiten des Stillen Ozeans oft mit furchtbarer Gewalt auftreten.

Aus Vorsicht mußten sich jetzt alle wärmer kleiden und wollene Untersachen, Hosen aus dichtem Stoff und Wolljacken tragen, die für die rauhe Winterzeit auf dem Schiff stets vorrätig gehalten wurden. Es bedurfte nur eines Einblicks in Gordons Notizbuch, um zu wissen, wo diese nach ihrer Art und Größe genau klassifizierten Kleidungsstücke zu finden waren. Briant nahm sich dabei besonders wieder der Kleinen an; er sorgte, daß sie keine kalten Füße bekamen und sich, wenn sie schwitzten, nicht der scharfen Luft aussetzten. Beim geringsten Schnupfen hielt er sie unter Dach zurück und ließ sie in der Nähe eines Tag und Nacht unterhaltenen Feuers schlafen. Wiederholt mußten Dole und Costar so, wenn nicht im Zimmer, doch im Zelt bleiben, und Moko versorgte sie mit einem Teeaufguß, zu dem die Apotheke des Schoners die Drogen lieferte.

Nachdem sie die Jacht vollständig ausgeräumt hatten, nahmen sie den in allen Teilen krachenden Rumpf in Angriff. Sie lösten sorgfältig die Kupferbleche der Beschläge ab, um sie in der Franzosenhöhle wieder zu verwenden. Dann trennten sie die Planken ab; das war ein schweres Stück Arbeit, besonders für so ungeübte Hände. Das Zerlegen ging denn auch nur sehr langsam vor sich, bis am 25. April ein stürmischer Wind den Arbeitern zu Hilfe kam.

Am Abend des 28. hatten sie so, was von der »Sloughi« übrig war, nach dem Lagerplatz befördert. Damit war das Schlimmste überstanden, da ja der Fluß selbst das gesamte Material zur Franzosenhöhle tragen sollte.

»Von morgen an« sagte Gordon, »beginnen wir mit der Herstellung eines großen Floßes.«

»Ja«, antwortete Baxter, »und ich schlage vor, es gleich auf dem Fluß selbst zusammenzuzimmern.«
»Das dürfte nicht gerade bequem sein«, bemerkte Doniphan.
»Tut nichts, wir versuchen es«, erwiderte Gordon. »Macht auch die Herstellung mehr Schwierigkeiten, so brauchen wir das Floß doch nicht erst von Stapel laufen zu lassen.«
Ein solches Vorgehen schien tatsächlich am besten zu sein, und so legten sie denn am nächsten Morgen die Grundbalken des Floßes, das ziemlich groß bemessen werden mußte, um eine schwere Ladung aufnehmen zu können. Die vom Schoner losgelösten Planken, der in zwei Stücke zerbrochene Kiel, der Fockmast, das Bodenstück des drei Fuß über dem Deck abgebrochenen Großmastes, die Kreuzhölzer und verschiedene andere wurden nach einer Stelle des Ufers geschafft, die von der Flut nur zur Zeit des höchsten Wasserstandes erreicht werden konnte. Die Jungen warteten diesen Zeitpunkt ab, und nachdem die Gegenstände durch die Flutwelle aufgehoben wurden, schoben sie sie vollends auf den Fluß hinaus. Hier wurden die längsten Stücke gerade nebeneinandergelegt, und, nachdem sie mit kürzeren Querstücken verbunden worden waren, fest am Land vertäut.
So erhielt man eine feste Grundlage von etwa dreißig Fuß Länge und fünfzehn Fuß Breite. Den ganzen Tag über wurde ohne Unterbrechung fortgearbeitet, und noch vor Einbruch der Nacht war das Floß fertig.
Erschöpft von den Anstrengungen des Tagewerkes aßen alle mit Löwenhunger zu Abend und sanken bald in tiefen Schlaf. Am folgenden Morgen, dem 30., gingen sie wieder an die Arbeit. Es handelte sich jetzt darum, eine Plattform auf der Grundlage des Floßes herzustellen. Dazu dienten die Planken der Bordwand und des Schanzkleides der »Sloughi«. Mit kräftigen Hammerschlägen trieben die Jungen große Nägel ein und verknüpften die einzelnen Stücke untereinander noch mit Tauen. Diese Arbeit erforderte, obwohl sich alle daran beteiligten, doch drei

volle Tage. Schon zeigten sich einzelne Eiskristalle auf den Wassertümpeln zwischen den Klippen und selbst am Rande des Flusses. Der Schutz, den das Zelt gewährte, fing trotz des stets unterhaltenen Feuers an, unzureichend zu werden, und kaum konnten Gordon und seine Kameraden sich der Kälte dadurch erwehren, daß sie, in ihre Decken gewickelt, sich dicht aneinanderdrängten. Das trieb sie also doppelt an, ihre Arbeit zu vollenden, um die wohnliche Einrichtung der Franzosenhöhle zu beginnen. Hier hofften sie wenigstens, der Strenge des Winters, die unter diesen hohen Breiten sehr fühlbar werden mußte, Trotz bieten zu können.

Selbstverständlich war die Plattform so haltbar wie möglich hergerichtet worden, damit sie sich unterwegs nicht lockern konnte, denn das hätte den Verlust des ganzen Materials zur Folge haben können. Um einem solchen Unfall vorzubeugen, erschien es besser, die Abfahrt um 24 Stunden hinauszuschieben.

»Am besten, wir warten bis übermorgen, dann ist Neumond«, erklärte Briant, »weil die Gezeiten da während einiger Tage stärker auftreten. Je stärker die Flut aber anschwillt, desto mehr unterstützt sie uns bei der Bergfahrt auf dem Fluß. Bedenke doch, Gordon, wenn wir gezwungen sein sollten, dieses schwere Floß mit einem Schlepptau oder durch Stoßen fortzubewegen, ich glaube, dann vermögen wir niemals die Strömung zu überwinden.«

»Du hast recht«, antwortete Gordon, »in drei Tagen müssen wir aber spätestens aufbrechen.«

Am 3. Mai beschäftigten sie sich mit der Ladung, die sorgfältig verteilt werden mußte, um das Floß im nötigen Gleichgewicht zu halten. Jeder trug dazu nach Kräften seinen Teil bei. Jenkins, Iverson, Dole und Costar wurden beauftragt, die kleineren Gegenstände, wie Werkzeuge, Geräte und Instrumente, nach der Plattform zu bringen, wo Briant und Baxter sie nach Gordons Angaben sorgfältig niederlegten. Die Großen mußten die schweren

Gegenstände schleppen, für den Kochofen, die Wasserbehälter, die Proviantballen, die Fässer und Säcke bauten sie einen einfachen Hebebock, über den starke Seile auf beweglichen Rollen liefen, und diese Anordnung gestattete es, die Gegenstände vom Erdboden aufzuheben und sie ohne Stoß auf die Plattform niedersinken zu lassen. Alle arbeiteten mit solcher Einsicht und solchem Eifer, daß am Nachmittag des 5. Mai jeder Gegenstand an seinem Platz war; jetzt brauchten also nur noch die Taue des Floßes gelöst zu werden. Das sollte am folgenden Morgen gegen acht Uhr geschehen, wenn der Eintritt der Flut sich an der Mündung des Flusses bemerkbar machte.

Vielleicht hatten die Jungen vermutet, daß sie nach Vollendung der Arbeit bis zum Abend ausruhen könnten. Damit täuschten sie sich aber, denn ein Vorschlag Gordons brachte sie noch einmal in Tätigkeit.

»Liebe Freunde«, sagte er, »da wir uns jetzt vom Meer entfernen, werden wir es nicht wie bisher überwachen können, und wenn sich ein Schiff der Insel näherte, wären wir nicht imstande, ihm Signale zu geben. Es erscheint mir also ratsam, auf dem Steilufer einen Mast zu errichten, und dort für immer eine unserer Flaggen aufzuziehen. Das wird hoffentlich genügen, die Aufmerksamkeit der auf hoher See vorübersegelnden Schiffe zu erregen.«

Dieser Vorschlag wurde gleich angenommen und die zur Herstellung des Floßes nicht mit verwendete Fockmaststenge des Schoners nach dem Steilufer geschleppt, dessen Böschung in der Nähe des Flusses eine sanftere Steigung zeigte. Immerhin kostete es große Anstrengungen, den sehr winkeligen Weg emporzuklimmen, der nach dem Kamm der Uferhöhe führte. Es gelang aber doch, und die Stenge wurde fest in den Erdboden eingerammt. Mit Hilfe der Zugleine hißte Baxter dann die Flagge Großbritanniens, die Doniphan gleichzeitig mit einem Gewehrschuß begrüßte.

Am folgenden Morgen bei Sonnenaufgang beeilten sich alle, das Zelt abzubrechen und das Bettzeug auf das Floß zu schaffen. Um sieben Uhr hatten sie die letzten Vorbereitungen beendet. Die Plattform war so eingerichtet, daß sie nötigenfalls zwei bis drei Tage als Aufenthalt dienen konnte, und eine Stunde später nahmen schon alle auf dem Floß Platz. Die Großen standen mit Bootshaken und Stangen vorn, da das Floß nur so, nicht aber durch ein in der Strömung wirkungsloses Steuer dirigiert werden konnte.

Kurz vor neun Uhr machte sich die Flut bemerkbar, und ein dumpfes Krachen ließ sich in der Grundlage des noch an dem Tau liegenden Floßes vernehmen.

»Achtung!« rief Briant.

»Achtung!« wiederholte Baxter.

Beide standen an den Tauen, die das Floß am Vorder- und Hinterteil festhielten.

»Wir sind bereit!« rief Doniphan, der sich mit Wilcox vorn auf der Plattform aufhielt. Nachdem sie sich überzeugt hatten, daß das Floß unter der Einwirkung der Flut vorwärtstrieb, rief Briant: »Loslassen!«

Wenige Augenblicke später schwamm das Floß langsam zwischen den beiden Ufern hin und zog die Jolle noch im Schlepptau nach sich.

Zwei Stunden nach der Abfahrt konnte der zurückgelegte Weg etwa auf knapp zwei Kilometer geschätzt werden. Stöße hatte das Floß noch nicht erlitten, und so war zu erwarten, daß alles ohne Beschädigung bei der Franzosenhöhle ankommen würde. Jedenfalls bedurfte es aber nach der früheren Schätzung Briants, daß einesteils der Wasserlauf vom See bis zur Mündung der Sloughibai zehn Kilometer maß und man anderenteils nur höchstens drei Kilometer während der zunehmenden Flut zurücklegen konnte, mehrerer Flutzeiten, ehe an ein Erreichen des Zieles zu denken war.

Gegen elf Uhr schon begann die Ebbe das Wasser stromabwärts zu führen, und die Jungen beeilten sich, das Floß schleunigst festzulegen, um nicht nach dem Meer zurückgetragen zu werden. Zwar wäre es möglich gewesen, gegen

Ende des Tages wieder weiterzufahren, wenn die nächste Flut eintrat, damit aber hätten sie sich in die Finsternis hinausgewagt.

»Ich meine, es wäre sehr unklug«, bemerkte Gordon, »denn wir würden damit das Floß Stößen aussetzen, die es zerstören könnten. Ich glaube, wir warten bis morgen, um wieder die erste Flut zu benützen.«

Dieser Vorschlag war zu vernünftig, um nicht allgemeine Zustimmung zu finden. Brauchte man auch vielleicht einen Tag mehr, so war das der Gefahr doch bei weitem vorzuziehen. Die Gesellschaft blieb also einen halben Tag an dieser Stelle und verbrachte hier auch die Nacht.

Der folgende Tag wurde sehr kalt, und deshalb schien es höchste Zeit, ans Ziel zu gelangen. Was hätte aus ihnen werden sollen, wenn der Fluß gar zufrieren würde oder aus dem See abtreibende Eisschollen nach der Sloughibai hinausschwammen?

Und doch war es unmöglich, schneller als die Flut vorwärts zu kommen, unmöglich, gegen die Strömung anzukämpfen, wenn die Ebbe ablief, unmöglich also, mehr als einen Kilometer in der Stunde zurückzulegen. Gegen Mittag wurde auf der Höhe jener Schlammlache haltgemacht, die Briant bei der Rückkehr nach der Sloughibai hatte umkreisen müssen.

Es folgte eine ruhige, aber sehr kalte Nacht mit einer rauhen Brise. Auch bildete sich ein wenig Eis, das aber bei dem geringsten Stoß in Stücke ging. Bei einzelnen der Jungen, besonders bei Jenkins und Iverson, kam jetzt die üble Laune laut zum Durchbruch, und sie klagten darüber, daß sie das Lager auf der »Sloughi« hätten verlassen müssen, so daß Briant sie wiederholt beruhigen und ihnen Mut zusprechen mußte.

Am Nachmittag des nächsten Tages endlich gelangte das Floß in Sicht des Sees und legte am Fuß des hohen Ufers vor dem Eingang zur Franzosenhöhle an.

Für die Kleinen war das Ausschiffen eine Abwechslung ihres gewöhnlichen Lebens, ein neues Spiel, das sie jubelnd

begrüßten. Dole sprang wie ein junges Böckchen auf dem Ufer umher, Iverson und Jenkins liefen nach dem Strand des Sees.
»Nun, du gehst nicht auch zu ihnen?« erkundigte sich Briant bei seinem Bruder, als er sah, daß dieser müßig herumstand.
»Nein, ich bleibe lieber hier!« antwortete Jacques.
»Du würdest aber weit besser tun, dir etwas Bewegung zu verschaffen«, fuhr Briant fort. »Ich bin mit dir nicht zufrieden, Jacques! Du hast etwas, was du verheimlichst, oder solltest du etwa krank sein?«
»Nein, Bruder, mir fehlt nichts!«
Immer die gleiche Antwort, die Briant nicht genügen konnte, der nun einmal entschlossen war, Licht in die Sache zu bringen, selbst wenn er es auf eine Auseinandersetzung mit dem jüngeren Bruder ankommen lassen mußte.
Es war indes keine Stunde zu verlieren, wenn man schon diese Nacht in der Franzosenhöhle zubringen wollte. Zunächst sollten diejenigen, denen die Höhle noch unbekannt war, eingeführt werden. Sobald das Floß am Ufer fest vertäut war, bat Briant seine Kameraden, ihn zu begleiten. Der Schiffsjunge trug eine Signallaterne, die ein helles Licht verbreitete. Sie begannen nun zuerst den Eingang freizulegen. So wie Briant und Doniphan die Zweige verflochten hatten, wurden sie auch wieder aufgefunden, es hatte also kein menschliches Wesen und auch kein Tier in die Höhle einzudringen versucht. Dann glitten alle durch die schmale Öffnung. Beim Schein der Signallaterne bot sich eine bessere Übersicht als durch die brennenden Harzzweige oder die groben Kerzen des Schiffbrüchigen.
»Oh, hier wird es aber eng hergehen«, ließ Baxter sich vernehmen, als er die Tiefe der Höhle ausgemessen hatte.
»Bah«, rief Garnett, »wenn wir die Lagerstätten übereinander herrichten wie in einer Kabine...«
»Wozu?« fiel Wilcox ein. »Es wird genügen, sie nebeneinander auf dem Erdboden auszubreiten.«

»So! Damit uns kein Platz zum Hinundhergehen bleibt!« bemerkte Webb.

»Nun, dann wird einfach nicht hin und her gegangen, damit ist es abgemacht«, meinte Briant. »Weißt du etwa einen besseren Rat, Webb?«

»Hauptsache, wir haben ein hinlängliches Dach über dem Kopf!« erklärte Service. »Ich denke, Webb hat sich auch nicht eingebildet, hier eine vollständige Ferienwohnung mit Salon, Speisezimmer, Schlafzimmer, Vorsaal, Rauch- und Badezimmer vorzufinden.«

»Nein«, sagte Cross, »nur einen Ort brauchen wir, wo die Küche eingerichtet werden kann.«

»Die bringe ich draußen unter«, erklärte Moko.

»Das wäre bei schlechtem Wetter sehr unbequem«, bemerkte Briant. «Ich meine übrigens, schon morgen können wir den Kochofen von der ›Sloughi‹ eben hier aufstellen.«

»Den Kochofen? In der Höhle, wo wir essen und schlafen?« versetzte Doniphan in einem Tone, der seinen Widerwillen erkennen ließ.

»Nun, so wirst du einmal lauter Wohlgerüche einatmen, Lord Doniphan«, rief Service lachend.

»Wenn mir das paßt, du Küchengehilfe!« erwiderte der hochmütige Junge, die Augenbrauen runzelnd.

»Laßt es gut sein«, beeilte sich Gordon zu sagen. »Ob die Sache angenehm ist oder nicht, wir werden uns für den Anfang doch dazu entschließen müssen. Während er uns übrigens einesteils zum Kochen dient, erwärmt der Ofen gleichzeitig das Innere der Höhle. Uns mehr Raum zu schaffen, indem wir das Gestein ausbrechen – für diese Arbeit haben wir den ganzen Winter Zeit genug. Jetzt laßt uns die Höhle nehmen, wie sie ist, und richten wir uns so gut wie möglich in ihr ein!«

Nach dem Essen schafften sie die Matratzen herbei und schlugen die Lagerstätten in regelmäßigen Reihen auf dem Sand auf. Obwohl sie ziemlich dicht nebeneinander zu liegen kamen, mußten die Jungen, die an die engen Schiffskabinen gewöhnt waren, sich doch ganz behaglich fühlen. Diese Einrichtung nahm den Rest des Tages in Anspruch. Dann wurde noch die große Tafel der Jacht in der Mitte der Höhle aufgestellt, und Garnett, dem die Kleinen die nötigen Geräte von Bord zutrugen, übernahm das Decken des Tisches.

Moko, den Service nach Kräften unterstützte, hatte auch das Seinige getan. Ein zwischen zwei großen Steinen angebrachter Herd am Fuß des Steilufers wurde mit trockenem Holz versehen, das Webb und Wilcox unter den Bäumen am Ufer suchten. Gegen sechs Uhr kochte der große Topf mit einer Fleischbrühe und verbreitete einen angenehmen Geruch. Daneben brieten, an einen Draht gereiht, noch ein Dutzend Tauben. Und während Dole und Iverson gewissenhaft ihres Amtes als Bratspießdreher walteten, folgte Phann ihren Bewegungen mit sehr deutlich erkennbarem Interesse.

Gegen sieben Uhr fanden sich alle in dem einzigen Raum der Franzosenhöhle, dem Wohn-, Schlaf- und Vorratsraum, zusammen. Die Schemel, Feldstühle und Korbsessel von der »Sloughi« waren gleichzeitig mit den Bänken aus der Mannschaftskabine hierhergeschafft worden. Die jugendlichen Tischgenossen verzehrten nun ihr Abendessen. Trotz des Ernstes der Lage gaben sich die kleineren Jungen doch ganz der ihrem Alter so natürlichen Heiterkeit hin, und Briant hütete sich wohl, sie in ihrer Freude zu beschränken und ihr Lachen zu unterdrücken.

Um neun Uhr waren die Schlafstätten besetzt, und kaum in ihre Decken gehüllt, fielen auch schon alle in Schlummer. Nur Wilcox und Doniphan, die Wache halten mußten, unterhielten ein großes Feuer am Eingang der Höhle, das sowohl das Innere wärmte wie auch gefährliche Besucher abschrecken konnte.

Am nächsten Tag, am 9. Mai, und während der drei folgenden Tage arbeiteten alle an dem Entladen des Floßes. Schon sammelten sich mit dem Westwind die Nebel an, die eine Zeit häufigen Regens und Schneetreibens ankündigten. Die Temperatur stieg jetzt kaum noch über null Grad, es galt also, alles, was durch den Frost leicht verdorben werden konnte, in der Höhle geschützt unterzubringen.

Wegen dieser dringenden Arbeiten zogen auch die Jäger nicht weit hinaus. Da es aber an Wasserwild weder auf dem See noch über dem Sumpf mangelte, erhielt Moko immer, was er brauchte. Jedoch sah Gordon, daß selbst erfolgreiche Jagden etwas zu viel Pulver und Blei kosteten. Er hielt aber sehr viel darauf, den Schießbedarf, dessen Vorrat er in seinem Notizbuch genau verzeichnete, möglichst zu schonen, und so riet er Doniphan mit Rücksicht darauf, ja nicht unnötig zu schießen.

Leider konnte nicht das ganze Material in der Höhle Platz finden, und wenn es nicht gelang, sie zu vergrößern, würde man sich genötigt sehen, eine Art Schuppen zu bauen, unter dem die Ballen, geschützt gegen die schlechte Witterung, liegen konnten. Inzwischen wurden alle Gegenstände auf Gordons Rat in einem Winkel der Uferhöhe untergebracht und hier mit geteerten Leinenstücken, die sonst zum Schutz der Oberlichtfenster und der Treppenkappen gedient hatten, überdeckt.

Im Lauf des 13. Mai gingen Baxter, Briant und Moko daran, den Kochofen herzurichten, der auf Walzen bis zum Innern der Franzosenhöhle gezogen werden mußte. Hier stellten sie ihn an die rechte Wand, nahe dem Eingang; da der Kalkstein ziemlich weich war, gelang es Baxter, ein Loch zu schlagen, in das er das Rohr einpaßte, so daß der Rauch nach außen abziehen konnte. Am Nachmittag, als der Schiffsjunge den Ofen in Brand setzte, funktionierte dieser ganz nach Wunsch. Selbst für die schlechteste Jahreszeit war also die Zubereitung der Speisen gesichert.

Während der folgenden Wochen konnten Doniphan, Webb, Wilcox und Cross, denen sich noch Garnett und Service anschlossen, ihrer Jagdlust nachgehen. Sie brachten immer reiche Beute mit nach Hause, da es hier einen wahren Überfluß an Federwild gab. Ohne die Trappen und Tinamus zu zählen, flatterten in großer Anzahl Holztauben und antarktische Gänse umher, die recht gut eßbar waren, wenn sie durch geeignete Zubereitung ihren tranigen Geschmack verloren. Das Wild war dagegen vertreten durch Tucutucos, eine Art Nagetiere, deren Fleisch ähnlich wie Kaninchenfleisch schmeckte, durch Maras, das sind graurötliche Hasen mit einem schwachen Halbmond auf dem Schwanz, durch kleine Wildschweine und endlich durch Guakulis, die den Hirschen gleichen und ebenso scheu sind.

Doniphan gelang es wohl, einzelne dieser Tiere zu erlegen, da er sich aber nur schwer an sie heranschleichen konnte, stand der Aufwand an Pulver und Blei doch in keinem rechten Verhältnis zu dem erzielten Erfolg. Das ärgerte nicht nur den jungen Jäger selbst, sondern brachte ihm auch noch verschiedene Vorwürfe Gordons ein.

Bei einem der Ausflüge sammelten die Jungen auch einen reichlichen Vorrat von wildem Sellerie, der auf dem feuchten Boden üppig emporwucherte, und von Kresse, deren junge Triebe, wenn sie eben die Erde durchbrechen, ein vorzügliches Heilmittel gegen den Skorbut abgeben. Aus Rücksicht auf die Gesundheit erschienen diese Gemüse bei jeder Mahlzeit auf dem Tisch.

Da die Kälte den See und den Fluß noch mit keiner Eisschicht überzogen hatte, gelang es auch, Forellen und Hechte zu fangen, die gut eßbar waren, wenn man sich auch wegen ihrer vielen Gräten gehörig in acht nehmen mußte. Eines Tages brachte Iverson sogar triumphierend einen ansehnlichen Lachs nach Hause geschleppt. Konnte man sich zu der Zeit, wo diese Fische nach der Mündung des Flusses zurückkehrten, einen größeren Vorrat zulegen, so mußte damit für den Winter eine köstliche Reserve gewonnen sein.

Seit sie die Franzosenhöhle endgültig bewohnten, hatten Gordon und seine Kameraden eine feste Tagesordnung eingeführt. Nachdem die Einrichtung vollendet war, schlug Gordon nämlich vor, die Beschäftigung aller nach einem Plan zu bestimmen und besonders die Kleinen nicht sich selbst zu überlassen. Diese verlangten übrigens danach, an der allgemeinen Arbeit teilzunehmen. Doch warum sollte man mit ihnen nicht auch den im Internat Chairman begonnenen Unterricht fortsetzen?

»Wir haben ja Bücher, die uns weitere Studien ermöglichen«, sagte Gordon, »und es scheint mir nicht mehr als billig, daß wir unseren jüngeren Kameraden unser Wissen vermitteln.«

»Ganz recht«, antwortete Briant, »so werden wir wenigstens unsere Zeit nicht vergeuden.«

Sie entwarfen also eine Art Programm, das allgemein gebilligt wurde und das man streng einhalten wollte.

Mit Eintritt des Winters mußten ja viele unfreundliche Tage kommen, während denen weder Große noch Kleine ins Freie konnten, und es galt doch, auch diese nicht nutzlos vorübergehen zu lassen. Was die Bewohner der Franzosenhöhle vorläufig am meisten belästigte, war die Enge des einzigen Raumes, in dem sie sich zusammendrängen mußten. Das veranlaßte sie denn, auf Mittel und Wege zu sinnen, der Höhle eine hinreichende Ausdehnung zu geben.

Ein verdächtiges Geräusch

Während der letzten Ausflüge hatten die jungen Jäger wiederholt das Steilufer untersucht, in der Hoffnung, darin eine zweite Höhle zu entdecken und sie als allgemeines Magazin für das noch unter freiem Himmel lagernde Material verwenden zu können. Da aber ihre Nachforschungen erfolglos blieben, mußten sie auf den früheren Plan zurückgreifen und die jetzige Wohnung zu erweitern suchen. Im Granitfels wäre diese Arbeit undurchführbar gewesen, in dem hier anstehenden Kalkgestein aber, das sich mit Axt und Spitzhaue leicht angreifen ließ, konnten sich keine großen Schwierigkeiten bieten. Der Zeitaufwand spielte dabei ja keine Rolle. Das war im Gegenteil eine Gelegenheit, die langen Wintertage auszufüllen, und bis zum Beginn der schönen Jahreszeit konnte alles vollendet sein, wenn kein Einsturz erfolgte oder etwa Wasser einsickerte, was allerdings zu befürchten war.

Zu Sprengmitteln brauchten sie nicht zu greifen. Die gewöhnlichen Werkzeuge mußten genügen, wie sie genügt hatten, als es sich darum handelte, ein Loch für das Ofenrohr herzustellen. Außerdem hatte Baxter, freilich mit einiger Mühe, den Eingang der Höhle so weit zu erweitern vermocht, daß er dort eine Tür von der »Sloughi« anbringen konnte. Außerdem hatte er links und rechts vom Eingang zwei schmale Fenster, oder besser gesagt, eine Art Schießscharten durchgebrochen, die dem Tageslicht und der frischen Luft besseren Zutritt gestatteten.

Seit einer Woche hatte jetzt die schlechte Witterung ihren Einzug gehalten. Heftige Stürme brausten über die Insel hin, denen die Franzosenhöhle jedoch, dank ihrer Lage nach Süden und Osten, nicht ausgesetzt war. Regenschauer und Schneegestöber zogen manchmal über den Kamm des Steilufers. Nur in der Nachbarschaft des Sees spürten die Jäger noch ihrer Beute nach, nämlich Enten, Kiebitzen, Wasserhühnern und zuweilen einzelnen jener Pelzschnäbler, die man in den südpazifischen Gebieten unter dem Namen »Weißtauben« kennt. Waren See und Fluß auch noch nicht zum Stehen gekommen, so mußte doch eine klare Nacht hinreichen, sie mit Eis zu bedecken.

Meist auf ihre Wohnung beschränkt, konnten sich die Jungen ungehindert den Erweiterungsarbeiten widmen; und sie begannen damit noch im Lauf des 27. Mai. Mit Axt und Schaufel nahmen sie zuerst die rechte Wand in Angriff.

»Dringen wir in schräger Richtung ein«, sagte Briant, »so gelingt es uns vielleicht, an der Seeseite durchzubrechen und damit einen zweiten Zugang zur Franzosenhöhle zu gewinnen. Das würde uns eine bessere Überwachung der Gegend ermöglichen, und wenn schlechtes Wetter uns an der einen Seite am Hinausgehen hindert, so könnten wir immer noch an der anderen hinausgelangen.«

Der Vorteil, den eine solche Anordnung versprach, lag zu sehr auf der Hand, und es schien auch durchaus möglich, den Plan durchzuführen. Von innen aus gerechnet, trennten die Höhle höchstens 40 bis 50 Fuß von der östlichen Außenwand der Kalkmasse. Nachdem sie die Richtung mit Hilfe des Kompasses festgestellt hatten, kam es also nur darauf an, einen Gang durchzuschlagen. Baxter schlug vor, erst eine Art Stollen durch das Gestein zu treiben, der dann erweitert werden sollte.

Während der drei Tage vom 27. bis 30. Mai ging die Arbeit unter günstigen Umständen vorwärts. Der Kalkstein ließ sich fast mit dem Messer schneiden, deshalb war es auch nötig, ihn abzustützen, was freilich einige Schwierigkeiten bereitete. Das abgebrochene Gestein wurde stets sofort nach draußen befördert, damit es sich nicht unnötig anhäufte. Wenn wegen Mangels an Raum auch nicht alle gleichzeitig bei dieser Arbeit angestellt werden konnten, so feierte doch niemand. Hörte es einmal auf zu regnen oder zu schneien, so beschäftigte sich Gordon mit einigen anderen damit, das Floß wieder zu zerlegen, um die Planken der Plattform und die Rundhölzer der Grundlage für die neue Einrichtung zu verwenden. Die Arbeit schritt nach und nach voran, und der Stollen war schon ein gutes Stück gediehen, als sich am 30. Mai im Lauf des Nachmittags etwas ganz Unerwartetes ereignete: Auf dem Boden liegend wie ein Minenarbeiter, glaubte Briant im Inneren des Gesteins einen dumpfen Laut zu vernehmen. Er unterbrach sogleich seine Arbeit, um besser lauschen zu können. Von neuem traf das gleiche Geräusch sein Ohr. Jetzt kroch er aus dem Gang zurück und teilte Gordon und Baxter, die an der Mündung arbeiteten, seine Wahrnehmung mit.

»Täuschung!« meinte Gordon.

»Nimm du meinen Platz ein«, antwortete Briant, »leg das Ohr an die Wand und horch einmal.«
Gordon kroch in den engen Gang und kam bald darauf wieder zurück.
»Du hast dich nicht getäuscht!« sagte er. »Ich habe etwas wie ein entferntes Knurren gehört.«
Nun wiederholte auch Baxter diese Probe und sagte, als er herauskam: »Was in aller Welt kann das sein?«
»Ich kann es mir nicht erklären«, antwortete Gordon. »Wir werden Doniphan und die anderen davon benachrichtigen müssen.«
»Nur die Kleinen nicht«, setzte Briant hinzu, »sie würden sich fürchten.«
Da aber eben alle zum Mittagessen zusammenkamen, erfuhren auch die Kleinen von dem Vorfall, der sie natürlich nicht wenig erschreckte. Doniphan, Wilcox, Webb und Garnett krochen nacheinander in den Stollen. Jetzt hatte das Geräusch aber aufgehört; sie hörten nichts und glaubten deshalb, daß ihre Kameraden sich wohl geirrt haben könnten. Trotzdem wurde beschlossen, die Arbeit nicht zu unterbrechen, und nach dem Essen nahm sie Briant auch wieder auf.
Im Lauf des Nachmittags ließ sich kein weiteres Geräusch vernehmen, bis endlich am Abend erneutes Knurren deutlich durch die Wand drang. Da stürzte Phann wütend in den Schacht hinein, kam aber gleich wieder mit gesträubtem Fell und bis über die Fangzähne zurückgezogenem Maul hervor, während er in unverkennbarer Aufregung grimmig anschlug, als wolle er auf das aus dem Felsinnern heraustönende Knurren Antwort geben.
Was aber bei den Kleinen bisher nur ein mit Verwunderung gepaarter Schreck gewesen war, steigerte sich nun zu wahrhaft kläglicher Angst. Nachdem Briant sich vergeblich bemüht hatte, sie zu beruhigen, forderte er sie auf, ihre Lagerstätten aufzusuchen, wo sie, wenn auch erst ziemlich spät, einschliefen. Aber auch da träumten sie noch von Geistern, Gespenstern und übernatürlichen

Wesen, die ihren Spuk in der Höhle trieben. Kurz, sie litten an schönstem Alpdrücken.
Gordon und die anderen unterhielten sich noch mit gedämpfter Stimme über die seltsame Erscheinung. Wiederholt konnten sie sich überzeugen, daß jenes Geräusch noch fortdauerte und daß Phann eine auffallende Gereiztheit erkennen ließ. Endlich übermannte auch sie die Müdigkeit, und außer Moko und Briant legten sich alle schlafen. Dann herrschte bis Tagesanbruch tiefes Schweigen im Innern der Höhle.
Am folgenden Morgen war die ganze Gesellschaft sehr zeitig munter. Baxter und Doniphan krochen wieder in den Stollen. Kein Geräusch ließ sich vernehmen, der Hund lief umher, ohne irgendwelche Unruhe zu zeigen, und sprang auch nicht wie am Tage vorher gegen die Wand an.
»Fangen wir wieder an!« sagte Briant.
»Ja«, antwortete Baxter. »Es wird immer noch Zeit sein, anzuhalten, wenn sich das Geräusch wieder hören läßt.«
»Wäre es nicht möglich«, bemerkte Doniphan, »daß dieses Geräusch nur von einer Quelle herrührt, die sich durch die Felsmassen zwängt?«
»Dann würde es aber immer zu hören sein«, wandte Wilcox ein, »im Augenblick ist es aber nicht der Fall.«
»Richtig«, stimmte ihm Gordon zu; »ich glaube vielmehr, daß es der Wind war, der sich vielleicht in einer Spalte am Kamm der Anhöhe fängt.«
»Klettern wir doch hinauf«, sagte Service, »vielleicht entdecken wir etwas.«
Dieser Vorschlag wurde angenommen. Nachdem sie ein Stück am Ufergelände entlanggegangen waren, fanden sie einen Pfad, über den sie den Oberteil des Felsens erreichen konnten. Binnen weniger Augenblicke hatte ihn Baxter mit zwei oder drei anderen erklommen, und alle gingen auf der Höhe zurück, bis sie gerade über der Franzosenhöhle stehen mußten. Hier fand sich aber kein Spalt, durch den ein Luftstrom oder eine Wasserader hätte eindringen können; als sie zurückkamen, wußten sie auch

nicht mehr über jene merkwürdige Erscheinung, die von den kleineren Jungen so ängstlich gefürchtet wurde.
Sie nahmen also die Arbeiten wieder auf und setzten sie bis zum Ende des Tages fort. Das Geräusch vom Vortag hörten sie nicht wieder, obwohl nach Baxters Angabe die Wand, an der die Schläge bisher nur matt widerhallten, jetzt einen mehr klingenden Ton gab. Vielleicht befand sich in dieser Richtung also eine natürliche Höhle, auf die der Stollen zufällig treffen würde, und vielleicht entstand das Geräusch dort? Die Voraussetzung einer zweiten, an die Franzosenhöhle grenzenden Höhle erschien nicht unmöglich, ja es war sogar zu hoffen, weil dadurch die Arbeit wesentlich vermindert werden mußte. Verständlicherweise bemühten sich nun alle mit größtem Eifer, und dieser Tag gehörte zu den anstrengendsten, die sie bisher verlebten.
Bis zum Abend verlief er aber ohne Zwischenfälle, dann meldete Gordon plötzlich, daß sein Hund verschwunden sei.
Zur Essenszeit stellte sich Phann sonst regelmäßig neben dem Sessel seines Herrn ein, heute blieb der Platz des Hundes leer. Man rief nach ihm. Phann antwortete nicht. Gordon trat an die Türschwelle und rief erneut. Alles still! Doniphan und Wilcox liefen am Ufer des Flusses entlang. Sie entdeckten aber keine Spur. Offenbar war der Hund jetzt nicht in Hörweite, denn auf Gordons Stimme hätte er zweifellos geantwortet. Daß er sich nur verirrt habe, erschien kaum glaublich, eher konnte er einem Raubtier zum Opfer gefallen sein.
Es war jetzt neun Uhr abends. Tiefe Dunkelheit hüllte das Steilufer und den See ein, und so mußten sich die Jungen wohl oder übel entschließen, ihre Nachforschungen aufzugeben und in die Franzosenhöhle zurückzukehren. Alle fürchteten, daß Phann vielleicht für immer verschwunden sein könne. Die einen streckten sich auf ihren Lagerstätten aus, die anderen setzten sich, ohne an Schlaf zu denken, an den Tisch. Es erschien ihnen, als wären sie jetzt viel ein-

samer und verlassener und noch entfernter von der Heimat und ihren Familien.

Plötzlich hörten sie durch die sonst herrschende Stille neue dumpfe Laute. Diesmal ähnelten sie aber mehr einem mit Schmerzensschreien untermischtem Geheul, das wohl eine Minute lang anhielt.

»Das ist dort! Das kommt von dort her!« rief Briant, auf den Stollen zueilend. Alle waren aufgesprungen, als erwarteten sie irgendeine Erscheinung. Von Entsetzen gepackt, wickelten sich die Kleinen fester in ihre Decken.

Briant kam wieder aus dem engen Gang hervor.

»Dort muß noch eine Höhle sein«, sagte er, »deren Eingang sich jedenfalls am Fuß der Gesteinsmassen befindet.«

»Und wahrscheinlich benutzen sie Tiere, um die Nacht geschützter zu verbringen«, setzte Gordon hinzu.

»Das muß wohl so sein«, antwortete Doniphan. »Morgen schon werden wir versuchen, das Rätsel aufzuklären.«

Da schlug lautes Gebell an ihre Ohren, das ebenso wie das Geheul aus dem Innern des Felsens herauströnte.

»Sollte Phann da drin vielleicht mit einem Tier kämpfen?« rief Wilcox.

Briant, der wieder in den Stollen geschlüpft war, lauschte mit an die Wand gelegtem Ohr. Vergeblich! Ob nun aber Phann irgendwo in der Nähe war oder nicht, unzweifelhaft befand sich hier und ihnen ganz nahe eine zweite Höhle, die mit der Außenwelt wahrscheinlich durch ein vom Strauchgewirr am Fuß des Steilufers verdecktes Loch in Verbindung stand.

Die Nacht verging, ohne daß ein Geheul oder Gebell sich nochmals vernehmen ließ. Als die Jungen nach Tagesanbruch das Gestrüpp an der Seeseite untersuchten, konnten sie nichts entdecken. Phann gab, obwohl man ihn überall suchte, auch weiterhin keine Antwort.

Briant und Baxter gingen nun abwechselnd wieder an die Arbeit. Während des Vormittags nahm der Stollen um etwa zwei Fuß an Tiefe zu. Von Zeit zu Zeit hielten sie an, um zu horchen – nichts war zu hören.

Am Nachmittag arbeiteten sie besonders vorsichtig, da sie jeden Augenblick den Durchbruch erwarten mußten, durch den vielleicht ein gefährliches Tier hervorstürzen konnte. Die Kleinen waren nach dem Ufergelände geführt worden. Gewehre und Revolver in den Händen, hielten sich Doniphan, Wilcox und Webb für jede Möglichkeit bereit. Gegen zwei Uhr stieß Briant einen lauten Ruf aus. Seine Spitzhacke hatte die gleich wieder nachstürzende Kalkwand durchschlagen, die nun eine ziemlich große Öffnung zeigte. Noch standen die Jungen unschlüssig, da hörten sie etwas an der Wand des Stollens entlangstreifen, und mit einem gewaltigen Satz sprang ein Tier in die Höhle. Das war Phann!
Ja, Phann, der gleich auf einen mit Wasser gefüllten Napf zueilte und gierig trank. Dann kehrte er mit wedelndem Schweife und ohne jedes Zeichen von Unruhe zu Gordon zurück, ein Beweis, daß vorläufig nichts zu fürchten war. Briant ergriff nun eine Laterne und kroch damit in den Stollen. Gordon, Doniphan, Wilcox, Baxter und Moko folgten ihm nach. Bald darauf befanden sich alle in einer dunklen Höhle, in die kein Strahl des Tageslichtes eindrang. Es war eine zweite Höhle, deren Höhe und Breite die Größenverhältnisse der Franzosenhöhle zeigten, die aber viel tiefer war; auch ihren Boden bedeckte feiner Sand.
Da diese Höhle nach außen hin kaum eine Verbindung zu besitzen schien, mußte man befürchten, daß die Luft darin nicht zum Atmen wäre. Die hell brennende Flamme der Laterne bewies jedoch, daß irgendwo Luft Zutritt finden mußte. Wie hätte Phann sonst hineingelangen können?
Da stieß Wilcox mit dem Fuße an einen schweren, kalten Körper. Briant kam mit der Laterne näher heran.
»Der Körper eines Schakals!« rief Baxter.
»Ja, eines Schakals, dem unser braver Phann den Garaus gemacht hat«, antwortete Briant.
»Da haben wir die Erklärung für die unheimlichen Geräusche«, setzte Gordon hinzu.

Doch ob nun einer oder mehrere Schakale ihr gewohntes Lager in dieser Höhle haben mochten, so blieb immer noch die Frage offen, durch welchen Eingang sie dahin gelangten. So kehrten die Jungen in ihre Höhle zurück, und Briant untersuchte jetzt das Steilufer an der Seeseite ganz genau. Gleichzeitig rief er laut, während Baxter im Innern der neuen Höhle antwortete. So gelang es ihm, zwischen dem Gestrüpp und dicht am Erdboden eine enge Öffnung zu entdecken, durch die wohl die Schakale eingedrungen sein mochten. Auch Phann war hier hereingeschlüpft, dann mochten sich aber einige Geröllbrocken gelöst haben, und dadurch war die Öffnung fast ganz verschlossen worden. So erklärte sich alles, das Geheul des Schakals wie das Gebell des Hundes, dem es 24 Stunden lang nicht gelungen war, wieder herauszukommen.
Bei den Jungen herrschte große Freude. Nicht allein Phann hatten sie wiedergefunden, sondern auch eine schwere Arbeit war ihnen erspart geblieben. Da lag »fix und fertig«, wie Dole sich ausdrückte, eine weite Höhle, deren Vorhandensein der schiffbrüchige Baudoin nicht geahnt hatte. Wenn sie die kleine Öffnung erweiterten, gewannen sie noch eine zweite, nach der Seite des Sees zu offene Tür. Das erleichterte wesentlich ihre weitere Arbeit. Die Jungen riefen denn auch, als sie in der Höhle versammelt waren, ein lautes Hurra nach dem anderen, das Phann noch mit freudigem Gebell begleitete.
Mit großem Eifer gingen sie nun daran, den engen Stollen zu einem brauchbaren Gang zu erweitern. Die zweite Höhle, der sie den Namen die »Halle« beilegten, rechtfertigte ihn durch ihren großen Umfang völlig. Bis die Behälter an den Seiten des Verbindungsganges ausgebrochen waren, wurde das ganze Material noch hierhergeschafft. Sie sollte daneben als Schlaf- und Arbeitsraum dienen, während das erste Zimmer zur Küche, Speisekammer und zum Speisesaal bestimmt wurde. Gordon schlug vor, es Storeroom, Vorratsraum, zu nennen, was alle gern annahmen.

Zunächst beschäftigten sie sich jetzt damit, die Lagerstätten säuberlich auf dem Sand der Halle anzuordnen, wo es an Platz nicht fehlte. Dann brachten sie das Mobiliar aus der »Sloughi«, die Sofas, Lehnstühle, Tische und Schränke dorthin, und – was von besonderer Wichtigkeit war – auch die Öfen aus dem Zimmer und dem Salon der Jacht, die jetzt sofort hergerichtet wurden, um diesen großen Raum heizen zu können. Gleichzeitig erweiterten sie den Eingang von der Seeseite, um auch hier eine der Türen des Schoners anbringen zu können. Ähnlich wie bei der anderen Tür verfertigte Baxter auch hier zwei neue Schießscharten, durch die das Licht in die Halle dringen konnte. Diese Arbeit erforderte fast 14 Tage. Es war hohe Zeit, daß sie vollendet wurde, denn das bisher noch verhältnismäßig ruhige Wetter zeigte Neigung umzuschlagen. Herrschte auch noch keine besondere Kälte, so wehten doch oft so stürmische Winde, daß sich jeder Ausflug ins Freie von selbst verbot.
Die Gewalt des Sturmes war gelegentlich so groß, daß er die Gewässer des Sees trotz des Schutzes, den die Uferwand gewährte, wie ein Meer aufwühlte. Zum Glück waren weder der Vorratsraum noch die Halle dem direkten Angriff des Unwetters ausgesetzt, da der Wind von Westen her wehte.
Die mit dürrem Holz versorgten Öfen des Zimmers und der Küche heizten auch tadellos.
Es zeigte sich nun, daß sie gerade rechtzeitig die »Sloughi« verlassen und ein sicheres Obdach erreicht hatten. Für die Dauer der schlechten Jahreszeit eingeschlossen, fanden Gordon und seine Kameraden Zeit genug, sich jetzt bequem einzurichten. Sie hatten den Gang erweitert und zwei tiefe Kammern zu beiden Seiten herausgebrochen, von denen die eine mit einer Tür verschlossen und zur Aufbewahrung des Schießpulvers bestimmt wurde, um jede etwaige Explosion zu verhüten. Obwohl sich die Jäger nicht weit von der Franzosenhöhle wegwagen konnten, fehlte es doch nie an Wasservögeln, deren unangeneh-

men Geschmack Moko nicht immer zu beseitigen vermochte, was manche Proteste und Grimassen verursachte, doch war damit wenigstens die tägliche Nahrung gesichert.
Als am Abend des 10. Juni nach dem Essen alles in der Halle um den Ofen versammelt war, schlug Gordon vor, den wichtigsten Punkten der Insel eigene Namen zu geben.
»Das wäre sehr nützlich und praktisch«, sagte Briant.
»Ja, Namen«, rief Iverson, »und wir wollen auch sehr hübsche Namen wählen!«
»Wie es die wirklichen und erfundenen Robinsons stets tun«, fügte Webb hinzu.
»Und wir«, sagte Gordon, »sind doch schließlich auch nichts anderes.«
»Ein großes Pensionat von Robinsons!« rief Service.
»Übrigens werden wir«, fuhr Gordon fort, »wenn die Bai, die Flüsse, Wälder, der See und das Steilufer besondere Namen bekommen, uns immer leichter zurechtfinden.«
»Wir haben schon die Sloughibai, an der unsere Jacht scheiterte«, sagte Doniphan, »und ich denke, wir behalten diesen Namen bei, da wir ihn nun einmal gewöhnt sind.«
»Ebenso, wie wir den Namen Franzosenhöhle für unsere Wohnung nicht ändern«, fügte Briant hinzu, »schon zum Andenken an den Schiffbrüchigen, dessen Stelle wir nun eingenommen haben.«
Dagegen erhob sich kein Widerspruch, nicht einmal von Doniphan, obwohl doch diese Bemerkung von Briant ausging.
»Und wie nennen wir nun«, ließ sich Wilcox vernehmen, »den Fluß, der sich in die Sloughibai ergießt?«
»Den Rio Seeland«, schlug Baxter vor. »Dieser Name wird uns immer an die Heimat erinnern.«
»Angenommen! Einverstanden!« ertönte es von allen Seiten.
»Und den See?« fragte Garnett.
»Da der Fluß den Namen unseres Neuseeland erhalten

hat«, meinte Doniphan, »so geben wir dem See einen Namen, der an unsere Angehörigen erinnert, und nennen ihn Familiensee.«

Auch das fand freudige Zustimmung. Es herrschte vollständige Einmütigkeit, und so tauften sie das Steilufer mit dem Namen Auckland-Hügel. Das Kap, von dessen Gipfel aus Briant im Osten das Meer erkannt zu haben glaubte, nannte man auf seinen Vorschlag »Spitze des falschen Meeres«. Im Laufe des Abends wurden noch folgende Namen angenommen: Trappenwald nannten sie den Teil des Waldes, wo sie viele Trappen angetroffen hatten; Schlammwald den anderen Teil zwischen der Sloughibai und dem Steilufer; Südmoor den Sumpf, der den ganzen südlichen Teil der Insel bedeckte; Wrackküste die Küste der Insel, an der die Jacht gestrandet war; Sportterrasse endlich den vom Ufer des Flusses und des Sees eingeschlossenen Platz, der vor der Halle eine Rasenfläche bildete, die für Sportübungen besonders geeignet erschien.

Was die übrigen Punkte der Insel betraf, so sollten sie, nachdem sie näher bekannt wurden oder nach den Vorfällen, die sich da etwa abspielten, getauft werden.

Inzwischen schien es ratsam, noch den wichtigsten auf der Karte des Franzosen eingezeichneten Vorgebirgen Namen zu geben. So entschieden sie sich für »Nordkap« im Norden der Insel und für »Südkap« im Süden. Endlich stimmten alle darin überein, den drei Spitzen, die im Westen nach dem Stillen Ozean hinausragten, die Namen »Französisches Kap«, »Englisches Kap« und »Amerikanisches Kap« zu geben, zu Ehren der drei in der kleinen Kolonie vertretenen Nationen, der französischen, englischen und amerikanischen.

Kolonie! Ja, dieses Wort wurde beliebt, und es deutete an, daß die Siedlung hier nicht nur als vorübergehender Aufenthalt angesehen wurde. Natürlich geschah das auf Anregung Gordons, der stets mehr daran dachte, das Leben in diesem neuen Gebiet zu organisieren, als daran, die Insel wieder zu verlassen. Die Jungen waren eben nicht mehr Schiffbrüchige von der »Sloughi«, sondern Kolonisten der Insel.

Doch welcher Insel? Jetzt mußte auch diese noch getauft werden.

»Ich weiß, wie man sie nennen sollte«, meldete Costar.

»Du weißt das, du?« erwiderte Doniphan.

»Ohne Zweifel will er sie Baby-Insel nennen«, scherzte Service.

»Nun laß nur deine Witze, Service, und hören wir seine Idee!«

Trotz dieser Aufforderung schwieg jetzt der verdutzte Kleine.

»Sprich nur, Costar«, fuhr Briant fort, indem er ihn mit einer Handbewegung ermunterte. »Ich bin überzeugt, daß dein Vorschlag gut ist.«

»Nun«, sagte Costar, »da wir doch alle Zöglinge des Internats Chairman sind, so sollten wir sie ›Insel Chairman‹ nennen!«

In der Tat konnte ein besserer Name kaum gefunden werden, und er wurde denn auch unter dem Beifall aller angenommen – worüber sich Costar nicht wenig stolz zeigte.

Die Insel Chairman! Wahrhaftig, der Name hatte eine Art geographischen Anklangs, und er konnte also in Zukunft in die Atlanten aufgenommen werden.

Nachdem die Feierlichkeit zur allgemeinen Zufriedenheit beendet war, wollten die Jungen zur Ruhe gehen, da verlangte Briant noch einmal das Wort: »Liebe Freunde! Wäre es jetzt, wo wir unserer Insel einen Namen gegeben haben, nicht auch geraten, ein Oberhaupt zu ernennen?«

»Ein Oberhaupt?« warf Doniphan lebhaft ein.

»Ja, mir scheint, es würde vieles bessergehen, wenn einer von uns Autorität über die anderen besäße. Sollte sich das, was in jedem Lande geschieht, nicht auch für die Insel Chairman eignen?«

»Jawohl? Ein Oberhaupt! Wählen wir ein Oberhaupt!« riefen die Großen und die Kleinen wie aus einem Mund.
»Gut, ernennen wir ein Oberhaupt«, sagte da Doniphan, »doch nur für eine gewisse Zeit, etwa für ein Jahr.«
»Das aber dann wieder wählbar wäre«, setzte Briant hinzu.
»Zugestanden! Wen wählen wir?« fragte Doniphan etwas befangen. Der eifersüchtige Knabe schien nur die eine Furcht zu haben, daß seine Kameraden, wenn nicht ihn selbst, so doch wahrscheinlich Briant erwählen könnten. Er sollte sich jedoch in dieser Hinsicht getäuscht haben.
»Wen wir wählen sollen?« antwortete Briant. »Natürlich den klügsten von allen, unseren Freund Gordon!«
»Ja! Ja! Hurra für Gordon!«
Gordon wollte erst die ihm zugedachte Ehre ablehnen, da er sich mehr zum Organisieren als zum Regieren berufen fühlte. Als er jedoch an die Störungen dachte, die vor allem durch den Gegensatz zwischen Doniphan und Briant in Zukunft noch entstehen konnten, sagte er sich, daß seine Autorität doch nützlich sein würde.
So wurde Gordon zum Oberhaupt der kleinen Inselkolonie ausgerufen.
Vom Mai ab war der Winter endgültig in der Umgebung der Insel Chairman eingezogen. Welche Dauer würde er haben? Mindestens fünf Monate, wenn die Insel auf der gleichen Breite wie Neuseeland lag. Gordon traf also alle Vorsichtsmaßregeln, um so auch gegen die schlimmsten Zufälle eines langen Winters geschützt zu sein. Mit Zustimmung aller schlug er daher folgendes vor:
Zwei Stunden am Vormittag und zwei am Nachmittag sollten allgemeinen Arbeiten in der Halle gewidmet sein. Abwechselnd sollten Briant, Doniphan, Cross und Baxter aus der fünften und Wilcox aus der vierten Abteilung des Internats ihren Gefährten aus der dritten, zweiten und ersten Abteilung Unterricht erteilen und sie mit Mathematik, Erdkunde und Geschichte beschäftigen, wobei ihnen einige Bücher der Bibliothek helfen konnten. Zwei-

mal in der Woche, nämlich am Sonntag und Mittwoch, wollten die Jungen eine Art allgemeine Versammlung abhalten, das heißt, ein wissenschaftliches Thema, entweder aus der Geschichte oder der Gegenwart, frei besprechen. Die Großen hatten sich dann dafür oder dagegen zum Wort zu melden und sollten ebenso zur eigenen Ausbildung wie zur allgemeinen Unterhaltung über den gewählten Gegenstand diskutieren.

Gordon, in seiner Eigenschaft als Oberhaupt der Kolonie, hatte darüber zu wachen, daß dieses Programm streng eingehalten wurde und nur unter ganz besonderen Umständen eine Änderung erlitt. Zwei der größeren Jungen, nämlich Wilcox und Baxter, wurden beauftragt, für die Uhren und für den Kalender zu sorgen. Auf ihre Zuverlässigkeit konnte man vertrauen. Webb erhielt die Verpflichtung, täglich das Barometer sowie das Thermometer abzulesen und die Angaben aufzuzeichnen.

Ein weiterer Beschluß ging dahin, ein Tagebuch über alles zu führen, was sich bisher auf der Insel Chairman zugetragen hatte und was noch geschehen würde. Baxter erbot sich zu dieser Arbeit, und dank seiner Gewissenhaftigkeit wurde das »Journal der Franzosenhöhle« mit großer Genauigkeit geführt.

Im Laufe des Juni nahm die Kälte immer mehr zu. Das Thermometer zeigte zehn bis fünfzehn Grad unter Null, und nur wenn der meist aus dem Süden wehende Wind mehr nach Westen umschlug, stieg die Temperatur ein wenig, und die Umgegend der Höhle bedeckte sich dann mit tiefem Schnee.

Jetzt beschäftigten sich die Jungen auch mit einer anderen Frage. Gewöhnlich wurde das Wasser für ihre Bedürfnisse bei niedrigem Meer aus dem Fluß geschöpft, da es dann keinen Salzgehalt zeigte. Wenn der Fluß aber vollständig zufror, mußte sich das von ganz allein verbieten. Gordon besprach deshalb mit Baxter die dagegen zu ergreifenden Maßregeln. Nach einiger Überlegung schlug Baxter, der eine ausgesprochen technische Begabung aufwies, vor, einige Fuß unter der Erde eine Leitung anzulegen, die nicht zufrieren konnte und den Storeroom daher mit Wasser versorgen würde. Das war gewiß eine schwierige Arbeit, die Baxter kaum gelungen wäre, wenn er nicht die Bleirohre zur Verfügung gehabt hätte, die auf der »Sloughi« einst als Wasserleitung zu den Waschtischen dienten. Nach verschiedenen mißlungenen Versuchen wurde endlich der Wasserzufluß zum Vorratsraum gesichert. Was die Beleuchtung betraf, so gab es noch hinreichend Öl für die Lampen, nach Ablauf des Winters würde es aber notwendig werden, diese irgendwie zu ersetzen oder Kerzen aus dem Fett herzustellen, das Moko bisher nicht gebraucht und aufgehoben hatte. Einige Sorgen bereitete während dieser Zeit auch die Ernährung der kleinen Kolonie, denn Jagd und Fischfang brachten jetzt nicht mehr die gewohnte Ausbeute. Wohl schweiften, vom Hunger getrieben, gelegentlich einzelne Tiere auf der Sportterrasse umher, doch das waren nur Schakale, die Doniphan und Cross dann durch einige Gewehrschüsse vertrieben. Eines Tages erschien sogar ein ganzes Rudel – wohl an 20 Stück –, so daß man die Tür der Halle und des Vorraumes fest verschließen mußte. Ein Einbruch dieser durch den Hunger gereizten Raubtiere hätte gefährliche Folgen haben können. Da sie Phann jedoch rechtzeitig meldete, kamen sie gar nicht dazu, die Türen der Franzosenhöhle zu stürmen.

Unter so mißlichen Umständen sah Moko sich gezwungen, dann und wann auf den Proviant von der Jacht zurückzugreifen, der doch so viel wie möglich geschont werden sollte. Nur sehr ungern erteilte Gordon die Erlaubnis, ihn zu verwenden, und betrübt sah er in seinem Notizbuch die Rubrik der Ausgaben sich immer mehr verlängern, während die der Einnahmen doch stets gleich lang blieb.

Als Briant am Morgen des 9. Juli einmal ins Freie hinaustrat, konnte er beobachten, daß der Wind plötzlich nach Süden umgesprungen war. Der ungemein strenge Frost

nötigte ihn, schleunigst wieder in die Halle zurückzukehren, wo er Gordon von dieser Veränderung der Temperatur Mitteilung machte.
»Das war ja zu befürchten«, antwortete Gordon, »und es sollte mich nicht wundern, wenn wir noch einige Monate strengen Winters auszuhalten hätten.«
»Das beweist aber«, meinte Briant, »daß die ›Sloughi‹ weit tiefer, als wir annahmen, nach Süden zu verschlagen wurde.«
»Gewiß«, bestätigte Gordon, »und doch zeigt unser Atlas keine Insel in der Nähe des antarktischen Meeres.«
»Das ist unerklärlich, Gordon, und wirklich, ich wüßte nicht, welche Richtung wir einschlagen sollten, wenn uns einst die Möglichkeit geboten wäre, die Insel Chairman zu verlassen.«
»Die Insel verlassen?« rief Gordon. »Aber, Briant, denkst du denn daran noch immer?«
»Alle Tage, Gordon. Wenn es uns gelänge, ein einigermaßen tüchtiges Fahrzeug zu erbauen, würde ich keinen Augenblick Bedenken hegen, damit auf Entdeckung auszuziehen.«
»Schon gut«, erwiderte Gordon, »damit hat es noch keine Eile. Warten wir wenigstens, bis unsere kleine Kolonie vollständig organisiert ist.«
Das im Vorratsraum hängende Thermometer zeigte nur fünf Grad über Null, obwohl im Kochofen ein tüchtiges Feuer prasselte. Die Außentemperatur war dagegen schon auf minus 17 Grad gesunken. Die Jungen mußten nun unbedingt an den ruhigen kalten Tagen eine entsprechende Holzmenge zur Franzosenhöhle schaffen, damit ihnen das Heizmaterial nicht etwa an stürmischen Tagen ausginge. Das war aber immerhin eine schwierige Arbeit, weil dieser Transport nur mit den Armen oder auf dem Rücken der Jungen zu bewerkstelligen war. Da kam Moko ein guter Gedanke, den sie schleunigst ausführten: Der fest gebaute zwölf Fuß lange Tisch des Vorratsraumes brauchte ja nur, die Beine nach oben, umgedreht

und dann über die glatte Fläche des jetzt vereisten Schnees gezogen zu werden; vier größere Jungen spannten sich mit Stricken vor dieses etwas primitive Gefährt, und so brachen alle auf, um im Trappenwald nach Holz zu suchen. Die Jungen wählten schon etwas dickere Bäume, damit sie auch tüchtige Scheite gewannen, die für den Kochofen geeignet waren. Der »Schlitten« erhielt zwar so eine recht schwere Last, er glitt aber leicht dahin und alle zogen ihn begeistert über die harte Kruste. Im Lauf des Vormittags schafften sie auf diese Weise zwei große Fuhren. Nach dem Essen gingen sie wieder an die Arbeit, die erst um vier Uhr, als der Abend anbrach, unterbrochen wurde. In der Höhle beschäftigten sie sich dann nur noch damit, die Scheite zu zersägen, zu spalten und anschließend aufzuschichten; das war bis zur Schlafenszeit getan.

Sechs Tage lang wiederholten sie jetzt regelmäßig diese Fahrten und häuften auf solche Weise Brennmaterial für eine Reihe von Wochen an. Es versteht sich von selbst, daß diese großen Vorräte nicht im Vorratsraum untergebracht werden konnten; es schadete ja auch nichts, sie in freier Luft am Fuß des Steilufers aufzustapeln.

So vergingen allmählich die kalten Tage. Während der letzten Woche des August und der ersten Septemberwoche gewann der Seewind schon wieder die Oberhand. Schwere Regenböen fegten über das Land dahin, die Temperatur stieg, und der Schnee begann bald zu schmelzen. Auf der Seeoberfläche donnerte und krachte es vom Bersten des Eises. Die Schollen trieben in einem tollen Durcheinander in den Fluß hinein und türmten sich hier. Dadurch entstand eine Eisstauung, die erst gegen den 10. September wieder völlig gebrochen wurde.

Dank der von Gordon getroffenen Vorsichtsmaßregeln hatte die kleine Kolonie den Winter gut überstanden, und alle waren frisch und gesund geblieben.

Die große Erkundung

Nach Anbruch der schöneren Jahreszeit konnten die Jungen nun endlich einige Pläne ausführen, die sie während der langen Wintermonate entworfen hatten. Gegen Westen – das lag ja auf der Hand – fand sich kein Land in der Nachbarschaft der Insel. War das aber nach Norden, Süden und Osten hin ebenso der Fall, oder gehörte die Insel nicht zu einer der Inselgruppen des Stillen Ozeans? Nach der Karte des Franzosen mußte diese Frage gewiß mit nein beantwortet werden. Nichtsdestoweniger konnten in diesem Meeresteile sich doch noch Länder befinden, die der Schiffbrüchige nur nicht wahrgenommen hatte, weil er kein Fernrohr besaß. Die in dieser Beziehung viel besser ausgerüsteten Jungen konnten vielleicht doch etwas entdecken, was dem Überlebenden der »Duguay-Trouin« zu erkennen unmöglich gewesen war.

Wegen ihrer eigentümlichen Gestalt maß die Insel Chairman in ihrem mittleren Teil östlich der Franzosenhöhle nicht mehr als 20 Kilometer. Da die Küste auf der gegenüberliegenden Seite der Sloughibai eine tiefe Einbuchtung bildete, empfahl es sich von selbst, diese Gegend näher zu untersuchen. Es erschien ja von Wichtigkeit zu erfahren, welche Hilfsmittel das Land bot, und deshalb wurde spätestens für die ersten Tage des November ein Ausflug festgesetzt.

Doch während des ganzen Septembers und der ersten Hälfte des Oktobers herrschte noch recht schlechtes, rauhes Wetter, gelegentlich sogar ziemlich strenge Kälte, die jedoch nicht anhielt, da der Wind häufig seine Richtung wechselte. Während der Zeit der Tagundnachtgleiche traten heftige Stürme auf, ähnlich denen, die den Schoner über den Stillen Ozean gejagt hatten. Bei diesen entsetzlichen Windstößen schien selbst der Auckland-Hügel bis in seine Grundfesten erschüttert zu werden, als der wütende Sturm aus Süden die eisige Luft des antarktischen

Polarmeeres in diese Gegend herauftrug. Es war ein hartes Stück Arbeit, ihm das Eindringen in die Franzosenhöhle zu verwehren. Zwanzigmal wohl drückte er die in den Vorratsraum führende Tür ein und stürmte durch den Verbindungsgang bis in die Halle hinein. Unter diesen mißlichen Verhältnissen litten alle fast noch mehr als zu der Zeit des strengsten Frostes, der die Quecksilbersäule des Thermometers bis auf 30 Grad unter Null herabgedrückt hatte.

Übrigens mußten sie nicht nur gegen den Sturm allein, sondern auch gegen heftige Regen- und Hagelschauer ankämpfen. Um das Maß dieser Unannehmlichkeiten noch voll zu machen, schien das eßbare Wild auch ganz verschwunden zu sein, als hätte es in den tieferen, den Wetterlaunen weniger ausgesetzten Teilen der Insel Zuflucht gesucht – und ebenso die Fische, die durch die stürmische Brandung am ganzen Seeufer erschreckt sein mochten.

In der Höhle legte man deshalb aber die Hände keineswegs in den Schoß. Da der Tisch nach dem Verschwinden der harten glatten Schneekruste nicht mehr als Schlitten dienen konnte, bemühte sich Baxter, einen zum Transport schwerer Gegenstände geeigneten Wagen herzustellen. Dazu wollte er zwei gleich große Räder verwenden, die zum Gangspill des Schoners gehört hatten. Diese Arbeit gelang freilich nicht ohne manche mißglückten Versuche, die jeder Sachverständige zu vermeiden gewußt hätte. Die Räder besaßen nämlich Zähne, und nachdem Baxter sich erfolglos bemüht hatte, sie auszubrechen, mußte er sich damit begnügen, ihre Zwischenräume mit Holzklötzchen auszufüllen und das Ganze mit einem Eisenband zu umschließen. Dann verband er die beiden Räder durch eine Eisenstange, und baute darüber ein festes Gerüst mit einer Art Kasten aus starken Planken. Das im ganzen recht mangelhafte Gefährt sollte trotzdem noch wichtige Dienste leisten. Natürlich mußten an Stelle eines Pferdes oder Maulesels die kräftigsten Jungen der Kolonie als Bespannung aushelfen.

Allmählich gewann die Sonne aber doch wieder an Kraft, und der Himmel heiterte sich mehrfach auf. Mitte Oktober trieb die Bodenwärme wieder die Säfte in die ergrünenden Bäume und Sträucher. Nun konnten die Jungen auch die Franzosenhöhle auf ganze Tage verlassen. Die warmen Kleidungsstücke, die grobtuchenen Hosen, die gestrickten Jacken wurden tüchtig ausgeklopft, ausgebessert, zusammengelegt und nach vorheriger Kennzeichnung durch Gordon sorgsam in die Koffer verpackt. Die Kolonisten fühlten sich in der leichten Kleidung gleich viel behaglicher und begrüßten die Rückkehr der schönen Jahreszeit begeistert. Dazu kam auch die nie ersterbende Hoffnung, irgendeine Entdeckung zu machen, die eine Wendung in ihrer Lage herbeiführen könnte. Während des Sommers war es durchaus möglich, daß ein Schiff diese Gegend besuchte und landete, wenn es die Flagge auf dem Gipfel des Auckland-Hügels bemerkte.
Die Jagd zeigte jetzt auch mehr Erfolg, und eines Tages gelang es Doniphan und seinen Gefährten sogar, in einer der Gruben einen wichtigen Fang zu machen.
»Das ist ja ein Strauß!« rief Doniphan erstaunt, als er an die Grube herankam. Allerdings zeigte die geringe Größe des Vogels, die kleineren Federn, daß er zu der in den Pampas von Südamerika so häufig vorkommenden Sippe der Nandus gehörte. Mit Mühe brachten die Jungen den Vogel zur Franzosenhöhle, da es Service sich in den Kopf setzte, ihn zu zähmen. Das schien aber vergeblich zu sein, denn der Nandu büßte nichts von seinem wilden Charakter ein. Er ließ niemanden nahe kommen, ohne sich mit dem Schnabel und den Beinen zu verteidigen, und suchte die Fesseln zu brechen, mit denen er angebunden war.
Service ließ deshalb aber den Mut nicht sinken. Im Schweizerischen Robinson stand ja, daß Meister Jack ebenfalls einen Strauß gezähmt hatte, und wie dieser nannte auch Service den Nandu »Brausewind«. Doch obwohl er seine ganze Liebe daransetzte, das widerspenstige Tier zu zähmen, blieben gute und schlechte Behandlung

gleichmäßig erfolglos. Als er wieder einmal im Schweizerischen Robinson gelesen hatte, erklärte er den erstaunten Kameraden, er wolle jetzt wie Jack seinen Strauß zu einem schnellfüßigen Reittier ausbilden.

»Ganz recht«, antwortete Gordon. »Doch zwischen deinem Helden und dir, Service, ist der gleiche Unterschied wie zwischen seinem Strauß und dem deinigen.«

»Und welcher denn?«

»Nun, einfach der zwischen Phantasie und Wirklichkeit!«

»Tut nichts!« erwiderte Service. »Ich werde mit meinem Strauß schon noch fertig, oder er soll mich kennenlernen!« Trotz der Spötteleien seiner Kameraden war Service entschlossen, auf seinem Nandu auszureiten, sobald die Witterung das gestattete. In treuer Nachahmung seines Vorbildes verfertigte er ihm schon aus Segelleinwand eine Art Reitzeug und eine Kappe mit beweglichen Scheuklappen. Starrköpfig wie er war, erklärte er schließlich, daß er am 26. Oktober auf seinem Strauß, den er nicht ohne Mühe gesattelt und gezäumt hatte, davonreiten wolle.

Die Jungen versammelten sich auf der Sportterrasse, um dem interessanten Experiment beizuwohnen. Die Kleinen betrachteten ihren Kameraden mit einem Gefühl von Neid, dem sich freilich etwas Angst beimischte. Im entscheidenden Augenblick zögerten sie denn auch, sich einen Platz hinter Service zu erbitten. Die Großen zuckten nur mit den Achseln. Gordon hatte sich auch bemüht, Service von dem Versuch abzuhalten, der ihm immerhin etwas gefährlich erschien. Dieser bestand aber auf seinem Willen, und so beschloß man, ihn gewähren zu lassen.

Während Garnett und Baxter das Tier hielten, dessen Augen durch die Scheuleder der Kappe verschlossen waren, gelang es Service nach mehreren vergeblichen Versuchen, sich auf dessen Rücken zu schwingen. Dann rief er mit halb zuversichtlicher Stimme: »Loslassen!«

Da der Nandu zunächst nichts sehen konnte, blieb er ganz still stehen. Sobald aber Service die Scheuklappen mit einer Leine aufzog, machte er einen gewaltigen Sprung und lief in die Richtung des Waldes davon. Service war nicht länger Herr seines wilden Reittieres, das mit der Schnelligkeit eines Pfeiles dahinraste. Vergeblich bemühte er sich, es durch Zuziehen der Scheuklappe aufs neue zum Stehen zu bringen. Durch eine heftige Bewegung des Kopfes schüttelte der Nandu die Kappe soweit ab, daß sie ihm über den Hals herunterrutschte, an den sich nun Service mit beiden Armen anklammerte. Dann warf der Vogel durch einen gewaltigen Stoß den unsicheren Reiter aus dem Sattel, und dieser fiel gerade in dem Augenblick herunter, als das Tier unter den Bäumen des Waldes verschwinden wollte. Die Freunde liefen herbei, aber als sie ihn erreichten, war der Strauß schon außer Sichtweite. Glücklicherweise hatte Service, der auf dichtes Gras gefallen war, keinen Schaden genommen.

»Das dumme Tier!« rief er erbost. »Wenn ich es nur wieder erwische!«

»Du wirst es aber nicht erwischen«, erwiderte Doniphan, der seinen Kameraden gründlich auslachte.

»Entschieden war dein Freund Jack ein besserer Stallmeister als du«, sagte Webb.

»Mein Nandu war noch nicht genügend gezähmt«, gab Service zur Antwort.

»Und konnte es auch gar nicht sein«, bemerkte Gordon. »Tröste dich, du hättest mit diesem Tier doch nichts anfangen können, und den Roman von Wyß muß man auch nicht in allen Stücken ernst nehmen.«

Mit den ersten Tagen des November schien das Wetter günstig genug für einen länger andauernden Ausflug, bei dem das westliche Ufer des Sees bis an dessen Nordrand besichtigt werden sollte. Der Himmel war klar, die Wärme ganz erträglich, und die Jungen durften es ohne Scheu wagen, auch einige Nächte unter freiem Himmel zuzubringen.

Nachdem Gordon alles genau angeordnet hatte, brach er zusammen mit Doniphan, Baxter, Wilcox, Cross und Service am Morgen des 5. November auf. Drei der Jungen waren mit Gewehren bewaffnet, außerdem trugen alle einen Revolver am Gürtel, Jagdmesser und zwei Äxte vollendeten ihre Ausrüstung. Soweit es möglich war, sollten sie Pulver und Blei nur zu ihrer Verteidigung gebrauchen oder um sich Wild zu verschaffen, wenn das auf eine minder kostspielige Weise nicht gelang. Sie hatten aber auch das Lasso und die Bola mitgenommen und sich schon vorher in ihrem Gebrauch geübt. Besonders Baxter zeigte sich in der Handhabung dieser Fanggeräte sehr geschickt. Bisher hatte er freilich damit nur nach stillstehenden Gegenständen gezielt; so wußte er nicht, ob er auch gegenüber den schnell entfliehenden Tieren Erfolg haben würde.

Nach der Karte des Franzosen, von der Gordon eine Kopie mithatte, um diese zu benützen oder richtigzustellen, wenn es notwendig erschien, mußte sich das Westufer des Sees unter Berücksichtigung seiner Buchten fast 30 Kilometer weit hinziehen. Der Ausflug erforderte demnach, Hin- und Rückweg zusammengerechnet, mindestens drei Tage, wenn sie keine unerwarteten Verzögerungen erlitten.

Mit Phann als Vorhut voraus, ließen Gordon und seine Begleiter die Wälder zur Linken liegen und marschierten schnellen Schrittes auf dem sandigen Boden des Uferlandes hin. Da die Gegend allmählich sumpfiger wurde, mußten sie schließlich nach dem Saum des Waldes zurückkehren, doch beabsichtigten sie, sich sofort wieder nach Osten zu wenden, wenn der Boden das gestatten würde. Überall trafen sie die gleichen Bäume von prächtigem Wuchs, wie Buchen, Birken, immergrüne Eichen und Fichten verschiedener Art. Vögel hüpften von Zweig zu Zweig, wie schwarze Spechte mit rotem Schopf, Fliegenschnäpper mit weißer Haube, Zaunkönige, zahllose Baumhäher, die unter dem Laubwerk kicherten, während Buchfinken, Lerchen und Amseln nach Herzenslust sangen. Hoch in der Luft kreisten Kondore. In

Erinnerung an seinen Robinson Crusoe bedauerte Service, daß die Familie der Papageien auf der Insel nicht vertreten war. Hatte er auch einen Strauß nicht zu zähmen vermocht, so würde sich ein solcher geschwätziger Vogel doch vielleicht weniger widerspenstig gezeigt haben. Er bekam aber keinen einzigen vor Augen.
Übrigens wurde es nicht nötig, tiefer unter die Bäume einzudringen, was das Fortkommen entschieden erschwert hätte. Es genügte, am Saum des Waldes entlangzuziehen, bis ihnen gegen fünf Uhr abends ein breiter Wasserlauf den weiteren Weg versperrte. Es war einer der Ausflüsse des Sees, der jenseits der Sloughibai in den Stillen Ozean mündete. Gordon beschloß, hier Rast zu machen. Etwa 18 Kilometer zu Fuß, das war genug für einen Tag. Inzwischen erschien es notwendig, dem Wasserlauf einen Namen zu geben, und da man an seinem Ufer haltmachte, wurde er »Rast-Fluß« genannt. Das Lager schlugen die Jungen unter den ersten Bäumen des Ufers auf; eine Störung kam nicht vor, und so waren sie mit Tagesanbruch alle bereit, weiterzuziehen.
Am nächsten Mittag erreichten sie eine von langen Dünenwellen unterbrochene Ebene, die nur hie und da einzelne Binsen oder Rohrbüschel trug. Der nördliche Teil der Insel Chairman schien überhaupt wesentlich unwirtlicher zu sein als der mit grünen Wäldern bedeckte südliche Teil, und so gab ihm Gordon mit vollem Recht den Namen »Sandwüste«. Gegen drei Uhr nachmittags erreichten sie das entgegengesetzte Ufer des Sees, das nach Norden hin einen wenigstens drei Kilometer langen Bogen bildete. Die Gegend war trostlos und leer, nur einige Seevögel flogen auf ihrem Zug nach den Uferfelsen vorüber.
Erschien es nun ratsam, in dieser Richtung noch weiter vorzudringen und den offenbar völlig unbewohnbaren Teil der Insel näher zu besichtigen? War es nicht besser, bis zu einer zweiten Expedition die Untersuchung des rechten Ufers zu verschieben, auf dem andere Wälder ihnen vielleicht neue Schätze boten? Lag die Insel übrigens

in nicht zu großer Entfernung vom Festland Amerikas, so war dies in der Richtung nach Osten hin zu suchen. Auf Doniphans Vorschlag beschlossen die Jungen, noch bis zum Ende des Sees weiterzuwandern; dieses konnte nicht mehr weit entfernt sein, und mit Anbruch der Nacht machten sie halt am Rande einer kleinen Bucht, die in den nördlichen Winkel des Familiensees einschnitt. Hier ragte kein Baum auf, es gab kein Gras, kein Moos, ja selbst nicht einmal trockene Flechten. Aus Mangel an Brennmaterial mußten sie sich damit begnügen, von dem in ihren Säcken befindlichen Mundvorrat zu zehren. Und da ihnen auch ein Obdach fehlte, streckten sie sich mit ihren Decken auf dem Sand aus.

»Mir scheinen unsere Nachforschungen nur dann vollständig zu sein«, sagte Doniphan am nächsten Morgen, »wenn wir auch noch um das rechte Ufer des Familiensees wandern.«

»Das dürfte doch etwas weit sein«, bemerkte Gordon. »Der Karte nach hätten wir dazu über 50 Kilometer zurückzulegen, das würde vier bis fünf Tage erfordern, immer vorausgesetzt, daß wir auf dem Weg kein größeres Hindernis antreffen. Die da unten in der Franzosenhöhle würden sich beunruhigen, und ich denke, es ist besser, unseren Kameraden das zu ersparen.«

»Früher oder später«, fuhr Doniphan fort, »wird es aber doch nötig werden, diesen Teil der Insel zu besichtigen.«

»Gewiß«, bestätigte Gordon, »und ich gedenke auch einen Ausflug für diesen Zweck anzuordnen.«

»Im allgemeinen hat Doniphan doch recht«, sagte Cross. »Es wird vorteilhaft sein, nicht den gleichen Weg zur Heimkehr zu wählen.«

»Natürlich«, fiel Gordon ein, »und ich schlage vor, dem Seeufer bis zum Rastfluß zu folgen, dann direkt nach der hohen Uferwand zu marschieren, an deren Fuß wir hinziehen können.«

»Doch weshalb erst nach dem Ufer zurückkehren, an dem wir schon hingegangen sind?« fragte Wilcox.

»Ja freilich, Gordon«, setzte Doniphan hinzu. »Warum sollten wir nicht die kürzeste Strecke quer durch die Sandebene vorziehen, um nach den ersten Bäumen des Waldes zu kommen die ja nur drei bis vier Meilen südwestlich von hier liegen?«

»Weil wir doch immer gezwungen sind, über den Rastfluß zu setzen«, erklärte Gordon. »Da, wo wir ihn überschritten haben, wissen wir, daß wir hindurchwaten können, während wir weiter unten in Verlegenheit geraten könnten, wenn er da vielleicht eine zu starke Strömung aufweisen würde. In den Wald dürfen wir also nicht eher eindringen, als bis wir den Fuß auf das linke Ufer des Rastflusses gesetzt haben. Das scheint mir unerläßlich.«

»Immer klug und weise!« rief Doniphan mit einem Anklang von Ironie.

»Das kann man niemals genug sein!« antwortete Gordon.

Sie ließen sich nun die Böschung der Düne hinabgleiten, gingen zu ihrem Lagerplatz, verzehrten dort ein Stück Schiffszwieback und kalten Wildbraten, rollten ihre Dekken zusammen, hingen sich die Waffen über die Schultern und schlugen schnellen Schrittes den gestern eingehaltenen Weg wieder ein. Der Himmel war klar, das Gewässer kräuselte kaum eine leichte Brise, so daß sie mit einem schönen Tag rechnen konnten. Gordon wünschte nichts mehr, als daß dieses Wetter nun 36 Stunden anhalten möchte, da er die Franzosenhöhle am Abend des nächsten Tages zu erreichen hoffte.

Von sechs Uhr morgens bis gegen elf Uhr legten sie ohne Schwierigkeiten den Weg vom Ende des Sees bis zum Rastfluß zurück. Sie durchschritten den Fluß wieder, orientierten sich nach dem Kompaß, und dann wandte sich Gordon geraden Wegs nach Westen. Die im südlichen Teil des Waldes dünner stehenden Bäume boten einen ziemlich breiten Weg und behinderten sie nicht weiter. Zwischen den Birken und Buchen öffnete sich da und dort eine kleine Lichtung, wo die Sonne ungehindert Zutritt hatte. Hier vermischten wilde Blumen ihre leuchtenden Farben mit dem Grün der Sträucher und des Grasteppichs.

Im Lauf des Nachmittags gelang ihnen kaum einen Kilometer vor dem Fuß des Auckland-Hügels eine wichtige Entdeckung. Der Wald zeigte hier ein verändertes Aussehen. Prächtige Bäume streckten 60 bis 80 Fuß breit ihre Äste hinaus, unter denen eine ganze Welt geschwätziger Vögel lärmte. Zu den schönsten Baumarten gehörte die antarktische Buche, die das zarte Grün ihres Laubwerkes das ganze Jahr hindurch bewahrt. Daneben wuchsen, wenn auch minder hoch, doch sehr schön anzusehen, gruppenweise verschiedene jener »Winters«, deren Rinde den Zimt zu ersetzen vermag, für den Küchenmeister der Franzosenhöhle gewiß eine willkommene Würze. Nicht weit davon entfernt, entdeckte Gordon auch die »Pernettia« oder den Teebaum, der auch unter den höheren Breiten vorkommt und dessen aromatische Blätter als Aufguß ein sehr wohltuendes Getränk liefern.

»Das könnte unsere Teevorräte ergänzen«, sagte Gordon. »Nehmen wir vorläufig ein paar Hände voll von diesen Blättern mit; später versorgen wir uns damit für den ganzen Winter.«

Etwa um vier Uhr erreichten sie das nördliche Ende des Auckland-Hügels. Obwohl der Hügelzug hier etwas niedriger erschien als in der Nähe der Höhle, wäre es doch unmöglich gewesen, dessen lotrecht aufstrebende Wand zu erklimmen. Das machte jedoch nichts, da es nur darauf ankam, sie rückwärts bis zum Rio Seeland zu verfolgen.

Gordon und Baxter gingen etwas tiefer in den Wald hinein, der eine, um nach neuen Gebüschen und Nutzpflanzen zu suchen, der andere, um Lasso und Bola zu verwenden, wenn es auch nur geschah, um Doniphans Spötteleien ein Ende zu bereiten. Beide mochten etwa hundert Schritt durch das Dickicht zurückgelegt haben, als Gordon Baxter zu sich heranwinkte und ihm ein Rudel von Tieren zeigte, die im hohen Gras ihr Spiel trieben.

»Wie? Ziegen?« fragte Baxter leise.
»Oder wenigstens Tiere, die einigermaßen Ziegen ähneln. Versuchen wir, eines oder das andere zu fangen!«
Die graziösen Tiere, es mochten etwa ein halbes Dutzend sein, hatten noch keine Witterung bekommen. Nur das Muttertier schnüffelte etwas in der Luft herum, und hielt sich auf der Lauer, bereit, mit der kleinen Herde zu flüchten. Plötzlich sauste etwas pfeifend durch die Luft. Die Bola flog aus den Händen Baxters, der nur einige zwanzig Schritte von dem Rudel entfernt stand. Geschickt und prachtvoll geschleudert, schlang sich die von den Kugeln beschwerte Schnur um eines der Tiere, während die anderen eiligst im dichten Gebüsch verschwanden. Gordon und Baxter sprangen auf das Tier zu, das sich vergeblich der Bola zu entwinden versuchte. Es wurde ergriffen, und dabei fingen die beiden auch noch zwei junge Tiere, die der Instinkt bei ihrer Mutter zurückgehalten hatte.
»Hurra!« rief Baxter, der seiner Freude lauten Ausdruck geben mußte. »Hurra! Sind denn das auch wirklich Ziegen?«
»Nein«, antwortete Gordon, »ich halte sie vielmehr für peruanische Schafe.«
»Und geben diese Tiere Milch?«
»Natürlich, ganz wie Ziegen.«
Gordon täuschte sich nicht. In der Tat ähneln die peruanischen Vigogne-Schafe den Ziegen, doch sind ihre Pfoten oder Klauen länger, das Fell aber ist kurz und fein wie Seide, der Kopf klein und mit Hörnern versehen. Diese Tiere bewohnen hauptsächlich die Pampas von Amerika bis zu den Nachbargebieten der Magellanstraße.
Man begreift leicht, welcher Empfang Gordon und Baxter zuteil wurde, als sie, der eine das Vigogne-Schaf an der Leine der Bola nach sich ziehend, der andere mit den beiden Lämmern unter dem Arm, nach dem Rastplatz zurückkamen. Da die Mutter die jungen Tiere noch ernährte, durfte man hoffen, sie ohne besondere Mühe auf-

ziehen zu können. Vielleicht besaß man damit den Kern einer Herde, die der kleinen Kolonie sehr nützlich zu werden versprach. Natürlich bedauerte Doniphan die ihm entgangene Gelegenheit, einen guten Schuß abzugeben. Da es aber darauf ankam, die Tiere lebend einzufangen, und nicht sie zu töten, mußte er zugeben, daß die Bola besser dazu geeignet war als die Feuerwaffe.

Alle verzehrten vergnügt ihr Mittag- oder vielmehr ihr Abendbrot. Das an einem Baum festgebundene Schaf ließ sich nicht abhalten, zu weiden, und die kleinen Tiere sprangen munter herum.

Die Nacht verlief jedoch nicht so friedlich wie in den Ebenen der Sandwüste. Gegen drei Uhr morgens ließ sich in der Nachbarschaft ein bedrohliches Gebrüll vernehmen. Doniphan, der beim Feuer mit dem Gewehr Wache hielt, glaubte zuerst, seine Kameraden nicht davon unterrichten zu sollen. Das Gebrüll wurde indes nach und nach so laut, daß Gordon und die anderen davon aufwachten.

»Was gibt es denn?« fragte Wilcox.

»Es muß wohl eine Rotte größerer Raubtiere sein, die in der Umgebung umherschweifen«, antwortete Doniphan. »Das sind wahrscheinlich Jaguare oder Cuguare!« meinte Gordon.

»Die einen sind gerade so viel wert wie die anderen!« »O keineswegs, Doniphan, der Cuguar ist entschieden weniger zu fürchten als der Jaguar. In größerer Zahl sind aber auch erstere ein gefährliches Raubgesindel.«

Offenbar waren die Raubtiere gewöhnt, in der Nacht ihren Durst an dieser Stelle zu löschen, und da sie diese besetzt fanden, bezeugten sie ihren Unmut durch ein entsetzliches Gebrüll. Doch würden sie sich darauf beschränken, oder sollten die Jungen in die Lage kommen, sich eines Angriffs erwehren zu müssen, der die schlimmsten Folgen haben konnte?

Plötzlich erschienen, kaum zwanzig Schritte entfernt, leuchtende und sich bewegende Punkte im Schatten. Fast gleichzeitig krachte ein Schuß. Doniphan hatte ihn abge-

geben, und noch furchtbareres Geheul antwortete darauf. Die Revolver gespannt, hielten er und seine Kameraden sich bereit, Feuer zu geben, wenn die Raubtiere sich auf den Lagerplatz stürzen sollten.
Ein flammendes Holzstück ergreifend, drang Baxter mutig nach der Seite vor, wo die wie Feuerfunken leuchtenden Augen sichtbar wurden. Im nächsten Augenblick hatten die Raubtiere, von denen die Kugel Doniphans eines getroffen haben mußte, sich zurückgezogen und waren in den Tiefen des Waldes verschwunden.
Die Jungen legten frisches Holz auf das Feuer und unterhielten es bis zu den ersten Morgenstrahlen. Dann hoben sie das Lager auf und drangen in das Dickicht ein, um zu sehen, ob nicht eines von den Tieren durch den Schuß niedergestreckt worden sei.
Zwanzig Schritt weiter zeigte sich ein großer Blutfleck auf der Erde. Das getroffene Tier hatte noch zu entfliehen vermocht, doch wäre es gewiß leicht aufzufinden gewesen, wenn man Phann hätte dessen Fährte nachspüren lassen. Gordon hielt es aber für nutzlos, noch tiefer in den Wald einzudringen. So brachen sie wieder auf, denn es war keine Zeit zu verlieren, wenn die zwölf Kilometer, die sie noch von der Franzosenhöhle trennten, im Lauf des Tages zurückgelegt werden sollten.
Service und Webb hatten die beiden Lämmer in die Arme genommen, und so ließ sich deren Mutter nicht bitten, dem sie an einer Leine führenden Baxter zu folgen.
Der Weg längs des Auckland-Hügels bot wenig Abwechslung, nichts schien die Wanderer aufhalten zu wollen, als plötzlich etwa um drei Uhr nachmittags noch einmal ein Flintenschuß unter den Bäumen krachte. Doniphan, Webb und Cross, mit denen auch Phann dahintrabte, waren ihren Kameraden eben vielleicht hundert Schritte voraus, so daß diese nichts sehen konnten, als sie laut riefen: »Achtung! Aufpassen!«
Plötzlich brach ein ziemlich großes Tier durch das Gestrüpp. Baxter, der das Lasso schon bereitgehalten hatte,

schleuderte die lange Leine. Das geschah so rechtzeitig, daß der Laufknoten des langen Lederstreifens über den Hals des Tieres fiel, das sich vergeblich daraus zu entwinden suchte. Da es sehr kräftig war, hätte es Baxter gewiß mit sich fortgezogen, wenn Gordon, Wilcox und Service nicht noch das freie Ende des Lassos erfaßt und es um den Stamm eines Baumes geschlungen hätten.

Fast gleichzeitig kamen Webb und Cross zwischen dem Gestrüpp hervor, und auf dem Fuß folgte ihnen Doniphan, der mißmutig ausrief: »Verwünschtes Tier! Wie konnte ich es nur verfehlen!«

»Baxter hat es aber nicht verfehlt!« antwortete Service. »Wir haben es, und zwar lebend!« – »Was nützt das? Wir müssen das Tier doch töten«, erwiderte Doniphan.

»Es töten?« fiel Gordon ein. »Es töten, wo es uns doch so passend in die Hände läuft, um als Zugtier zu dienen?«

»Das da?« erkundigte sich Service erstaunt.

»Es ist ein Guanako, eine Art Lama«, erklärte Gordon, »und die Guanakos spielen in den Stallungen Südamerikas eine recht wichtige Rolle.«

So nützlich sich dieses Guanako auch zu erweisen versprach, so wurmte es Doniphan doch, nicht getroffen zu haben. Freilich hütete er sich, das auszusprechen, sondern betrachtete aufmerksam das schöne Tier. Obwohl das Guanako der Familie der Kamele zugerechnet wird, gleicht es doch keineswegs diesen in Nordafrika beheimateten Tieren. Das hier gefangene Exemplar mit schlankem Hals, feinem Kopf und langen, verhältnismäßig dünnen Beinen – den Kennzeichen eines besonders flüchtigen Tieres – sowie mit seinem braunroten, weißgefleckten Fell, hätte dem schönsten Pferd der amerikanischen Rasse nichts nachgegeben. Auf jeden Fall konnte es zum Schnellfahrer benützt werden, wenn es gelang, das Tier zu zähmen. Es zeigte sich übrigens ziemlich furchtsam und versuchte gar nicht, sich zu sträuben. Sobald Baxter den seinen Hals einschnürenden Laufknoten gelöst hatte, ließ es sich am Lasso so leicht wie an einem Halftergurt führen.

Der Karte nach waren es jetzt noch vier Meilen bis zur Höhle, und sie beeilten sich, dort noch vor Anbruch der Dunkelheit einzutreffen. Service spürte zwar schon große Lust, sich auf das Guanako zu schwingen und seinen feierlichen Einzug auf dem Rücken dieses »flotten Renners« zu halten, Gordon wollte dies aber nicht gestatten. Gegen sechs Uhr gelangte die kleine Gesellschaft in Sicht der Franzosenhöhle an. Der kleine Costar, der auf der Sportterrasse spielte, meldete die Annäherung Gordons. Sofort liefen Briant und die übrigen herbei, und freudige Hurras begrüßten die Rückkehr der Wanderer.

Jacques' Geheimnis

In der Franzosenhöhle war während Gordons Abwesenheit alles nach Wunsch verlaufen. Das Oberhaupt der kleinen Kolonie konnte Briant, dem die Jungen eine herzliche Zuneigung entgegenbrachten, nur das beste Lob erteilen. Ohne seinen hochfahrenden und eifersüchtigen Charakter hätte gewiß auch Doniphan die vorzüglichen Eigenschaften seines Kameraden ihrem wahren Wert nach anerkennen müssen. Das tat er jedoch niemals, und infolge des Einflusses, den er auf Wilcox, Webb und Cross besaß, unterstützten ihn diese stets gern.
Briant legte darauf übrigens kein Gewicht. Er tat, was er für seine Pflicht hielt, ohne sich darum zu kümmern, was deshalb andere von ihm dachten. Die größte Sorge bereitete ihm nur das ganz unerklärliche Verhalten seines Bruders. Trotz der Fragen, mit denen Briant ihm zusetzte, hatte er von Jacques immer nur die Antwort erhalten: »Nein, Bruder, mir fehlt nichts!«
»Du willst nur nicht sprechen, Jacques!« sagte Briant darauf. »Laß dir zureden; sieh, ich bin dein älterer Bruder, ich habe ein Recht, die Ursache zu erfahren!«
»Ach, Briant«, antwortete Jacques endlich einmal, als

könne er seine geheimen Gewissensbisse nicht länger überwinden, »was ich getan habe? Du vielleicht würdest es mir verzeihen, aber die anderen...«
»Die anderen?« rief da Briant. »Was willst du damit sagen?« Die Augen des kleineren Jungen hatten sich mit Tränen gefüllt. Doch trotz des Drängens seines Bruders stieß er nur noch schluchzend die Worte hervor: »Später sollst du es erfahren, später!«
Briants Besorgnis konnte nach einer solchen Antwort begreiflicherweise nur zunehmen. Was mochte denn Jacques von früher her so sehr bedrücken? Er sprach mit Gordon darüber, doch dieser meinte, daß Jacques nur eine Kleinigkeit übertreibe, und riet im übrigen, ruhig abzuwarten, bis er sich freiwillig näher erkläre.
Vom 9. November an gingen die jungen Kolonisten wieder an die Arbeit, woran es nicht mangelte. Zunächst verlangten die Ansprüche Mokos, dessen Vorräte bedenkliche Lücken zeigten, baldige Berücksichtigung, obwohl die Gruben und Schlingen in der Nähe der Höhle dann und wann Ausbeute geliefert hatten. In der Hauptsache fehlte es an größerem, eßbarem Wild. Das machte es nötig, Fallen von solcher Stärke herzustellen, daß peruanische Schafe, Bisamschweine und Guaculis sich darin fangen konnten, ohne daß es einen Schuß Pulver und Blei kostete. Der Herstellung solcher Fallen widmeten die Großen den ganzen Monat November, der dem Monat Mai der nördlichen Halbkugel entspricht.
Das Guanako und das peruanische Schaf sowie dessen beiden Lämmer waren unter den Bäumen in der Nähe der Franzosenhöhle untergebracht worden, lange Stricke erlaubten ihnen, sich über einen gewissen Kreis hin frei zu bewegen. Das mochte wohl während der langen Tage so hingehen, vor Beginn der Winterszeit mußte aber für ein verläßliches Obdach gesorgt werden. Gordon beschloß also, dicht am Auckland-Hügel an der Seite des Sees und ein wenig jenseits der Tür der Halle einen Stall und eine Einfriedung herstellen zu lassen.

Alle gingen ans Werk, und unter der Leitung Baxters entstand bald ein vollständiger Zimmerplatz. Es war eine Freude, die eifrigen Jungen mehr oder weniger geschickt ihre Werkzeuge handhaben zu sehen, die sie in dem Kasten des Tischlers auf dem Schoner gefunden hatten. Der Stall oder Schuppen wurde aus Teilen des Schanzkleids der »Sloughi« errichtet, was den jungen Zimmerleuten die unter den vorliegenden Umständen sicherlich sehr mühsame Arbeit ersparte, Baumstämme zu Planken zerschneiden zu müssen. Das Dach wurde sodann mit dichten, geteerten Pfortsegeln abgedeckt, um gegen Wind und Wetter Schutz zu gewähren. Ein gutes, dickes Streulager, das häufig erneuert werden sollte und frisches Futter, mehr bedurfte es ja nicht, um die Haustiere in gutem Zustand zu erhalten.
Die Einfriedung erhielt noch obendrein bald neue Gäste. Zuerst hatten die Jungen in einer Fallgrube im Walde ein zweites Guanako erbeutet, und dann fingen Baxter und Wilcox noch ein paar Vigogne-Schafe. Es versteht sich von selbst, daß all diese Tiere jeden Abend im Vorratsraum in Sicherheit gebracht wurden, solange der Stall noch nicht fertiggestellt war. Das Geschrei der Schakale, das Kläffen der Füchse und das Geheul von Raubtieren ertönte oft zu nahe bei der Höhle, als daß es klug gewesen wäre, die Tiere im Freien zu lassen.
Während sich Garnett und Service nun ausschließlicher der Pflege des kleinen Tierbestandes widmeten, unterließen es Wilcox und einige seiner Kameraden nicht, die Schlingen und Fallen instand zu halten, die täglich nachgesehen wurden. Außerdem gab es auch noch Arbeit für die beiden Kleinsten, Iverson und Jenkins. Die Trappen, Fasane, Perlhühner und Tinamus bedurften eines besonderen Hühnerhofes, den Gordon in der einen Ecke des Geheges herstellen ließ, und den beiden Kindern fiel es zu, ihn zu versorgen, was sie auch mit großem Eifer taten. Moko hatte jetzt nicht nur Milch von den Schafen, sondern auch Eier vom Federvieh zur Verfügung. Gewiß

hätte er nun häufiger eine süße Nachspeise zubereitet, wenn Gordon nicht so sehr darauf gehalten hätte, den Zucker zu sparen. Nur an Sonn- und Feiertagen sah man auf der Tafel eine Extraschüssel erscheinen, an der sich besonders Dole und Costar gütlich taten. Doch wenn es unmöglich war, Zucker zu erzeugen, konnten sie nicht vielleicht ein Ersatzmittel finden? Seine Robinsons immer bei der Hand, behauptete Service hartnäckig, man müsse danach nur ordentlich suchen. Gordon tat das auch und entdeckte am Ende unter den Dickichten des Waldes eine Gruppe Bäume, die sich drei Monate später, in den ersten Herbsttagen, mit purpurrotem Laub schmücken sollten.
»Das sind Ahornbäume«, rief er, »die Zucker liefern!«
»Wie, Bäume aus Zucker?« fragte Costar, dem schon das Wasser im Mund zusammenlief.
»Nein, kleines Leckermaul«, antwortete Gordon. »Ich sagte nur: zuckerliefernde Bäume! Zieh nur deine Zunge wieder ein!«
Das war eine der wichtigsten Entdeckungen, die den jungen Kolonisten seit ihrer Niederlassung in der Franzosenhöhle gelungen war. Durch einen Einschnitt in den Stamm dieser Ahornbäume gewannen sie einen ziemlich starken Sirup, der zwar den süßen Erzeugnissen aus Zuckerrohr und Zuckerrübe nicht ebenbürtig war, für die Bedürfnisse der Küche jedoch völlig ausreichte.
Wieder einmal hatte es sich gezeigt, daß die Insel Chairman ihren Bewohnern wenn nicht Überflüssiges, so doch jedenfalls das Notwendigste bot. Es fehlte höchstens – und das war besonders bedauerlich – an frischem Gemüse. Die Kolonisten mußten sich also an das konservierte Gemüse halten, von dem einige hundert Büchsen vorhanden waren, die aber Gordon trotzdem nach Möglichkeit schonte. Briant versuchte zwar, die wilden Ignamen oder Yamswurzeln wieder anzubauen, von denen der französische Schiffbrüchige einige Knollen am Fuß der Uferhöhe gesteckt hatte, doch das erwies sich als vergeblich. Zum Glück wucherte, wie sich der Leser erinnern wird, der

Sellerie sehr üppig neben dem Seeufer, und weil sie wenigstens damit nicht haushälterisch umzugehen brauchten, ersetzte er recht gut das frische Gemüse.
In dieser Zeit beschäftigte sich Baxter auch auf Anraten Gordons damit, aus elastischen Eschenzweigen Bogen und aus Rohr Pfeile anzufertigen, deren Spitze er mit einem Nagel versah, um Wilcox und Cross, nach Doniphan die geschicktesten Jäger, mit neuen primitiven Waffen auszustatten.
Wenn sich Gordon auch gewöhnlich dem Gebrauch von Munition widersetzte, so kam doch einmal eine Gelegenheit, wo er von seiner strengen Sparsamkeit abstehen mußte. Eines Tages – es war am 7. Dezember – nahm ihn nämlich Doniphan zur Seite und sagte: »Gordon, wir werden hier von Schakalen und Füchsen belagert. Während der Nacht kommen sie in großen Rudeln, zerstören unsere Schlingen und rauben das darin gefangene Wild. Dem müssen wir ein für allemal ein Ende bereiten.«
»Könnten wir nicht Fallen aufstellen?« antwortete Gordon, der wohl einsah, worauf Doniphan hinauswollte.
»Fallen?« erwiderte dieser. »Das würde noch angehen, wenn es sich nur um Schakale handelte, die dumm genug sind, sich zuweilen darin fangen zu lassen. Mit Füchsen liegt die Sache aber anders. Diese Bestien sind zu schlau, und halten trotz aller Vorsichtsmaßregeln unseres Wilcox die Nase davon fern. In der einen oder anderen Nacht wird unsere Anpflanzung verwüstet werden und vom Geflügel im Hühnerhof nichts mehr übrig sein!«
»Nun, wenn es nicht anders geht«, sagte Gordon, »so bewillige ich einige Dutzend Patronen. Doch achte bitte darauf, nur wirksame Schüsse abzugeben!«
»Gut, darauf darfst du dich verlassen! In der nächsten Nacht werden wir uns den Tieren in den Weg legen und ihnen einen gehörigen Denkzettel verabreichen.«
Die Vernichtung der Füchse schien wirklich dringlich, denn in Südamerika sind sie, wie es scheint, noch listiger als in Europa. In der Umgebung der Haciendas richten

sie fortwährend empfindliche Verwüstungen an und verfahren dabei so schlau, selbst die Lederriemen zuerst abzureißen, mit denen Pferde oder andere Tiere auf den Weideplätzen angebunden sind.

Mit Einbruch der Nacht nahmen Doniphan, Briant, Baxter, Wilcox, Webb, Cross und Service Stellung in der Nähe eines dichten Gesträuchs am Rande des Waldes an der Seeseite. Phann hatten die jungen Jäger absichtlich nicht mitgenommen, denn sie mußten hier ja keine Fährte aufspüren. Es war elf Uhr, als Doniphan und seine Kameraden sich zwischen dem Dickicht wilder Brombeersträucher auf die Lauer legten. Die Nacht war sehr dunkel, ein tiefes Schweigen, das nicht einmal der leiseste Windhauch störte, gestattete es, das Herannahen der Füchse auf dem trockenen Gras deutlich zu hören.

Kurz nach Mitternacht meldete Doniphan, daß sich Tiere näherten, die über das Gras trabten, um im See ihren Durst zu löschen. Die Jäger warteten mit einiger Ungeduld, bis etwa zwanzig zusammen waren. Plötzlich donnerten auf Doniphans Signal mehrere Flintenschüsse durch die Nacht. Alle trafen ihr Ziel. Fünf bis sechs Füchse wälzten sich auf der Erde, während die meisten anderen, die in der Verwirrung nach rechts oder nach links auszuweichen suchten, tödlich verletzt waren.

Bei Tagesanbruch fanden die Jungen gegen zehn dieser Tiere im hohen Gras liegen. Und da sie ihre Jagd während der folgenden drei Nächte nochmals wiederholten, sah sich die kleine Kolonie bald von den gefährlichen Besuchern befreit. Übrigens lieferten diese nächtlichen Jagden auch noch an die fünfzig silbergraue Felle, die entweder als Teppiche oder als Kleidungsstücke verwendet werden konnten.

Am 15. Dezember unternahmen die Jungen einen größeren Ausflug nach der Sloughibai. Da das Wetter sehr schön war, erklärte Gordon, daß alle daran teilnehmen sollten. Die Kleinsten begrüßten diese Entscheidung mit hellem Freudengeschrei. Immerhin hatte dieser Ausflug einen besonderen Zweck: Die Jungen wollten nämlich Robben jagen, die in der wärmeren Jahreszeit das Uferland der Küste in größeren Mengen besuchten. Es fehlte in der Franzosenhöhle allmählich an Beleuchtungsmaterial. Von dem Vorrat an Kerzen, die der französische Schiffbrüchige hergestellt hatte, waren kaum noch zwei bis drei Dutzend übrig. Das Öl aber, das sich in den Fässern auf der Sloughi vorgefunden hatte und das zum Speisen der Laternen diente, war auch schon zum größten Teil verbraucht. Das beunruhigte den vorsorglichen Gordon nicht wenig. Zwar sammelte Moko regelmäßig das Fett der Wildtiere, doch lag es nur zu sehr auf der Hand, daß der Bedarf für die lange Winterzeit nicht ausreichen würde. Wenn es aber schon an pflanzlichen Ölen fehlte, warum sollte sich die kleine Kolonie nicht einen reichen Vorrat an tierischem Öl verschaffen? Wenn es den Jägern nur gelang, eine Anzahl von Robben zu erlegen, die sich in der warmen Jahreszeit auf den Klippen der Sloughibai einfanden! Man mußte sich aber beeilen, denn die Robben zögerten gewiß nicht länger, sich nach den südlichen Gebieten des antarktischen Meeres zurückzuziehen. Der geplante Ausflug war also sehr wichtig. Schon einige Zeit vorher hatten Service und Garnett die beiden Guanakos als Zugtiere abgerichtet und Baxter zwei Geschirre hergestellt, mit denen man sie vor den Wagen spannen konnte.

So wurde der Wagen also mit Schießbedarf, Mundvorrat und verschiedenen Geräten beladen, darunter eine große Mulde und ein halbes Dutzend leerer Fässer, die mit Robbenöl gefüllt werden sollten. Es empfahl sich nämlich, die Tiere an Ort und Stelle auszuweiden, statt sie erst zur Höhle zu schaffen, wo die Arbeit nur unnötig die Luft verpestet hätte. Tatsächlich gelang es den jungen Jägern schon am ersten Mittag, etwa zwanzig Robben zu erlegen, eine Anzahl, die völlig ausreichen mochte. Am Nachmittag wurde jetzt mit einer Arbeit begonnen, die freilich etwas widerlich war. Zuerst mußten die zwischen den

Klippen getöteten Tiere nach dem Strand geschafft werden, wo Moko das große metallene Gefäß über einem zwischen zwei Steinen errichteten Herd aufgesetzt hatte. Der Neger füllte den Kessel dann mit Süßwasser, das er aus dem Fluß geschöpft hatte, dann warf er fünf bis sechs Pfund schwere Stücke von Robbenfleisch hinein. Ganz kurze Zeit genügte, um durch das Sieden des Fleisches ein ziemlich klares, auf der Oberfläche schwimmendes Öl abzuscheiden, das die Jungen nach und nach in die Tonnen füllten. Die Arbeit war durch ihren widerlichen Geruch alles andere als angenehm. Jeder verstopfte sich die Nase, doch nicht die Ohren, um die unangenehme Tätigkeit wenigstens durch Scherzreden etwas zu erleichtern. Selbst der vornehme »Lord Doniphan« fehlte nicht bei der Arbeit, die auch am nächsten Tag fortgesetzt werden mußte. Am Ende des zweiten Tages hatte Moko mehrere Hundert Gallonen Öl abgeschöpft, das war der Vorrat, der ausreichen mußte, um die Beleuchtung der Höhle für die ganze Dauer des nächsten Winters zu sichern.

Inzwischen näherte sich der von den Angelsachsen so freudig gefeierte Weihnachtstag. Gordon wünschte, ihn auch hier mit der entsprechenden Feierlichkeit zu begehen. Sollte er doch zugleich eine Erinnerung an die verlorene Heimat sein, ein Gruß der Herzen an die entfernten Angehörigen! Oh, wenn die Jungen hätten rufen können: »Wir sind hier, alle! Und lebend, frisch und gesund! Ihr werdet uns wiedersehen! Gott wird uns zu euch zurückführen!« Ja, sie konnten noch hoffen, sie doch eines Tages wiederzusehen.

Gordon verkündete also, daß der 25. und 26. Dezember in der Franzosenhöhle gefeiert und jede Arbeit während dieser beiden Tage ruhen sollte. Mit welchem Jubel dieser Vorschlag aufgenommen wurde, kann man sich denken. Selbstverständlich mußte es nun zum 25. Dezember auch einen Festschmaus geben, für den Moko Wunder zu verrichten versprach. Service und er hatten auch fortwährend heimlich über diesen Gegenstand verhandelt, während Dole und Costar, denen das Wasser schon im voraus im Mund zusammenlief, das wohlbewahrte Geheimnis zu durchschauen sich bemühten. Die Speisekammer war übrigens vollkommen ausgerüstet, um alles zu liefern, was zu einer Festtafel notwendig erschien.

Der große Tag kam heran. Außen, über der Tür der Halle, hatten Baxter und Wilcox alle Wimpel, Stander und Flaggen der »Sloughi« angebracht und der Höhle damit ein besonders festliches Aussehen verliehen. Am frühen Morgen weckte die Jungen ein Kanonenschuß. Es war eines der kleinen Signalgeschütze, das Doniphan durch die Wandöffnung der Halle vorgeschoben und zu Ehren des Feiertages abgeschossen hatte. Sogleich brachten die Kleinen den Großen ihre Wünsche dar, die von ihnen freundschaftlich erwidert wurden. An das Oberhaupt der Insel Chairman richtete Cross sogar eine wirkliche Ansprache und entledigte sich dabei seiner Aufgabe mit großem Erfolg. Alle hatten für diese feierliche Gelegenheit die besten Kleider angezogen. Das Wetter war herrlich und nach einem gemeinsamen Gebet machte die ganze Gesellschaft Spaziergänge längs des Sees oder veranstaltete auf der Sportterrasse Spiele, an denen alle teilnehmen sollten. Der Tag verging leider sehr schnell. Die Kleinen überließen sich ganz der ausgelassensten Freude, doch ging alles nach Wunsch ab, ohne daß es zu Zank und Streit gekommen wäre. Freilich war Briant fast ausschließlich in Anspruch genommen, Dole, Costar, Iverson und Jenkins zu unterhalten, ohne daß es ihm gelang, seinen Bruder Jacques zur Teilnahme an den Spielen zu veranlassen, während Doniphan und seine Parteigänger Webb, Cross und Wilcox trotz der Einwände des klugen Gordon eine Gesellschaft für sich bildeten. Als endlich ein zweiter Kanonenschuß das Essen ankündigte, liefen die jungen Tischgenossen eiligst herbei, ihre Plätze an der im Eßzimmer des Vorratsraums bereitstehenden Tafel einzunehmen.

Auf dem großen, mit einem blendend weißen Tischtuch

bedeckten Tisch stand ein großer Christbaum, an dem kleine Fähnchen in den Farben Englands, Amerikas und Frankreichs hingen. Moko hatte sich bei der Herstellung des Festmahls wirklich selbst übertroffen und zeigte sich nicht wenig stolz auf die Lobsprüche, die ihm und seinem Gehilfen Service jetzt von allen gespendet wurden. Es gab gedämpften Fisch, Geflügelragout, einen gebratenen, mit aromatischen Kräutern gewürzten Hasen, eine junge Trappe, dazu drei Büchsen konserviertes Gemüse, und einen Pudding – was für einen Pudding! In Form einer Pyramide mit den gebräuchlichen kleinen Rosinen, dazu einige Gläser Weißwein, Sherry, Liköre, Tee und zum Nachtisch noch Kaffee – das mußte wohl hinreichen, den Weihnachtstag auf der Insel Chairman gebührend zu feiern. Briant brachte dann einen herzlichen Toast auf Gordon aus, den dieser erwiderte, indem er auf das Wohl der kleinen Kolonie und auf die Erinnerung an die abwesenden Familien trank.

Acht Tage später begann das neue Jahr 1861 und für diesen Teil der südlichen Halbkugel der eigentliche Hochsommer. Es waren nun fast zehn Monate verstrichen, seit der Sturm die Schüler mit der »Sloughi« auf die Insel, fast 3000 Kilometer weit von Neuseeland entfernt, verschlagen hatte. Gewiß ließ sich ihre jetzige Lage nicht mehr mit der Situation der ersten Tage vergleichen, es schien, als ob alle Bedürfnisse des materiellen Lebens für die Zukunft in bescheidenem Umfang gesichert seien. Doch immer noch mußten sie auf Hilfe von außen hoffen, wenn sie nicht noch einmal die große Strenge eines antarktischen Winters durchkosten wollten. Bisher waren sie ja von keiner Krankheit heimgesucht worden; alle, Große und Kleine, befanden sich den Umständen angemessen sehr wohl.

Um jeden Preis wollte Briant, der sich Tag für Tag mit diesem Gedanken trug, deshalb die Insel Chairman verlassen. Wie hätten sie aber mit dem einzigen Fahrzeug, das sie besaßen, mit der gebrechlichen kleinen Jolle, eine

Fahrt wagen können, von der sie nicht einmal wußten, wohin sie gehen sollte? Selbst wenn zwei oder drei der kühnsten Jungen sich geopfert hätten, ein Land im Osten zu suchen, wie wenig Aussicht bestand doch, es zu erreichen! Nein, das überstieg ihre Kräfte, und Briant wußte also selbst nicht, was er zur Rettung aller ersinnen sollte. Es blieb eben nichts übrig als zu warten, immer zu warten und inzwischen zu arbeiten, um die Wohnlichkeit der Franzosenhöhle noch weiter zu erhöhen. Wenn die jungen Kolonisten angesichts der dringendsten Aufgabe für den nächsten Winter auch diesen Sommer nicht mehr dazu kamen, so planten sie wenigstens, im nächsten Jahr ihre Insel überall genauer zu untersuchen.

Jeder ging jetzt entschlossen an die Arbeit. Die Erfahrung hatte sie schon gelehrt, was die Winterkälte in dieser Breite bedeutete. Wochen, ja ganze Monate lang würde sie das Wetter zwingen, sich in der Halle aufzuhalten, und es war nur ein Gebot der Klugheit, sich gegen Hunger und Kälte zu versorgen und zu schützen – gegen diese beiden Feinde, die am meisten zu fürchten waren. Um die Kälte in der Höhle zu besiegen, dazu bedurfte es ja nur hinreichenden Heizmaterials. Doch hatte man nicht auch an die Haustiere zu denken, die sich in der Einfriedung und im Hühnerhof befanden? Sie im Vorratsraum unterzubringen, das wäre ebenso belästigend wie – vom hygienischen Standpunkt betrachtet – unvorsichtig gewesen. Es schien also notwendig, den Stall innerhalb des Geheges besser auszubauen, damit er Schutz gegen die niedrigen Temperaturen gewährte. Briant schlug sogar vor, einen Ofen aufzustellen, um ihn wenigstens während der schlimmsten Tage zu heizen.

Nicht minder wichtig war die Frage der Ernährung während des ganzen Winters, und so übernahmen es Doniphan und seine Jagdgefährten, sie zu lösen. Jeden Tag besichtigten sie die Fallen und Schlingen; was nicht zum augenblicklichen Bedarf verwendet wurde, vergrößerte die Vorräte der Speisekammer als gesalzenes oder ge-

räuchertes Fleisch, das Moko mit der gewohnten Sorgfalt herstellte. So sicherten sie sich die nötige Nahrung selbst für einen langen Winter.
Einen Ausflug mußten sie aber doch noch unternehmen, um wenigstens den im Osten des Familiensees gelegenen Teil der Insel zu erforschen. Sie wollten dabei erfahren, ob es dort Wälder, Sümpfe oder Dünen gab und ob sich vielleicht neue Hilfsquellen erschließen ließen. Eines Tages sprach Briant über dieses Thema mit Gordon und beleuchtete es auch noch von einem anderen Gesichtspunkt.
»Obwohl die Karte des Schiffbrüchigen mit einer großen Sorgfalt hergestellt ist, von der wir uns mehrfach überzeugen konnten«, begann er seine Worte, »so erscheint es mir doch wichtig, den Stillen Ozean im Osten selbst einmal zu besichtigen. Wir haben ausgezeichnete Fernrohre, die mein Landsmann nicht besaß, und wer weiß, ob wir nicht Land entdecken, wo er keines sehen konnte. Seiner Karte nach liegt die Insel Chairman in dieser Meeresgegend ganz vereinzelt, aber vielleicht ist das doch nicht ganz richtig.«
»Was schlägst du dann vor, Briant?«
»Ich würde empfehlen, mit der Jolle über den See zu segeln, dabei könnten freilich nur zwei bis drei Teilnehmer zugelassen werden.«
»Wer soll aber die Jolle führen?«
»Moko«, antwortete Briant. »Er kennt das Boot und kann es bestimmt gut handhaben. Ich verstehe mich auch etwas darauf. Bei günstigem Wind werden wir mit dem Segel, bei ungünstigem mit zwei Rudern leicht die acht bis zehn Kilometer zurücklegen, die uns von den östlichen Wäldern trennen.«
»Einverstanden«, sagte Gordon. »Und wen willst du als dritten Reisebegleiter vorschlagen? Doniphan besser nicht, denn ihr vertragt euch nicht miteinander.«
»Oh, ich würde ihn doch gern mitnehmen«, antwortete Briant. »Doniphan hat kein schlechtes Herz, er ist mutig, gewandt, und ohne seine Eifersucht wäre er der beste

Kamerad. Ich denke, er wird sich schon noch ändern, wenn er einsieht, daß ich mich weder vor noch über ihn zu stellen strebe, und wir werden, das weiß ich bestimmt, noch einmal die besten Freunde von der Welt. Trotzdem habe ich an einen anderen Reisegefährten gedacht.«

»An wen denn?«

»An meinen Bruder Jacques«, erklärte Briant. »Sein Verhalten beunruhigt mich mehr und mehr. Offenbar hat er sich etwas Schweres vorzuwerfen, das er nicht aussprechen will. Vielleicht, wenn er sich bei diesem Ausflug mit mir allein weiß...«

»Du hast recht, nimm Jacques nur mit und fange gleich heute mit den Vorbereitungen zur Abfahrt an!«

»Das wird nicht lange dauern«, versicherte Briant, »denn unsere Abwesenheit berechne ich höchstens auf drei Tage.« Als der Schiffsjunge erfuhr, daß er so bald sein Amt als Küchenmeister mit dem des Jollenführers vertauschen sollte, zeigte er sich sehr begeistert. Der Gedanke, mit Briant zu fahren, verdoppelte nur das Vergnügen. Als Ersatz am Kochofen des Vorratsraumes konnte nur Service in Frage kommen, und dieser freute sich schon bei dem Gedanken, einmal nach Herzenslust braten und schmoren zu dürfen, ohne irgend jemand anderen an der Seite zu haben.

Die Jolle wurde also sofort segelklar gemacht. Am 4. Februar gegen acht Uhr morgens schifften sich die drei Jungen nach herzlichem Abschied von den Kameraden am Damm des Rio Seeland ein. Bei schönem Wetter wehte eine leichte südwestliche Brise. Sie entfalteten das Segel, Moko nahm im Heck des Bootes Platz und ergriff das Steuer, während Briant die Schote des Segels hielt. Sobald sich die Jolle ein größeres Stück vom Ufer entfernt hatte, machte sich auch die Wirkung des Windes bemerkbar, und die Schnelligkeit des Bootes nahm damit zu. Eine halbe Stunde später erkannte Gordon, der von der Sportterrasse aus das Boot mit den Blicken verfolgte, nur noch einen kleinen Punkt, der auch bald verschwinden mußte.

Für die drei im Boot blieb während einer Stunde noch der hohe Kamm des Auckland-Hügels in Sicht, dann versank er auch unter dem Horizont. Das entgegengesetzte Seeufer stieg aber noch nicht empor, obgleich es nicht entfernt sein konnte. Leider zeigte der Wind gegen Mittag Neigung abzuflauen und machte sich nur noch in einzelnen, launenhaften, schwachen Stößen bemerkbar. Moko zog das Segel ein, das in losen Falten herabhing. Die jungen Bootsinsassen beeilten sich, ein wenig zu essen, dann setzte sich der Schiffsjunge in das Vorderteil, Jacques ließ sich ganz hinten nieder und Briant blieb wie früher in der Mitte des Bootes. Die mit Ruderschlägen kräftig angetriebene Jolle glitt jetzt in schräger Richtung nach Nordosten dahin. Gegen drei Uhr meldete Jacques, daß er durch das Fernrohr eine Spur von Land erkennen könne, und bald darauf bestätigte Briant, daß er sich nicht getäuscht habe. Um vier Uhr zeigten sich schon Baumkronen über einem ziemlich niedrigen Ufer. Die Insel Chairman trug also keine andere Anhöhe als die zwischen der Sloughibai und dem Familiensee verlaufende Kette des Auckland-Hügels. Noch drei bis vier Kilometer, und das östliche Ufer mußte erreicht sein. Briant und Moko handhabten ihre Ruder kräftig, doch nicht ohne Anstrengung, denn er herrschte eine starke Hitze. Die Oberfläche des Sees glich einem Spiegel. Meist gestattete sein klares Wasser, in zwölf bis fünfzehn Fuß Tiefe den mit Wasserpflanzen stellenweise bedeckten Grund zu erkennen, über den unzählige Fische hinweghuschten.

Gegen sechs Uhr abends endlich stieß die Jolle ans Land. Das Ufer eignete sich an dieser Stelle wenig zum Aussteigen. So verfolgten es die Jungen noch etwa einen Kilometer weit nach Norden.

»Das ist der auf der Karte angegebene Fluß!« rief Briant. Er wies dabei auf einen Einschnitt des Landes, durch den der Fluß seinen Lauf nahm. Briant, Jacques und Moko sprangen ans Ufer, das im Hintergrund eine steile Bucht bildete. Nachdem sie die Jolle an einem Baumstamm sorg-

fältig festgemacht hatten, holten sie Waffen und Mundvorräte heraus und entzündeten aus dürrem Holz am Fuß einer Eiche ein tüchtiges Feuer. Dann verzehrten sie noch etwas Schiffszwieback und kaltes Fleisch, breiteten Dekken auf der Erde aus und schlummerten bald friedlich ein. Für den Notfall hatten sie übrigens ihre Waffen geladen, doch ging die Nacht ohne jede Störung vorüber.
»Nun auf und vorwärts!« rief Briant, der am nächsten Morgen gegen sechs Uhr als erster erwachte. Nach wenigen Minuten hatten alle drei in der Jolle Platz genommen und überließen sie nun der Strömung des Flusses. Diese war – eine halbe Stunde nach Eintritt der Ebbe – so stark, daß sie die Ruder gar nicht zu verwenden brauchten. Briant und Jacques ließen sich also vorn in der Jolle nieder, während der am Heck sitzende Moko sich seines Ruders als Steuer bediente, um das leichte Fahrzeug in der gewünschten Richtung zu halten.
»Es ist anzunehmen«, sagte er, »daß eine Ebbe-Periode hinreicht, um uns bis zum Meer hinauszutragen, wenn der Ostfluß nicht mehr als achtzehn Kilometer mißt, denn seine Strömung übertrifft die des Rio Seeland an Schnelligkeit.«
»Das wäre zu wünschen«, meinte Briant. »Für den Rückweg werden wir doch wohl zwei bis drei Flutperioden nötig haben.«
Inzwischen glitt die Jolle mit einer Geschwindigkeit von etwa zwei Kilometern in der Stunde dahin. Übrigens hielt der Ostfluß eine fast geradlinige und, wie der Kompaß erkennen ließ, ostnordöstliche Richtung ein. Sein Bett war tiefer eingeschnitten als das des Rio Seeland und auch minder breit, das erklärte auch die Schnelligkeit seiner Strömung. Was Briant beunruhigte, war nur der Gedanke, daß ihnen Stromschnellen oder Strudel den Weg bis zur Küste versperren könnten.
Sie befanden sich jetzt in einem Wald, inmitten der üppigsten Vegetation. Es war auch wichtig zu erfahren, ob es hier ebenso viel Wild gab wie in den Wäldern im Westen

des Sees. Das mußte wohl der Fall sein, denn Briant sah durch das Dickicht eine Schar von Nandus und Vigogne-Schafe flüchten, und sogar einzelne Guanakos, die in rasender Eile davonstürmten. Gegen elf Uhr lichtete sich der dichte Wald allmählich. Gleichzeitig erschien die Brise etwas von Salzluft geschwängert, das deutete auf die Nähe des Meeres hin. Einige Minuten später schimmerte dann ganz plötzlich hinter einer Gruppe prächtiger Steineichen die bläuliche Linie des Horizonts auf. Nahe den Felsen angelangt, die sich an der Küste erhoben, lenkte Moko die Jolle nach dem linken Ufer. Dann trug er den kleinen Anker ans Land und versenkte ihn tief in den Sand. Briant und sein Bruder stiegen ebenfalls aus. Welch ein anderes Bild als das an der Westküste der Insel bot sich ihnen hier! Eine weite Bucht öffnete sich, doch statt des breiten sandigen Vorlandes mit dem Klippengürtel an der einen und dem im Hintergrund sich erhebenden Steilufer an der anderen Seite zeigte sich hier eine Gruppe von Felsen, in der Briant, wie er sich bald überzeugte, zwanzig Höhlen statt einer hätte finden können. Die Küste erschien demnach bequem bewohnbar, und wenn der Schoner an dieser Stelle gescheitert und er nach dem Stranden noch einmal flott geworden wäre, so hätte er in der Mündung des Ostflusses gleichsam in einem natürlichen Hafen Schutz suchen können, da es hier selbst bei tiefster Ebbe nicht an Wasser fehlte. Briant blickte sofort auf die See hinaus, aber kein Schiff war in Sicht, von einem Festland oder einer Insel war ebenso wenig zu sehen. Die Insel Chairman schien nach Osten zu ebenso vereinsamt wie nach Westen, deshalb zeigte auch die Karte des schiffbrüchigen Franzosen keinerlei Land an.

Es wäre übertrieben zu sagen, daß Briant jetzt hätte den Mut sinken lassen. Nein, er hatte das ja erwartet. Dennoch fand er es angemessen, diesem Teil der Küste den Namen »Bai der Enttäuschung« beizulegen. Er überlegte sich zugleich, warum der schiffbrüchige Franzose nicht auf diesem Teil der Insel Obdach gesucht hatte, denn er mußte ihn zweifellos besucht haben, da sich die Hauptlinien der Küste auf seiner Karte richtig eingezeichnet fanden. Wenn man trotzdem keine Spuren seiner früheren Anwesenheit hier entdeckte, so lag das gewiß daran, daß François Baudoin seine Wohnung in der Franzosenhöhle schon aufgeschlagen hatte, ehe er die Nachforschungen bis zu dem östlichen Gebiet ausdehnte, und da er sich dort gegen die scharfen Seewinde geschützter wähnte, mochte er an dem alten Platz wohnen geblieben sein. Diese Erklärung schien so natürlich, daß auch Briant sie annehmen mußte.

Gegen zwei Uhr, als die Sonne den höchsten Stand überschritten hatte, schien der Augenblick günstiger, das Meer genauer zu untersuchen. Briant, Jacques und Moko versuchten also, einen Felsblock zu erklimmen, der wie ein ungeheurer Bär aussah. Während einer vollen Stunde beobachteten die drei jetzt ohne Unterlaß das Meer, und sie wollten schon wieder zum Strand hinabklettern, als Moko Briant aufhielt.

»Was ist denn das da draußen?« fragte er, und wies dabei nach Nordosten. Briant richtete das Fernrohr nach dem bezeichneten Punkt. In der Tat glänzte dort, nur wenig über dem Horizont, ein weißlicher Fleck, den das Auge hätte mit einem Wölkchen verwechseln können, wenn der Himmel nicht gerade jetzt so außerordentlich rein erschienen wäre.

Nachdem Briant den Fleck lange genug im Gesichtsfeld seines Fernrohrs behalten hatte, konnte er versichern, daß er unbeweglich auf einer Stelle bliebe und auch seine Gestalt in keiner Weise veränderte.

»Ich weiß nicht, was das sein könnte, wenn es nicht ein Berg ist! Doch auch ein Berg könnte nicht so aussehen!«

Da die Sonne bald darauf mehr und mehr im Westen versank, war der Fleck ebenfalls verschwunden. Die drei kletterten jetzt von dem Felsen herab und gingen wieder zu der Mündung des Flusses, in dessen kleinem Hafen die Jolle angebunden war. Jacques sammelte unter den Bäu-

men dürres Holz und zündete ein Feuer an, Moko beschäftigte sich damit, das Abendessen zuzubereiten.
Gegen sieben Uhr gingen Jacques und Briant noch ein Stück am Strand spazieren, da sie die Stunde der wiederkehrenden Flut abwarten mußten. Moko seinerseits kletterte das linke Ufer hinauf, wo Zirbelfichten standen, von denen er noch einige Früchte pflücken wollte. Als er nach der Mündung des Flusses zurückkehrte, sank schon die Nacht herab. Briant und sein Bruder waren noch nicht zurück. Da sie sich aber nicht weit entfernt haben konnten, empfand er darüber keine Unruhe. Doch er verwunderte sich nicht wenig, plötzlich ein Schluchzen und gleichzeitig eine laute Stimme zu vernehmen. Moko täuschte sich nicht, das war Briants Stimme. Sollten die beiden Brüder von irgendeiner Gefahr bedroht sein? Der Schiffsjunge zögerte keinen Augenblick, nach dem Strande hinabzueilen. Plötzlich gewahrte er etwas, was ihn sofort aufhielt. Im letzten Dämmerschein erkannte er, daß Jacques vor Briant auf den Knien lag! Er schien ihn anzuflehen, ihn um Gnade zu bitten; daher das Schluchzen, das er gehört hatte. Moko wollte sich zurückziehen, doch es war zu spät. Er verstand jedes Wort, wußte jetzt, was Jacques begangen hatte und weshalb er seinem Bruder gegenüber sich zu entschuldigen suchte. Dieser rief eben:
»Wie? Du bist es also gewesen? Du, du hast das alles getan, du bist die Ursache!«
»Verzeih mir, verzeih mir!«
»Das ist es also, warum du dich immer so abgeschlossen hast. Wenn es nur unsere Gefährten nicht erfahren! Nein, kein Wort, nicht ein Wort und...«
Moko hätte viel darum gegeben, nicht wider seinen Willen in dieses Geheimnis eingeweiht worden zu sein. Jetzt konnte er sich Briant gegenüber nicht unwissend stellen. Als er ihn in wenigen Minuten später allein bei der Jolle traf, sagte er deshalb: »Ich habe alles mitangehört!«
»Wie, du weißt, daß Jacques...«
»Ja, aber wir müssen ihm verzeihen.«

»Werden auch die anderen ihm verzeihen?«

»Vielleicht doch«, antwortete Moko. »In jedem Fall ist es besser, sie erfahren überhaupt nichts davon, und Sie dürfen darauf rechnen, daß ich schweigen kann.«

»Danke, Moko!« sagte Briant und drückte die Hand des Schiffsjungen.

Während der nächsten Stunden richtete Briant kein einziges Wort an Jacques. Dieser blieb am Ufer sitzen und fühlte sich gewiß noch niedergeschlagener als bisher, seit er dem Drängen seines Bruders nachgegeben und ihm alles gestanden hatte.

Gegen elf Uhr machte sich die Flut bemerkbar. Briant und seine Gefährten nahmen in der Jolle Platz, lösten sie vom Land und ließen sie auf dem Strom dahintreiben. Der Mond beleuchtete hinlänglich den Lauf des Ostflusses, so schwammen sie bis gegen ein Uhr ohne Schwierigkeit dahin, dann trat schon wieder die Ebbe ein, die sie zwang, ihre Ruder zur Hand zu nehmen. In der nächsten Stunde brachten sie die Jolle kaum einen Kilometer stromaufwärts weiter, deshalb schlug Briant vor, bis Tagesanbruch zu rasten und das Wiederansteigen der Flut abzuwarten. Um sechs Uhr machten sie sich wieder auf den Weg, und gegen neun Uhr erreichte die Jolle endlich die Gewässer des Familiensees. Moko hißte jetzt wieder die Segel, und unter leichter Brise steuerten sie auf die Franzosenhöhle zu. Gegen sechs Uhr abends und nach einer glücklichen Überfahrt, während der Briant und Jacques ihr Schweigen kaum gebrochen hatten, wurde die Jolle von Garnett, der am Seeufer angelte, begrüßt.

Das neue Oberhaupt

Briant bewahrte über das, was ihm der Bruder anvertraut hatte, Stillschweigen, selbst gegen Gordon. Er erstattete nur über den Ausflug einen genauen Bericht, es schien kein Zweifel mehr möglich – die Insel Chairman lag gewiß nicht in der Nachbarschaft eines anderen Landes, und jedenfalls trennten sie Hunderte von Kilometern vom nächsten Festland oder der nächsten Inselgruppe.

Jetzt galt es also, den Kampf ums Dasein wieder mutig aufzunehmen, da nicht vorauszusehen war, wann einmal Rettung von außen kommen würde. Jeder ging wieder an die Arbeit, und alle Maßregeln wurden getroffen, sich gegen die Tücken des nächsten Winters zu sichern. Briant widmete sich seinen Aufgaben mit größtem Eifer. Es fiel aber auf, daß auch er jetzt weniger mitteilsam geworden war und sich gleich seinem Bruder etwas abseits hielt. Gordon, der diese Veränderung bemerkte, beobachtete auch, daß Briant keine Gelegenheit vorübergehen ließ, Jacques immer in den Vordergrund zu schieben, wenn es irgendwo galt, besonderen Mut zu entwickeln oder einer Gefahr die Stirn zu bieten. Da Briant sich jedoch nicht aussprach, so enthielt sich auch Gordon jeder Frage, obwohl er glaubte, daß es zwischen den beiden Brüdern gewiß zu einer Auseinandersetzung gekommen sein müsse.

Der Monat Februar verlief unter den gewöhnlichen Arbeiten. Als Wilcox die Rückkehr der Lachse nach dem Süßwasser des Familiensees meldete, fingen sie eine große Anzahl mit Hilfe von quer durch den Rio Seeland gespannten Netzen. Da sie viel Salz brauchten, um die Fische aufzubewahren, unternahmen sie auch mehrere Fahrten nach der Sloughibai, wo Baxter und Briant einen kleinen Salzsumpf hergestellt hatten, d. h. ein viereckiges Stück Boden zwischen niedrigen Sanddämmen, in dem sich das Salz des Meerwassers auskristallisierte, wenn das Wasser durch die Sonnenstrahlen verdunstet war.

Während der ersten Hälfte des März untersuchten einige der jungen Kolonisten auch das sumpfige Gebiet der Südmoore, das bis an das linke Ufer des Rio Seeland heranreichte. Der Vorschlag war von Doniphan ausgegangen, und Baxter fertigte auf seinen Rat dazu mehrere Paare Stelzen, für die er leichte Stangen verwendete. Da das Sumpfland an manchen Stellen mit einer seichten Wasserschicht bedeckt war, konnte man mit Hilfe der Stelzen trockenen Fußes bis nach den höher gelegenen, nicht sumpfigen Stellen gelangen.
Am Morgen des 17. April betraten Doniphan, Webb und Wilcox, nachdem sie den Fluß mit der Jolle überschritten hatten, das linke Ufer. Die Gewehre trugen sie am Riemen. Sobald sie den Fuß aufs Land gesetzt hatten, bestiegen sie ihre Stelzen, um die auch bei Hochwasser herausragenden Stellen des Sumpflandes zu erreichen. Phann begleitete sie. Er brauchte freilich keine Stelzen und scheute sich nicht, die Pfoten naßzumachen, wenn er lustig durch die Wassertümpel dahinsprang oder schwamm. Nach einem Marsch von etwa einem Kilometer erreichten sie den trockenen Moorboden und legten hier die Stelzen ab, um Wasserwild leichter verfolgen zu können. Tatsächlich gelang ihnen auch eine so reiche Ausbeute, daß sie den Ausflug durch die Südmoore nicht zu beklagen hatten.
Gordon ließ jetzt auch einen reichlichen Vorrat an Brennmaterial herbeischaffen, um damit außer den Wohnräumen die Ställe wenigstens etwas heizen zu können. So fuhren die Kolonisten vierzehn Tage lang mit ihrem Wagen, vor den sie die zwei Guanakos spannten, mehrmals täglich zwischen der Franzosenhöhle und dem Wald hin und her. Sie gewannen auf diese Weise einen Vorrat an Holz, der ausreichen mußte, auch wenn der Winter sechs Monate und noch länger anhielt.
Diese Arbeiten hinderten übrigens keineswegs daran, ihr Programm, das sie sich für die geistige Ausbildung zurechtgelegt hatten, genau einzuhalten. Abwechselnd er-

teilten die größeren Jungen den kleineren Unterricht. Während der zweimal wöchentlich stattfindenden Versammlungen fuhr Doniphan fort, mit seiner Überlegenheit ziemlich stark zu prahlen. Das war natürlich nicht dazu angetan, ihm viele Freunde zu erwerben, dennoch rechnete er darauf, nach Ablauf von zwei Monaten, wenn Gordons »Amtsperiode« zu Ende ging, ihm als Oberhaupt der Kolonie zu folgen. Seine Eigenliebe verführte ihn dazu, zu glauben, daß ihm diese Stellung von rechtswegen zukommen und er betrachtete es als eine wirkliche Ungerechtigkeit, nicht schon beim ersten Wahlgang ernannt worden zu sein. Wilcox, Cross und Webb bestärkten ihn leider noch in diesen Ideen und suchten für die bevorstehende Wahl Stimmung zu machen. Dennoch hatte Doniphan nicht die Mehrheit unter seinen Kameraden. Die Jüngsten von ihnen wollten sich nicht für ihn – freilich auch nicht für Gordon – erklären.
Gordon durchschaute recht wohl, was in der Luft lag, bemühte sich aber keineswegs darum, seine Stellung beizubehalten. Er fühlte es heraus, daß die Strenge, die er während seines »Präsidentschaftsjahres« gezeigt hatte, ihm die Mehrzahl der Stimmen kaum zuwenden werde. Sein etwas hartes Auftreten, sowie sein vielleicht gar zu sehr aufs Praktische gerichteter Sinn, hatten öfter Mißfallen erregt, und gerade hiervon erhoffte Doniphan viel zu seinem Vorteil. Am Wahltag mußte es voraussichtlich zu einem interessanten Kampf kommen. Briant interessierte sich für die Angelegenheit wenig. Er arbeitete ohne Unterlaß und sparte auch seinem Bruder keine Mühe. Beide waren stets die ersten und die letzten, wo es galt, die Hand anzulegen, so, als hätten gerade sie ganz besondere Verpflichtungen zu erfüllen.
Indessen wurde aber nicht den ganzen Tag über nur gearbeitet, das Programm wies auch einige Erholungsstunden auf. Die Jungen trieben dann Sport, veranstalteten Wettläufe und Spiel oder übten sich in der Handhabung der Bola und des Lassos. So war es auch am Nachmittag

des 25. April. In je zwei Parteien zu vier Mann geteilt, spielten Doniphan, Webb, Wilcox und Cross einerseits und Briant, Baxter, Garnett und Service andererseits eine Partie »Quoits« auf dem Rasen der Sportterrasse. Auf der ebenen Fläche waren zwei eiserne Pflöcke in einer Entfernung von 50 Fuß von einander eingeschlagen worden. Jeder der Teilnehmer hatte zwei Quoits, d. i. eine Art metallener Wurfscheiben mit einem Loch in der Mitte und mit dünn zulaufendem Rand, die auch unter den Beständen der »Sloughi« gewesen waren. Bei diesem Spiel mußte jeder Teilnehmer seine Scheiben werfen und sich bemühen, sie erst über einen Pflock und dann über den anderen fallen zu lassen. Gelang ihm das bei einem der Pfähle, so erhielt er zwei Punkte, vier aber, wenn er seine Scheibe auch richtig über den zweiten warf; kamen die Quoits nur ganz nahe bei den Pfählen zu liegen, so zählte das zwei Punkte für die zwei nächsten, und nur einen Punkt, wenn nur ein einziger Quoit nahe zu liegen kam. Die Knaben entwickelten an diesem Tag einen ganz besonderen Eifer, und da Doniphan der gegnerischen Partei Briants angehörte, war die Selbstliebe beider auf eine recht harte Probe gestellt. Sie hatten schon zwei Partien gespielt, und Briant, Baxter, Service und Garnett dabei mit sieben Punkten gewonnen, während ihre Gegner die zweite Partie mit sechs Punkten gewannen. Nun ging es darum, die »Meisterpartie« zu spielen. Beide Parteien hatten schon je fünf Punkte erreicht, und es gab nur noch zwei Quoits zu werfen.

»Du bist an der Reihe, Doniphan«, sagte Webb. »Nun ziele aber genau! Wir haben den letzten Quoit, und es handelt sich darum zu gewinnen!«

»Sei nur ganz ruhig!« antwortete Doniphan. Er hielt die Scheibe in der rechten Hand und neigte den Körper leicht nach links, um sicherer werfen zu können. Man erkannte, daß der eitle Junge mit Leib und Seele, wie man zu sagen pflegt, bei der Sache war, an den zusammengebissenen Zähnen, den etwas bleichen Wangen und an dem lebhaf-

ten Blick. Seine Scheibe erreichte den Pflock aber nur mit ihrem äußersten Rand und fiel daneben zur Erde. Somit war nur ein sechster Punkt errungen. Doniphan konnte seinen Unmut nicht ganz unterdrücken und stampfte mit dem Fuß auf die Erde.
»Das ist ärgerlich«, sagte Cross, »doch deshalb haben wir noch lange nicht verloren!«
»Nein, gewiß nicht«, setzte Wilcox hinzu. »Dein Quoit liegt genau am Fuß des Pfahls, und wenn Briant den seinigen nicht darüber wirft, möchte ich doch sehen, ob er ihn besser placieren kann.«
»Ziele gut!« feuerte Service jetzt auch Briant an. Dieser antwortete nichts, da es ihm gar nicht einfiel, Doniphan zu verletzen. Er wollte nur eines: Die Partie mehr für seine Kameraden als für sich gewinnen. Er stellte sich also vorschriftsmäßig auf und schleuderte seine Scheibe mit solcher Sicherheit, daß sie über den Pfahl hineinfiel.
»Sieben Punkte«, rief Service triumphierend. »Die Partie ist gewonnen!«
Doniphan kam schnell herzugelaufen.
»Nein, die Partie ist nicht gewonnen!« rief er.
»Und warum nicht?« fragte Baxter.
»Weil Briant betrogen hat!«
»Betrogen!« versetzte Briant, dessen Gesicht bei dieser Beschuldigung erbleichte.
»Ja, betrogen!« wiederholte Doniphan. »Briant hatte seinen Fuß nicht auf der Linie, wo er stehen soll.«
»Das ist nicht wahr!« widersprach Service.
»Ich kann übrigens nachweisen, daß meine Füße genau auf der Linie gestanden haben«, erwiderte Briant.
»Ja, gewiß!« bestätigten Baxter und Service.
»Nein! Nein!« entgegneten Webb und Cross.
»Da seht nur die Eindrücke meiner Schuhe im Sand!« fuhr Briant fort; »und da Doniphan sich nicht nur hat täuschen können, so muß ich ihm ins Gesicht sagen, daß er gelogen hat!« – »Gelogen!« fuhr Doniphan auf, während er sich langsam seinem Kameraden näherte.

Webb und Cross hatten hinter ihm Stellung genommen, um ihn zu unterstützen, während Service und Baxter sich bereit hielten, Briant zu helfen, wenn die beiden Gegner handgemein werden sollten. Doniphan machte sich zu einem Boxkampf bereit, er legte die Jacke ab, streifte die Ärmel bis zum Ellenbogen hinauf und wickelte das Taschentuch um die Hand. Briant, der sein kaltes Blut noch immer bewahrte, blieb bewegungslos stehen, als widere es ihn an, sich mit einem seiner Kameraden zu schlagen und der kleinen Kolonie damit ein schlechtes Beispiel zu geben.

»Du hattest unrecht, mich zu beleidigen, Doniphan«, sagte er, »und jetzt tust du ebenso unrecht, mich herauszufordern!«

»Wahrhaftig«, antwortete Doniphan verächtlich, »man tut stets unrecht, jemanden herauszufordern, der auf Herausforderungen nicht zu antworten versteht.«

»Wenn ich darauf nicht antworte«, erklärte Briant, »so geschieht das, weil ich es nicht für passend halte.«

»Wenn du nicht antwortest«, erwiderte Doniphan, »geschieht das nur, weil du Furcht hast!«

»Furcht! Ich!«

»Weil du ein Feigling bist!«

Briant trat mit erhobenen Armen entschlossen auf Doniphan zu, die beiden Gegner standen sich jetzt kampfbereit Auge in Auge gegenüber. Der Kampf sollte eben entbrennen, als Gordon, dem Dole von dem Vorfall Mitteilung gemacht hatte, zwischen die beiden rauflustigen Jungen trat. »Briant! Doniphan!« rief er.

»Er hat mich einen Lügner geschimpft«, sagte Doniphan.

»Nachdem er mich des Betruges beschuldigt und einen Feigling genannt hat!« antwortete Briant. Alle versammelten sich jetzt um Gordon, während die beiden Kampfhähne einige Schritte zurückgetreten waren.

»Doniphan«, begann da Gordon mit ernster Stimme, »ich kenne Briant! Er hat gewiß keinen Streit gesucht. Du hast sicher das erste Unrecht begangen!«

»Ja, richtig«, erwiderte Doniphan, »daran erkenne ich dich wieder! Immer bist du bereit, gegen mich Partei zu nehmen.«
»Ja, doch nur, wenn du es verdienst!« erklärte Gordon.
»Einerlei«, rief Doniphan, »ob das Unrecht nun von mir oder Briant ausgegangen ist, er bleibt doch ein Feigling, wenn er einen Boxkampf mit mir ausschlägt!«
»Und du bist ein bösartiger Bursche, der seinen Kameraden ein sehr schlechtes Beispiel gibt. In dieser traurigen Lage, in der wir uns hier befinden, suchst du noch Streit? Das geht nicht. Hier muß sich eben jeder zu beherrschen wissen!«
»Briant, sprich Gordon deinen Dank aus!« rief Doniphan. »Doch nun Achtung!«
»Nein!« versetzte Gordon. »Ich, als euer Oberhaupt, verbiete hier jeden gewalttätigen Auftritt zwischen euch. Du, Briant geh zur Höhle zurück, und du, Doniphan, laß deinen Zorn verrauchen wo du willst, aber komme nicht eher wieder zum Vorschein, bis du eingesehen hast, daß ich nur meine Pflicht tat, dir unrecht zu geben!«
»Ja, ganz richtig!« riefen die anderen mit Ausnahme von Webb, Wilcox und Cross. Gegenüber dieser überwältigenden Einmütigkeit blieb ja nichts anders übrig, als zu gehorchen. Briant ging zu der Halle, und spät am Abend, als Doniphan zur Schlafenszeit wiederkam, verriet dieser keine Neigung, noch weiter auf den Vorfall einzugehen. Doch merkte man, daß ein dumpfer Groll in ihm schlummerte, daß seine Feindschaft gegen Briant nur gewachsen war und er den Vorfall nicht vergessen werde. Übrigens verwarf er auch jeden Versuch einer Aussöhnung, den Gordon machen wollte.
Diese traurigen Streitereien waren gewiß höchst bedauerlich, da sie die Ruhe der kleinen Kolonie bedrohten. Doniphan hatte Wilcox, Cross und Webb auf der Seite, die seinem Einfluß völlig erlagen, ihm in allen Stücken recht gaben, ein Verhältnis, das leider weitere Spannungen befürchten ließ.

Der Winter kam nun auch näher; während der ersten Wochen des Mai wurde die Kälte schon so fühlbar, daß Gordon die Öfen der Halle heizen und Tag und Nacht über in Brand halten ließ. Bald erwies es sich auch als nötig, die Ställe in der Einhegung etwas zu erwärmen, eine Aufgabe, die Service und Garnett zufiel.
Um diese Zeit begannen auch die Vögel scharenweise davonzuziehen. Nach welchen Gegenden wandten sie sich wohl? Offenbar nach mehr nördlich gelegenen Teilen des Stillen Ozeans oder nach dem amerikanischen Festland, wo sie ein weniger rauhes Klima als auf der Insel Chairman fanden.
Da Briants Sinnen und Trachten unausgesetzt darauf gerichtet war, Mittel zur Rückkehr in die Heimat ausfindig zu machen, kam er auf den Gedanken, diesen Flug der Zugvögel zu nutzen, um von der Lage der Schiffbrüchigen Meldung zu geben. Die Jungen fingen daher einige Dutzend Schwalben von der Art der Rauchschwalben ein, die in der Nähe und fast im Innern des Storerooms selbst nisteten. Dann befestigten sie ihnen am Hals kleine Leinwandsäckchen mit einem Zettel darin, der ungefähr den Teil des Stillen Ozeans angab, in dem die Insel Chairman zu suchen war und der die Bitte enthielt, Nachricht nach Auckland, der Hauptstadt von Neuseeland, zu senden. Dann ließen sie die Schwalben frei, und nicht ohne tiefe innere Erregung riefen die jungen Kolonisten ihnen ein »Auf Wiedersehen« nach, als sie in der Richtung nach Nordosten verschwanden.
Vom 25. Mai ab fiel der erste Schnee, also einige Tage eher als im Jahr zuvor. Und nach diesem frühen Beginn des Winters mußte man fürchten, daß er sehr hart werden würde. Zum Glück war für Wärme, Beleuchtung und Nahrung in der Höhle auf längere Zeit hinaus gesorgt. Gordon hatte wieder die warmen Kleidungsstücke verteilen lassen und wachte außerdem streng darüber, daß alle hygienischen Maßnahmen aufs genaueste befolgt wurden. Während dieser langen Zeit hallte die Höhle auch von

einer geheimnisvollen Bewegung wider, die in den jugendlichen Köpfen ein ziemliches Feuer entzündet hatte. Das Jahr, für das Gordon zum Oberhaupte der Insel ernannt worden war, ging nämlich mit dem 10. Juni zu Ende. Dieser Umstand veranlaßte mehrere vertrauliche Besprechungen, heimliche Zusammenkünfte, ja, man könnte sagen Intrigen. Nur Gordon verhielt sich teilnahmslos. Was aber Briant anging, so kam diesem als geborenem Franzosen gar nicht in den Sinn, die Leitung einer Kolonie von Jungen zu übernehmen, die fast alle Engländer waren. Ohne es äußerlich zu zeigen, war Doniphan angesichts der Wahl am meisten besorgt. Mit seiner wirklich hervorragenden Intelligenz und seinem von niemand angezweifelten Mut hätte er die besten Aussichten gehabt, wenn diese nicht durch seinen hochmütigen Charakter, durch Herrschsucht und durch seine neidische Natur verdunkelt worden wären. Ob er es nun für sicher hielt, der Nachfolger Gordons zu werden, oder ob er nun zu stolz und eitel war, sich um die Stimmen der anderen zu bewerben, jedenfalls gab er sich den Anschein vornehmer Zurückhaltung. Was er übrigens nicht offen tat, das taten für ihn seine besonderen Freunde. Wilcox, Webb und Cross bearbeiteten ihre Kameraden, die Stimme für Doniphan abzugeben – besonders die Kleinen, deren Unterstützung ja nicht zu verachten war. Da kein anderer Name genannt wurde, konnte Doniphan seine Wahl mit einigem Recht für gesichert betrachten.

Der 10. Juni kam heran.

Im Lauf des Nachmittags sollte die Wahl stattfinden. Jeder hatte dabei auf einen Zettel den Namen des neuen Oberhaupts zu schreiben, für das er sich entschied. Die Mehrheit sollte dann den Ausschlag geben. Da die Kolonie 14 Mitglieder zählte – Moko beanspruchte kein Wahlrecht – so mußten über sieben Stimmen, die sich auf den gleichen Namen vereinigten, die Wahl des neuen Oberhauptes entscheiden. Die Wahlhandlung begann um zwei Uhr unter dem Vorsitz Gordons und verlief mit jenem Ernst, den die Angelsachsen allen Vorgängen dieser Art entgegenbringen.

Als die Stimmzettel geöffnet wurden, ergaben sie folgendes Resultat:

Briant	8 Stimmen
Doniphan	3 Stimmen
Gordon	1 Stimme.

Weder Gordon noch Doniphan hatten an der Wahl selbst teilnehmen wollen, während Briant seine Stimme für Gordon abgab. Als das Ergebnis verkündet wurde, konnte Doniphan weder seine Enttäuschung verbergen noch die tiefe Erregung, die er dabei empfand. Sehr erstaunt, die Mehrheit der Stimmen auf sich vereinigt zu sehen, war Briant ganz nahe daran, die ihm zugedachte Ehre abzulehnen. Da mochte ihm noch ein anderer Gedanke kommen, denn nach einem flüchtigen Blick auf seinen Bruder Jacques sagte er: »Danke, liebe Freunde, ich nehme die Wahl an!«

Jetzt war also Briant für den Zeitraum eines Jahres das Oberhaupt der jungen Kolonisten auf der Insel Chairman. Gordon sah zwar voraus, daß der Ausgang der Wahl die schon vorhandenen Zwistigkeiten nur vermehren und Doniphan mit seinen Parteigängern vielleicht zu irgendeinem beklagenswerten Entschluß verleiten würde; er beeilte sich aber doch, Briant zu beglückwünschen. Einerseits dachte er viel zu gerecht, um die stattgefundene Wahl nicht anzuerkennen, andererseits mußte es ihm selbst angenehm sein, sich in Zukunft nur noch auf die Rechnungsarbeiten beschränken zu können.

Von diesem Tag an wurde es jedoch deutlich, daß Doniphan und seine drei Kameraden entschlossen waren, den Zustand der Dinge nicht zu ertragen, obwohl sich Briant gelobt hatte, ihnen keine Gelegenheit zu irgendwelchen Ausschreitungen zu geben.

Was Jacques anging, so hatte dieser nicht ohne eine gewisse Verwunderung seinen Bruder den Ausgang der Wahl ohne Widerspruch hinnehmen sehen.

»Du willst also?« sagte er, ohne seinen Gedanken auszusprechen, den Briant vollendete, indem er ihm antwortete: »Ja, ich will in der Lage sein, noch mehr tun zu können, als uns bisher gestattet war, um deinen Fehler gutzumachen.«

Am nächsten Morgen begann wieder der gewöhnliche Tageslauf, der den langen Winter so eintönig machen sollte. Bevor aber die strenge Kälte jeden Ausflug nach der Sloughibai verhinderte, ergriff Briant eine Maßregel, deren Nützlichkeit sich bald zeigen sollte. Wie bekannt, hatten die Jungen auf einem hohen Punkt des Aucklandhügels einen Signalmast errichtet. Von der an der Spitze dieses Mastes flatternden Fahne, die während einiger Wochen durch starke Seewinde zerfetzt worden war, fanden sich nur noch einige Reste vor. Es erschien also wichtig, sie durch ein anderes Zeichen zu ersetzen, das auch die winterlichen Stürme auszuhalten imstande war. Auf Briants Rat verfertigte Baxter eine Art Ballon aus biegsamen Rohrzweigen, wie sie am Ufer des Sumpfes in großer Menge wucherten. Dieser Ballon mußte schon deshalb haltbarer sein, weil der Wind ja durch das Geflecht leicht hindurchdringen konnte. Nach Abschluß der Arbeit unternahmen sie also einen letzten Ausflug nach der Bai, und zwar am 17. Juni. Briant ersetzte nun die Flagge des Vereinigten Königreiches durch das neue Zeichen, das aus einem Umkreis von mehreren Meilen sichtbar war.

Inzwischen schien der Zeitpunkt nicht mehr fern, an dem Briant und seine »Untertanen« sich in der Franzosenhöhle eingeschlossen sehen mußten. Das Barometer stieg langsam aber ununterbrochen weiter, was auf die Andauer der strengen Kälte hindeutete. Die Temperaturen sanken bis auf 20 Grad unter dem Gefrierpunkt.

Das Programm für das Leben während des Winters wurde nun unter den gleichen Bedingungen wieder aufgenommen, wie man es im vergangenen Jahr durchgeführt hatte. Briant achtete darauf, und alle gehorchten ihm übrigens gern. Gordon erleichterte ihm seine Stellung wenigstens

dadurch, daß er selbst das beste Beispiel von Gehorsam gab. Doniphan und seine Parteigänger hielten sich ebenfalls zurück. Sie beschäftigten sich mit den Fallen, Schlingen und Netzen, hielten aber außerdem stets zusammen, sprachen nur mit gedämpfter Stimme und mischten sich so gut wie nie, weder bei Tisch noch in den abendlichen Mußestunden, in das allgemeine Gespräch.
Ob sie einen Anschlag vorbereiteten, wußte niemand. Jedenfalls verhielten sie sich so, daß Briant keinen Grund hatte, ihnen einen Vorwurf zu machen oder sich sonst irgendwie einzumischen. Er bemühte sich, gegen alle gerecht zu sein und nahm oft besonders anstrengende Arbeiten auf sich, wie er auch seinen Bruder nicht schonte, der mit ihm nach Kräften weitteiferte. Gordon glaubte sogar zu bemerken, daß Jacques' Wesen sich allmählich ändere, und Moko sah mit Vergnügen, daß der Knabe seit der Auseinandersetzung mit Briant sich den Vorschlägen seiner Kameraden zugänglicher zeigte und an ihren Spielen mehr Anteil nahm.
Briant hörte in der Zwischenzeit niemals auf, über die Möglichkeit einer Rückkehr nach Neuseeland zu grübeln. Das war, was ihm immer am Herzen lag, und darin unterschied er sich von Gordon, der nur daran dachte, die Einrichtung der Kolonie auf der Insel Chairman zu vervollständigen. Briant dachte zunächst immer an den weißlichen an der Enttäuschungs-Bai wahrgenommenen Fleck und fragte sich, ob dieser wohl zu einem in der Nachbarschaft der Insel gelegenen Land gehöre. In diesem Fall schien es ihm nicht unmöglich zu sein, ein Fahrzeug zu bauen, mit dem man wenigstens jenes Land erreichen könnte. Sprach er aber darüber mit Baxter, so zuckte dieser nur die Achseln, um anzudeuten, daß eine solche Arbeit ihre Kräfte weit übersteige.
»Ach, warum sind wir nur Kinder«, beklagte dann Briant ärgerlich; »ja, Kinder, wo wir doch Männer sein müssen!«
Das war und blieb sein größter Kummer!
Während der Winternächte kam es, obwohl die Sicherheit

der Höhle selbst ungefährdet schien, zu vereinzelten Störungen.
Oft bellte Phann laut, wenn Banden von Raubtieren – meist von Schakalen – die Einfriedung umschwärmten. Dann eilten Doniphan und die anderen durch die Tür der Halle hinaus, und indem sie Feuerbrände nach den unheimlichen Gesellen schleuderten, gelang es ihnen meist leicht, sie zu vertreiben. Zwei- oder dreimal zeigten sich auch Jaguare in der Umgebung, ohne allerdings so nahe wie die Schakale heranzukommen. Diese empfing man mit Flintenschüssen, obwohl bei der Entfernung, aus der man auf sie feuerte, an eine tödliche Verwundung kaum zu denken war. Kurz, es machte zuweilen doch einige Mühe, den eingefriedeten Viehhof zu schützen.
Die erste Hälfte des Monats August brachte vier sehr strenge Frosttage. Nicht ohne ängstliche Besorgnis sah Briant das Thermometer bis auf 30 Grad unter Null herabsinken. Die Reinheit der Luft war dabei ganz unvergleichlich, und wie es bei solchen niedrigen Temperaturen häufig vorkommt, bewegte kein Windhauch die Atmosphäre. Während dieser Zeit konnte niemand die Höhle verlassen, ohne sofort bis auf die Knochen durchkältet zu werden, und den Kleinen wurde deshalb strengstens verboten, sich im Freien aufzuhalten. Selbst die Großen wagten es nur, wenn die Not es erheischte, vor allem also, um die Öfen in den Vieh- und Geflügelställen in Brand zu halten.
Zum Glück währte diese bittere Kälte nicht zu lange. Gegen den 6. August schlug der Wind mehr nach Westen um. Die Sloughibai und das Ufergelände der Wrack-Küste wurden jetzt von entsetzlichen Stürmen heimgesucht, die über die Höhen mit einer Heftigkeit ohnegleichen hinwegrasten. Die Franzosenhöhle hatte jedoch darunter nicht zu leiden. Es hätte mindestens eines Erdbebens bedurft, um ihre festen Wände zu erschüttern. Die stärksten Orkane, die Schiffe an die Küsten werfen, und selbst steinerne Häuser umstürzen, konnten der felsigen Uferhöhe,

die sich nach dem Inselinneren fortsetzte, nichts anhaben. Bäume knickten sie allerdings in großer Menge, doch damit ersparten sie den jungen Holzfällern nur manche schwere Arbeit, wenn sie die Brennvorräte ergänzen mußten.

Die zweite Hälfte des August gestaltete sich recht erträglich. Briant konnte die Arbeit draußen wieder aufnehmen lassen – natürlich mit Ausnahme des Fischfangs, denn noch bedeckte eine mächtige Eiskruste die Gewässer des Rio wie des Sees. Unter diesen Verhältnissen kam Briant, da der Zustand des Eises das noch gestattete, auf den Gedanken, seinen Kameraden eine große Schlittschuhpartie vorzuschlagen. Mit länglichen Holzklötzchen und eisernen Klingen gelang es Baxter, mehrere Paare Schlittschuhe herzustellen. Die Jungen hatten alle übrigens mehr oder weniger Übung in dieser Sportart, da sie zur Zeit des Winters in Neuseeland mit Vorliebe getrieben wird, und sie freuten sich besonders auf die Gelegenheit, ihre Talente auf der Eisfläche des Sees zu erproben. Am 25. August gegen elf Uhr vormittags verließen also Briant, Gordon, Doniphan, Webb, Cross, Wilcox, Baxter, Service, Jenkins und Jacques die Höhle, während Iverson, Dole und Costar als Wache daheimblieben. Briant nahm ein Nebelhorn vom Schoner mit, um seine kleine Truppe zusammenrufen zu können, wenn sich der eine oder andere auf dem See gar zu weit entfernte. Alle hatten vor dem Aufbruch gefrühstückt und hofften vor dem Abendessen zurück zu sein.

Sie mußten am Ufer etwa fünf Kilometer weit gehen, ehe sich eine passende Eisbahn fand, da in der näheren Umgebung ihrer Behausung der See von unregelmäßigen Schollen bedeckt war. Selbstverständlich nahmen Doniphan und Cross ihre Gewehre mit, um bei dieser Gelegenheit etwas Wild zu erlegen. Briant ermahnte die Gefährten noch einmal, sich ja nicht zu weit zu entfernen. Dann schweiften die Läufer auf den See hinaus, und Briant fühlte sich beruhigt, als er sie so geschickt laufen sah.

Kamen zuerst auch einige Stürze vor, so erweckten sie doch nur ein allgemeines Gelächter. Besonders Jacques verrichtete wahre Wunder, indem er vorwärts, rückwärts, auf einem und auf zwei Füßen, aufgerichtet und zusammengekauert, Bögen und Ellipsen mit tadelloser Genauigkeit lief. Briant freute sich, daß der Bruder an dem heiteren Spiel der anderen teilnahm.

Möglicherweise empfand Doniphan, der bei allen Übungen so leidenschaftliche Sportsmann, etwas wie Neid bei den Erfolgen von Jacques, dem alle zujubelten, wenigstens entfernte er sich, trotz der Warnungen Briants, bald weiter vom Ufer und gab auch Cross wiederholt ein Zeichen, ihm zu folgen.

»He, Cross«, rief er, »dort draußen sehe ich ein Volk Enten, nach Osten zu! Du hast deine Flinte, ich meine, wir jagen sie!«

Während sie die Vögel verfolgten, brachten Doniphan und Cross fast im Handumdrehen einen Kilometer hinter sich. Dabei begingen sie aber doch eine Unklugheit, denn um diese Jahreszeit war immer ein plötzlicher Wetterumschlag zu befürchten. Allein schon ein Wechsel der Windrichtung mußte genügen, stärkere Böen oder Nebel hervorzurufen. Man kann sich die Angst Briants also leicht vorstellen, als der Horizont gegen zwei Uhr sich tatsächlich hinter einer schnell aufziehenden Nebelwand verbarg, denn Cross und Doniphan waren noch nirgends zu sehen. »Da haben wir, was ich fürchtete!« rief Briant. »Wie werden sie den Weg nur finden können?«

»Gib ihnen doch ein Hornsignal!« antwortete Gordon. Dreimal ertönte das Horn, aber vergeblich warteten sie auf einen Flintenschuß als Antwort. Inzwischen nahm der Nebel rasch an Dichte und Ausdehnung zu und wälzte sich an das Ufer heran. Da er gleichzeitig auch nach den höheren Luftschichten aufstieg, mußte der See in wenigen Minuten völlig verschwunden sein. Briant rief nun diejenigen seiner Kameraden, die sich in Sichtweite gehalten hatten. Einige Minuten später kamen alle ans Ufer.

»Was nun?« fragte Gordon.

»Wir werden alles versuchen müssen, Cross und Doniphan wieder aufzufinden, ehe sie sich noch völlig im Nebel verirren. Einer von uns muß sich in der von ihnen eingeschlagenen Richtung hinauswagen und wiederholt Hornsignale geben.«

»Ich will sofort hinausfahren!« meldete sich Baxter.

»Nein, ich werde selbst gehen!« erklärte Briant.

»Du nicht, sondern ich!« widersprach ihm Jacques. »Auf meinen Schlittschuhen wird es nicht lange dauern, bis ich Doniphan und Cross eingeholt habe.«

»Nun gut«, antwortete Briant. »Fahre hinaus und achte darauf, ob du keine Flintenschüsse hörst. Doch nimm auch das Horn mit, um deinen jeweiligen Standpunkt erkennbar zu machen!«

Einen Augenblick später verschwand Jacques schon inmitten des immer undurchsichtiger werdenden Nebels. Eine halbe Stunde verlief ohne ein Zeichen, weder von Cross oder Doniphan, die sich auf dem See gewiß nicht mehr zurechtfinden konnten, noch von Jacques. Was sollte aber aus allen dreien werden, wenn die Nacht herabsank, ehe sie zurückkehrten?

»Wenn wir nur Gewehre hier hätten«, rief Service, »vielleicht wäre es möglich, Signale zu geben.«

»Signale? Nun, Schußwaffen haben wir doch in unserer Höhle, es gilt also keine Minute zu verlieren!«

In einer knappen Stunde hatten Briant, Gordon und die anderen den Weg zurückgelegt, der sie von der Sportterrasse trennte. Bei dieser Gelegenheit konnte vom Sparen des Pulvers nicht die Rede sein. Wilcox und Baxter luden zwei Gewehre, die sie in der Richtung nach Osten feuerten. Keine Antwort erfolgte.

Es war schon halb vier Uhr. Der Nebel zeigte eher Neigung, sich zu verdichten, je weiter die Sonne niedersank. Durch die schweren Dunstmassen konnten die Jungen auf dem See nichts erkennen.

»Holt die Kanone!« rief Briant.

Das eine der kleinen Signalgeschütze von der »Sloughi« wurde nach der Sportterrasse geschleppt und nach Nordosten gerichtet. Der Schuß donnerte hinaus. Bei der vollkommen ruhigen Luft war anzunehmen, daß der Knall bis zu der Entfernung von mehreren Kilometern gehört werden könnte. Sie lauschten. Nichts!
In der folgenden Stunde wurde das kleine Geschütz von zehn zu zehn Minuten in gleicher Weise abgefeuert. Daß Doniphan, Cross und Jacques die Bedeutung dieser wiederholten Schüsse mißverstehen sollten, die dazu dienten, ihnen die Lage der Franzosenhöhle anzuzeigen, war unwahrscheinlich. Endlich, kurz vor fünf Uhr, hörten die Jungen zwei oder drei noch sehr entfernte Flintenschüsse deutlich aus der Richtung von Nordosten her.
»Das sind sie!« rief Service. Sofort antwortete Baxter noch ein letztesmal auf dieses Signal Doniphans. Einige Minuten später tauchten zwei schemenhafte Gestalten aus dem Nebel auf, der über dem Ufer etwas weniger dicht als über dem See lagerte. Doniphan und Cross kamen heran, aber Jacques war nicht bei ihnen. Briant befiel eine tödliche Angst. Sein Bruder hatte die beiden Jäger nicht finden können, weil sie sich bereits nach dem Süden des Sees gewandt hatten, als Jacques nach Osten hinauslief, um sie zu entdecken. Ohne die abgegebenen Kanonenschüsse wäre es ihnen unmöglich gewesen, den richtigen Weg zu finden. Die Gedanken nur auf seinen im Nebel verirrten Bruder gerichtet, fiel es Briant gar nicht ein, Doniphan Vorwürfe zu machen. Sie gaben wieder einige Kanonenschüsse ab, die aber ungehört verhallten. Schon brach die Nacht herein, und die Dunkelheit mußte bald die ganze Insel einhüllen.
Da trat aber eine günstige Wendung ein – der Nebel begann sich zu zerstreuen. Eine leichte Brise, die vom Westen her wehte, trieb die Dunstmassen nach Osten zurück und legte damit die Oberfläche des Sees wieder frei. Bald konnte die einzige Schwierigkeit, die Höhle wieder aufzufinden, nur noch im nächtlichen Dunkel liegen.

Unter diesen Umständen gab es nur noch ein Hilfsmittel, nämlich das Anzünden eines großen Feuers am Ufer, das als Signal dienen konnte. Schon häuften Wilcox, Baxter und Service trockenes Holz inmitten der Sportterrasse auf, als Gordon sagte: »Wartet ein wenig!« Das Fernrohr vor den Augen, blickte er aufmerksam in der Richtung nach Nordosten hinaus.

»Mir scheint, ich sehe da einen Punkt, der sich auch bewegt.«

Jetzt ergriff Briant das Glas und blickte selbst hinaus.

»Gott sei gelobt, er ist es!« rief er. »Dort ist Jacques, ich erkenne ihn!«

Jetzt riefen alle aus vollem Halse, um sich irgendwie bemerkbar zu machen.

Die Entfernung verminderte sich sichtlich. Jacques glitt mit der Schnelligkeit eines Pfeiles über die Eisfläche hin auf die Wartenden zu. Nur noch wenige Minuten, und er mußte das Ufer erreichen.

»Es sieht aus, als ob er nicht allein käme!« rief da Baxter verwundert. Wirklich erkannte man zwei weitere Punkte, die sich einige Schritte hinter Jacques herbewegten.

»Was ist denn das?« fragte Gordon.

»Sollten es Menschen sein?« meinte Baxter.

»Nein, ich würde es eher für Tiere ansehen!« sagte Wilcox.

»Vielleicht sind es gar Raubtiere!« rief Doniphan. Ohne zu zögern eilte er, das Gewehr in der Hand, Jacques entgegen. In wenigen Augenblicken hatte er den jüngeren Knaben erreicht und zwei Schüsse auf die Tiere abgegeben, die verdutzt kehrtmachten und bald aus dem Gesichtskreis entschwanden.

Es waren zwei Bären gewesen, die man bisher auf der Insel Chairman nicht vermutet hatte! Doch wenn diese furchtbaren Raubgesellen sich auf der Insel zeigten, wie war es möglich, daß die Jäger bisher noch keine Spur von ihnen entdecken konnten? Sollte man annehmen, daß sie nur jetzt während des Winters über das zugefrorene Meer oder von treibenden Eisschollen in diese Gegend gekommen waren? Wies das nicht auf ein Festland in der Nähe der Insel hin? Doch wie dem auch sein mochte, jedenfalls war Jacques gerettet, und sein Bruder schloß ihn herzlich in die Arme. Jacques hatte, wie er erzählte, nach vergeblichen Versuchen, die Kameraden durch Hornsignale anzurufen, sich ebenfalls in dem dichten Nebel so verirrt, daß er sich nicht mehr zurechtfinden konnte, als er das harte Krachen des Geschützes vernahm. Um diese Zeit befand er sich schon mehrere Kilometer vom Ufer entfernt im Nordosten des Sees. Sofort eilte er in die Richtung, aus der der Schuß erklungen war. Plötzlich, als der Nebel sich etwas lockerte, bemerkte er zwei große Bären, die auf ihn zutrabten. Trotz der bedrohenden Gefahr verließ ihn seine Kaltblütigkeit jedoch keinen Augenblick, und dank der Geschwindigkeit seines Laufes konnte er die Tiere hinter sich halten. Bei einem unglücklichen Sturz wäre er dagegen verloren gewesen.

Getrennte Lager

Sechs Wochen nach jenen Vorfällen, gegen fünf Uhr abends, machten vier der jungen Kolonisten an der südlichen Spitze des Familiensees halt. Es war der 10. Oktober. Der Einfluß der schönen Jahreszeit trat schon überall zutage. Unter den mit frischem Grün angehauchten Bäumen hatte der Erdboden schon wieder Frühlingsschmuck angelegt. Eine schwache Brise kräuselte leicht die Oberfläche des Sees, über den noch die letzten Sonnenstrahlen hinglitten, die durch die weite Ebene der Südmoore und über ihr schmales Sandvorland glitzerten. Eben jetzt verbreitete ein lustiges, am Fuß einer Seeföhre angezündetes Feuer seinen Rauch, den der Wind über den Sumpf hintrug. Ein paar Enten brieten auf einem zwischen zwei Steinen hergerichteten Herd. Nach dem

Abendessen wickelten sich die vier Jungen in ihre Decken, und während einer von ihnen die Wache übernahm, schliefen die anderen drei ruhig bis zum anbrechenden Tag.

Diese vier waren Doniphan, Cross, Webb und Wilcox, und wir fragen hier, unter welchen Umständen sie den Entschluß gefaßt hatten, sich von ihren Kameraden zu trennen.

Während der ersten Wochen des zweiten Winters, den die jungen Kolonisten in der Franzosenhöhle verlebten, waren die Beziehungen zwischen Doniphan und Briant immer gespannter geworden. Wenn Doniphan auch dem neuen Oberhaupt der Insel keinen offenen Widerstand leistete, so geschah das nur unter dem bedrückenden Bewußtsein, daß die Mehrzahl der Jungen doch nicht auf seiner Seite stand. Bei verschiedenen Gelegenheiten legte er jedoch so viel bösen Willen an den Tag, daß Briant ihm sehr gerechtfertigte Vorwürfe nicht ersparen konnte. Seit den Vorfällen beim Schlittschuhlaufen, bei denen sein Ungehorsam so deutlich zutage getreten war, hatte sich sein Benehmen nur noch verschlimmert und führte endlich den Augenblick herbei, an dem Briant sich genötigt sehen mußte, mit Strafen vorzugehen. Bisher hatte Gordon, den die Lage nicht wenig beunruhigte, von Briant das Versprechen möglichster Zurückhaltung verlangt. Er fühlte aber doch, daß dessen Geduld zu Ende war und daß es im allgemeinen Interesse und zur Aufrechterhaltung guter Ordnung unerläßlich schien, scharfe Saiten aufzuziehen. Vergeblich versuchte Gordon, Doniphan freundlich ins Gewissen zu reden. Aber auch dieses Dazwischentreten führte zu keinem Ergebnis, und nur mit schwerem Kummer sah Gordon den weiteren Verwicklungen entgegen.

Aus diesem Zustand der Dinge ergab sich, daß in der Höhle das gute Einvernehmen oft gestört war. Jedermann fühlte das wie einen Alpdruck auf sich lasten, der das Beisammensein recht peinlich machte. Außer zu den Mahlzeiten hielten sich Doniphan und seine Parteigänger, Cross, Webb und Wilcox, stets von den anderen abgesondert. Hinderte das schlechte Wetter sie, auf die Jagd zu gehen, so saßen sie in einer Ecke der Halle beisammen und sprachen mit gedämpfter Stimme.

»Ohne Zweifel«, meinte eines Tages Briant zu Gordon, »verabreden sie da irgendeinen Streich.«

»Doch nicht etwa gegen dich, Briant?« antwortete Gordon. »Den Versuch, dir deine Stellung streitig zu machen, würde Doniphan nicht wagen. Wir ständen ja alle auf deiner Seite, und das weiß er auch gut genug.«

»Vielleicht denken Wilcox, Cross, Webb und er daran, sich von uns zu trennen?«

»Das wäre eher zu befürchten; meiner Ansicht nach hätten wir kaum ein Recht, sie daran zu hindern.«

»Glaubst du nicht, daß sie sich an einer anderen Stelle niederlassen wollen?«

»Daran denken sie vielleicht gar nicht.« – »Doch, sie denken daran. Ich habe Wilcox beobachtet, wie er eine Kopie der Karte des schiffbrüchigen Franzosen verfertigte, und das geschah offenbar in der Absicht, sie mitzunehmen.«

Unter solchen bedauerlichen Mißhelligkeiten verstrich langsam der Winter. Mit den ersten Tagen des Oktober, als die Kälte endlich aufhörte, hatten sich See und Rio wieder vollständig vom Eis befreit. Da, am Abend des 9. Oktober, trat Doniphan offen mit seinem Entschluß, die Franzosenhöhle zusammen mit Wilcox, Cross und Webb zu verlassen, hervor.

»Ihr wollt uns im Stich lassen?« fragte Gordon.

»Euch im Stich lassen? Nein, Gordon«, antwortete Doniphan. »Wir haben uns nur vorgenommen, einen anderen Punkt der Insel als Wohnstätte zu wählen.«

»Und warum?« fragte Baxter.

»Ganz einfach, weil wir nach eigenem Belieben zu leben wünschen und – ich gestehe ganz offen – es uns nicht paßt, von Briant Befehle entgegenzunehmen.«

»Ich möchte wohl wissen, was du mir vorzuwerfen hättest?« fragte Briant.

»Nichts, als daß du unser Oberhaupt bist«, erklärte Doniphan. »Vorher haben wir schon einen Amerikaner als Vorstand der Kolonie gehabt, jetzt kommandiert uns ein Franzose. Es fehlt wahrlich nur noch, daß nachher Moko gewählt wird.«

»Du sprichst doch nicht im Ernst«, fragte Gordon erregt.

»Ernst ist jedenfalls darin«, antwortete Doniphan hochmütigen Tones, »daß es weder mir noch meinen Kameraden zusagt, jeden beliebigen anderen, als einen Engländer als Oberhaupt zu haben.«

»Wie ihr wollt«, versetzte Briant. »Wilcox, Webb, Cross und du, Doniphan, ihr seid frei und könnt euch den zukommenden Teil aller Gegenstände mit fortnehmen.«

»Daran haben wir nie gezweifelt, und morgen schon verlassen wir diese Höhle.«

Die vier hatten nämlich beschlossen, folgenden Plan auszuführen: Nach der Erkundungsfahrt Briants war es ja bekannt geworden, daß es im östlichen Teil der Insel Chairman an der Küste zahlreiche Grotten und Höhlen gab und die Wälder im Osten nicht weniger wildreich waren als die in der Nähe der Höhle. Der Ostfluß lieferte trinkbares Wasser im Überfluß, es mußte sich dort ebenso bequem leben lassen wie in der Franzosenhöhle. Übrigens betrug die Entfernung zwischen der Höhle und der Küste in gerader Linie nur knapp zwanzig Kilometer. Zehn für die Fahrt über den See und zehn für den Weg am Ostfluß hinunter gerechnet. Im Falle dringender Not war es also stets leicht, mit den in der Franzosenhöhle Verbliebenen in Verbindung zu treten. Nach eingehender Darlegung dieser Vorzüge gelang es Doniphan, seine Freunde Wilcox, Cross und Webb zu überreden, sich mit ihm am anderen Ufer der Insel häuslich niederzulassen. Doniphan schlug dabei aber vor, am Ufer des Familiensees entlang bis zu dessen südlicher Spitze zu ziehen, und dann dem entgegengesetzten Ufer nordwärts zu folgen, um so den Ostfluß zu erreichen. Gewiß war das eine ziemlich weite Wanderung, doch er und seine Kameraden zogen ja als

Jäger hinaus, und auf diese Weise vermieden sie es auch, die Jolle zu benützen, zu deren Führung eine geübte Hand notwendig gewesen wäre. Dieser Zug sollte auch nur den Zweck haben, das Ufergebiet der Enttäuschungs-Bai näher zu untersuchen und eine Stelle ausfindig zu machen, wo sie sich niederlassen konnten. Da sie sich mit Gepäck nicht überlasten wollten, beschlossen sie, nur zwei Flinten, zwei Äxte, hinreichenden Schießbedarf, Grundangeln, Reisedecken und einen Taschenkompaß mitzunehmen. Dann gedachten sie wieder zur Franzosenhöhle zurückzukehren und hier ihren Anteil an allen Gegenständen abzuholen, auf die sie rechtmäßigen Anspruch hatten.

Am folgenden Morgen, bei Sonnenaufgang, nahmen Doniphan und seine drei Freunde Abschied von ihren Kameraden, die sich wegen dieser Trennung recht betrübt zeigten. Vielleicht waren sie auch selbst mehr ergriffen, als sie es merken ließen, obwohl ihr Entschluß feststand, wobei freilich der Stolz einen nicht geringen Anteil haben mochte. Nachdem sie den Rio Seeland in der Jolle, die Moko wieder zurückruderte, überschritten hatten, entfernten sie sich ohne große Eile, indem sie gleichzeitig den unteren Teil des Sees untersuchten, der sich nach seiner Spitze zu merklich verengte.

Während des ersten Tages legten die vier Jungen nur knapp zehn Kilometer zurück, und als sie gegen fünf Uhr abends an das Ende des Sees kamen, machten sie halt, um hier die Nacht zu verbringen.

Das waren die Ereignisse, die sich seit den letzten Tagen des August bis zum 10. Oktober in der Höhle der Jungen zugetragen hatten.

Am folgenden Morgen, nach einer ziemlich kalten Nacht, zogen die vier weiter. Das Südende des Sees bildete da, wo beide Ufer zusammenflossen, einen ziemlich spitzen Winkel. Das rechte Ufer verlief übrigens in fast gerader Linie nach Norden. Nach Osten zu erschien das Land noch sumpfig.

»Wenn die Entfernung auf der Karte richtig angegeben

ist«, sagte Doniphan, »so müssen wir etwa zehn Kilometer von hier auf den Ostfluß treffen und können diesen ohne zu große Anstrengung im Laufe des Tages erreichen.« Auf dem Marsch konnte sich Doniphan davon überzeugen, daß der Bestand an Tieren auf diesem Teil der Insel nicht weniger artenreich war als in den Wäldern nahe der alten Höhle. Guanakos und Vigogne-Schafe sahen sie zu wiederholten Malen, ebenso eine Herde Nandus, Hasen, Tucutucos, Bisamschweine und Federwild.

Gegen sechs Uhr abends machten sie halt. An dieser Stelle war das Ufer von einem Wasserlauf durchschnitten, der einen Abfluß des Sees bildete, das mußte der Ostfluß sein. Doniphan erkannte das um so leichter, als er unter einer Baumgruppe einer kleinen Bucht noch die Spuren eines Lagers und die Asche eines Feuers entdeckte. Hier hatten Briant, Jacques und Moko während ihres Ausfluges nach der Enttäuschungs-Bai die erste Nacht verbracht. Damals ahnten sie freilich nicht, daß hier ihre Genossen einmal herkommen würden, um getrennt von den übrigen auf diesem Teil der Insel Chairman zu leben. Vielleicht empfanden Cross, Wilcox und Webb, als sie sich nun hier und weit weg von der bequemen Wohnung in der Franzosenhöhle sahen, in der zu bleiben ja nur von ihnen abgehangen hätte, schon etwas Bedauern über ihren Handstreich. Ihr Geschick war aber jetzt an das Doniphans geknüpft, und Doniphan besaß viel zuviel Eitelkeit, um begangenes Unrecht einzusehen, zu viel Starrsinn, um auf seine Pläne zu verzichten, und zu viel Eifersucht, um sich vor seinem Rivalen zu beugen.

Auch der nächste Tag wurde sehr anstrengend. Der dichte Wald und mehrere Moräste veranlaßten sie zu beträchtlichen Umwegen, alles das verzögerte die Ankunft an der Küste. Unterwegs konnte Doniphan feststellen, daß der französische Schiffbrüchige von seinem Besuch in diesem Teil der Insel nicht solche Spuren zurückgelassen hatte, wie in den Baumdickichten des Trappenwaldes. Kurz vor Mittag rasteten sie genau an der Stelle, wo die Zirbelfichten standen. Cross pflückte einige Früchte, die alle mit Vergnügen verzehrten. Drei Kilometer weiter mußten sie sich noch teils durch das dichte Buschwerk zwängen und teils mit der Axt selbst einen Weg bahnen, um dem Wasserlauf folgen zu können. So erreichten sie erst gegen sieben Uhr abends die Grenze des Waldes, und bei der hereinbrechenden Dunkelheit konnte Doniphan so gut wie nichts von der Gestalt des Uferlandes erkennen. Vor sich sah er nur eine schaumbegrenzte Linie und vernahm das lange, ernste Rauschen des Meeres, das gegen den Strand heranrollte.

Sie beschlossen, gleich an der Stelle, wo sie sich befanden, unter freiem Himmel zu übernachten. Für die nächste Nacht bot ja dann die Küste unzweifelhaft ein besseres Obdach in den Höhlen unweit der Mündung des Flusses. Doniphan übernahm die erste Wache, während Wilcox, Cross und Webb nach den anstrengenden Wanderungen des Tages fast auf der Stelle einschliefen. Doniphan bemühte sich, gegen den Schlummer anzukämpfen, als aber die Stunde herankam, wo er von einem seiner Begleiter abgelöst werden sollte, lagen sie alle in so festem Schlaf, daß er sich nicht entschließen konnte, einen von ihnen zu wecken. Da der Wald in der Umgebung des Lagerplatzes ruhig war, legte er noch einmal reichlich Holz auf das Feuer und streckte sich dann neben den anderen aus. Ihm fielen sofort die Augen zu, und er öffnete sie auch nicht eher wieder, als bis die Sonne über den weiten Horizont des Meeres emporstieg.

Die erste Sorge der vier Jungen war es nun, den Lauf des Flusses vollends bis zu seiner Mündung zu untersuchen. Von hier aus ließen sie die Blicke forschend über das Meer schweifen, das sie zum erstenmal vor sich sahen und das nicht minder verlassen schien wie das an der entgegengesetzten Seite der Insel.

»Und dennoch«, sagte Doniphan, »müßten eigentlich Schiffe hier vorüberkommen, wenn die Insel Chairman nicht fern vom amerikanischen Festland liegt. Ein Grund mehr, uns an der Küste der Enttäuschungs-Bai anzusiedeln, und wenn Briant ihr auch einen so wenig verprechenden Namen gegeben hat, so hoffe ich doch, daß sie diesen in nicht allzu langer Zeit Lügen straft.«

Vielleicht suchte Doniphan, als er diese Bemerkung machte, schon nach einer Entschuldigung oder doch nach einem annehmbaren Vorwand für den Bruch mit den Kameraden in der Franzosenhöhle.

Die Jungen untersuchten nun den Strand näher. Hinter den Felsen, die den kleinen natürlichen Hafen bildeten, erhoben sich schon die ersten Bäume des Waldes, der sich nicht allein bis zum See, sondern auch nach Norden hinaus erstreckte, wo das Auge nichts als eine grüne Masse erblickte. Was die Höhlen des Ufers betraf, so hatte Briant keineswegs übertrieben. Bei der Auswahl schien es aber ratsam, sich nicht unnötig vom Ufer des Ostflusses zu entfernen, und so hatte Doniphan bald eine mit feinem Sand ausgekleidete, mit Ecken und Nischen versehene kleine Höhle entdeckt, die mindestens ebensoviel Bequemlichkeit bieten mußte wie die Franzosenhöhle. Diese Höhle hätte sogar für die ganze Kolonie ausgereicht, denn sie enthielt eine ganze Reihe kleinerer Räume, aus denen man zu verschiedenen Zwecken dienende Zimmer machen konnte, statt sich mit einer Halle und dem Vorratsraum begnügen zu müssen.

Doniphan fiel auch gleich die eigentümliche Form des Felsens auf, von dem aus Briant das Meer beobachtet hatte, und der die Gestalt eines gewaltigen Bären zeigte. Als Zeichen der Besitznahme gab er deshalb dem kleinen, von jenem Felsen überragten Hafen den Namen »Bärenfelsen-Hafen«. Da sich in dieser Gegend wirklich alles fand, was die Jungen zum Leben benötigten, beschlossen sie, sich endgültig an dem neuen Platz anzusiedeln und nun ihre Ausrüstung von der Franzosenhöhle herüberzuschleppen.

»Vor unserer Rückkehr möchte ich aber doch noch einmal den nördlichen Teil der Insel kennenlernen«, meinte

Doniphan. »In achtundvierzig Stunden können wir bis zur äußersten Nordspitze gelangen und wieder zum Hafen hierher zurückkehren. Wer weiß, ob es dort nicht doch ein Land gibt, das der französische Schiffbrüchige nicht wahrgenommen hat und folglich auf seiner Karte auch nicht einzeichnen konnte. Es scheint mir nicht klug, wenn wir uns hier dauernd einrichten, bevor wir nicht wissen woran wir wirklich sind.«
Dieser Vorschlag schien so gerechtfertigt, daß ihm alle zustimmten, den Ausflug, der ihre jetzige Abwesenheit von den Kameraden noch um zwei bis drei Tage verlängern mußte, unverzüglich anzutreten. Am nächsten Morgen brachen sie also mit dem Frührot auf und schlugen, ohne die Küste zu verlassen, die Richtung nach Norden ein. Auf einer Strecke von etwa fünf Kilometern erhoben sich noch die Felsen zwischen Wald und Meer. Gegen Mittag machten die Jungen Rast. An dieser Stelle ergoß sich ein zweiter kleiner Fluß ins Meer; aus seiner Richtung von Südosten nach Nordwesten ließ sich aber schließen, daß er nicht aus dem See kam. Das Wasser mochte ihm vielmehr auf seinem Lauf durch den oberen Teil der Insel zuströmen. Doniphan taufte ihn »Nordbach«, und in der Tat verdiente er auch nicht den Namen eines Flusses. An diesem ersten Tag ihrer Wanderung legten sie etwa vierzehn Kilometer zurück, erreichten aber den Norden der Insel immer noch nicht. So setzten sie den Marsch auch am folgenden Tag fort, beeilten sich aber, da das Wetter schlechter zu werden drohte. Der Wind, der nach Westen umschlug, zeigte Neigung aufzufrischen. Schon trieben von der See her Wolken heran, doch das konnte die entschlossenen Jungen nicht erschrecken. Sie beeilten ihre Schritte nach Kräften, obwohl sie gegen den heftigen Wind, der sie von der Seite packte, ankämpfen mußten. Der Tag brachte viele Beschwerden mit sich, und die Nacht drohte obendrein schlecht zu werden. In der Tat war es ein richtiges Unwetter, das gegen die Insel heranzog, und um fünf Uhr abends ließ sich schon

schweres Donnerrollen vernehmen. Da aber die Nordküste nicht mehr weit sein konnte, setzten die vier verbissen ihren Marsch fort. Gegen acht Uhr hörten sie wirklich das dumpfe Brausen der Brandung, ein Beweis, daß auch hier ein Klippengürtel die Insel Chairman umschließen mußte.

Inzwischen war es immer dunkler geworden, und sie mußten sich beeilen, wenn sie noch einen Blick auf das Meer hinauswerfen wollten. Jenseits der Baumgrenze dehnte sich der etwa einen halben Kilometer breite Strand aus, über den die schaumigen Wogen weit hereinrollten. Trotz ihrer Erschöpfung begannen Doniphan, Webb, Cross und Wilcox doch im Laufschritt über den Strand zu eilen. Plötzlich blieb Wilcox, der den anderen ein wenig voraus war, stehen. Mit der Hand wies er nach einer schwärzlichen Masse, die sich an einem Riff nahe dem Strand undeutlich zeigte. Auf den ersten Blick ließ sich kaum unterscheiden, ob es sich hier um ein Seetier oder um ein größeres Boot handelte, das, nachdem es über den Klippengürtel hinweggerissen, hier nahe an den Strand geworfen worden war.

Doch dann sahen sie es deutlich. Es war ein auf der Steuerbordseite liegendes Boot, und nicht weit davon, dicht an der von der Flut angeschwemmten Linie, wies Wilcox auf zwei dort liegende Körper hin. Doniphan, Webb und Cross hatten zunächst im Lauf angehalten; dann aber eilten sie ohne Überlegung quer über den Strand hin zu den beiden auf dem nassen Sand ausgestreckten Körpern.

Der Anblick erfüllte sie mit Entsetzen, und ohne auch nur auf den Gedanken zu kommen, daß doch wohl noch etwas Leben in den Leibern sein könne, und diese der schleunigsten Hilfe bedurften, liefen sie sofort wieder zurück, um unter den Bäumen Schutz zu suchen. Die Nacht war schon dunkel, und mitten in die Finsternis hinein heulte der gräßliche Sturm um die Wette mit dem Donnern und Rauschen des empörten Meeres.

Und was für ein Sturm! Auf allen Seiten knackten und krachten die alten Bäume, so daß es für die, die darunter Deckung suchten, wirklich gefährlich wurde. Es wäre jedoch unmöglich gewesen, auf dem Strand zu lagern, wo der vom Wind aufgewirbelte Sand gleich Hagelkörnern umherflog. Die ganze Nacht über verweilten Doniphan und seine Freunde an der gleichen Stelle, ohne nur für eine Minute die Augen schließen zu können. Dazu litten sie recht empfindlich unter der Kälte, denn sie wagten auch kein Feuer anzuzünden, das sich gar zu leicht weit verbreitet und dann die verstreuten dürren Zweige in Brand gesetzt hätte. Übrigens hielt allein schon die Aufregung die Knaben wach.

Woher kam dieses Boot? Welcher Nation gehörten die Schiffbrüchigen an? Lagen also doch andere Landmassen in der Nachbarschaft, da ein Boot hatte nach ihrer Insel gelangen können, oder rührte es von einem Schiff her, das bei dem wütenden Sturm in diesem Teil des Ozeans untergegangen war?

Alle diese Vermutungen waren ja möglich, und während der wenigen ruhigen Augenblicke flüsterten sie Doniphan und Wilcox, die sich dicht zusammenhielten, mit schwacher Stimme einander zu. Gleichzeitig aber befangen, glaubten sie aus der Ferne Rufe zu vernehmen, sobald der rasende Wind sich ein wenig legte, und aufmerksam lauschend fragten sie sich, ob nicht vielleicht noch andere Schiffbrüchige auf dem Strand umherirrten.

Nein, sie waren die Beute leicht erklärlicher Sinnestäuschungen. Kein verzweifelter Hilferuf ertönte inmitten des tobenden Sturmes. Jetzt sagten sie sich, daß sie unrecht getan hatten, der ersten Empfindung von Schrecken gleich nachgegeben zu haben. Nun wollten sie nach der Brandung hinauseilen, selbst auf die Gefahr, von der Gewalt des Windes zu Boden geworfen zu werden. Doch wie hätten sie in pechschwarzer Nacht, quer über ein offenes Vorland hin, das schon zerstäubte Wassermassen der steigenden Flut bedeckte, den Ort wieder finden können, wo

jenes Boot gestrandet war, und die Stelle, an der die beiden Körper am Strande lagen?
Wie endlos erschien ihnen diese Nacht! Wenn sie nur einen Blick auf die Uhr hätten werfen können! Es war aber ganz unmöglich, auch nur ein Streichhölzchen anzuzünden. Cross versuchte es zwar unter dem Schutz der Decke, mußte aber darauf verzichten. Endlich, nach langem aufregenden Warten, erhellte ein schwacher Schein die Ostseite des Himmels. Der Sturm hatte noch immer nicht nachgelassen, und da die Wolken jetzt weit tiefer über dem Meere dahinjagten, war schon Regen zu erwarten, ehe Doniphan und seine Genossen den Bärenfelsen-Hafen erreichen konnten.
Zuerst mußten sie aber auch noch den verunglückten Schiffbrüchigen den letzten Liebesdienst erweisen, und sobald das Morgenrot die über dem Meer lagernden Dunstmassen durchdrang, schleppten sie sich, mühsam gegen die Windstöße ankämpfend, über den Strand hin. Wiederholt mußten sie sich dabei gegenseitig stützen, um nicht umgeworfen zu werden.
Das Boot war neben einer schwachen Sandanhäufung fest sitzengeblieben. Die Flut mußte darüber hinweggerauscht sein.
Die beiden Körper lagen nicht mehr hier!
Doniphan und Wilcox gingen auf dem Strand einige Schritte weit hinaus. Nichts war zu sehen!
»Wo sind sie denn?« fragte Cross.
»Wo sie sind?« antwortete Doniphan, nach dem Meere hinzeigend. »Da, wohin die abfallende Ebbe sie wahrscheinlich getragen hat!«
Doniphan kletterte bis zum äußerten Klippenrand und musterte die ganze Meeresfläche mit dem Fernrohr. Kein Leichnam schwamm da draußen! Die Körper der Verunglückten waren wahrscheinlich weit ins hohe Meer hinausgeschwemmt worden.
Doniphan kam zu Wilcox, Cross und Webb zurück, die bei dem Boot geblieben waren. Aber auch hier zeigte sich

keine nähere Spur von dem Unglücksfall. Das Boot war leer. Es mochte die Schaluppe eines Kauffahrers gewesen sein. Jetzt konnte sie niemand mehr brauchen, da die Planken der Steuerbordseite bei der Strandung in der Schwimmlinie durchbrochen waren. Nirgends fanden sich Lebensmittel, Werkzeuge oder Waffen. Nur am Hinterteile des Bootes zeigten zwei Namen an, zu welchem Schiff und welchem Heimathafen es gehört hatte:

»Severn – San Francisco«

Verbrecher auf der Insel

Seit dem Abmarsch Doniphans und seiner Gefährten gestaltete sich das Leben der jungen Kolonisten recht traurig. Gewiß konnte sich Briant keinen Vorwurf machen, und doch bedrückte es ihn mehr als die anderen, weil die Trennung ja seiner Person wegen erfolgt war. Vergebens suchte Gordon ihn zu trösten.

»Sie werden schon wiederkommen«, sagte er, »und vielleicht eher, als wir es selbst denken. So starrsinnig Doniphan auch sein mag, die Verhältnisse sind doch stärker als er. Ich möchte gleich eine Wette eingehen, daß sie noch vor Eintritt der rauhen Jahreszeit wieder bei uns in unserer Höhle eingetroffen sind.«

Briant schüttelte nur den Kopf, ohne sich weiter auszusprechen. »Vor Wiedereintritt der rauhen Jahreszeit!« hatte Gordon gesagt. Sollten die jungen Kolonisten gezwungen sein, einen dritten Winter auf der Insel zuzubringen? Sollte ihnen auch bis dahin noch keine Hilfe von außen zuteil werden? Wurden die umliegenden Teile des Stillen Ozeans wirklich auch während des Sommers nicht wenigstens von einigen Handelsschiffen befahren, und sollte das auf dem Gipfel des Auckland-Hügels errichtete Ballon-Signal nicht doch einmal bemerkt werden? Freilich konnte man diesen Ballon nur in ziemlich beschränktem Umkreise wahrnehmen. Immer wieder überlegte sich deshalb Briant Mittel, irgendein Signal in bedeutender Höhe anzubringen. Er sprach ziemlich häufig darüber, und eines Tages meinte er zu Baxter, ob es denn nicht möglich sei, einen großen Drachen aufsteigen zu lassen.

»Es fehlt uns dazu weder an Leinwand noch an Hanfschnur«, setzte er hinzu, »und wenn wir diesem Flugapparat eine hinreichende Größe geben, muß er sehr hoch steigen können.«

»Mit Ausnahme der Tage, an denen sich überhaupt kein Lüftchen regt«, wandte Baxter ein.

»Solche Tage sind sehr selten«, antwortete Briant, »und bei gänzlicher Windstille steht es uns ja frei, unsere Versuche zu unterlassen. Wenn der Drachen übrigens tagsüber auf große Entfernungen hin sichtbar wäre, so würde er es auch in der Nacht sein können, wenn wir am Schwanz oder am Rumpf eine unserer Signallaternen anbrächten.«

Alles in allem erschien diese neue Idee Briants schon durchführbar, hatten die Jungen doch in Neuseeland oft genug solche Drachen gebaut und steigen lassen.

Als der Plan Briants bekannt wurde, freuten sich besonders die Kleinen darüber, die alles nur als einen großen Spaß ansahen.

»Dem werden wir aber einen gewaltig langen Schwanz anhängen«, sagte Dole.

»Und wir schicken ihm auch kleine Postillione nach!« fügte Iverson hinzu.

Schon am zweiten Tag nach dem Aufbruch Doniphans und seiner Begleiter gingen Briant und Baxter also ans Werk. »Die werden aber Augen machen, wenn sie den großen Burschen in der Luft schweben sehen«, rief Service. »Wie ewig schade, daß meine Robinsons niemals auf den herrlichen Gedanken gekommen sind, so einen Drachen aufsteigen zu lassen!«

»Wird man ihn aber auch von allen Punkten unserer Insel wahrnehmen können?« fragte Garnett.

»Nicht allein von unserer Insel aus«, antwortete Briant, »sondern auch im großen Umkreis auf dem Meere.«
»Kann man ihn auch von Auckland aus sehen?« rief Dole.
»Das leider nicht«, antwortete Briant lächelnd. »Wenn aber Doniphan und die anderen ihn erblicken, so veranlaßt sie das vielleicht, doch wieder hierher zu uns zurückzukehren!« Briant dachte eben immer noch an die Abwesenden und wünschte sehnlichst, daß diese verderbliche Trennung bald ihr Ende finden möge.
An den folgenden Tagen arbeiteten die Jungen fleißig. Baxter schlug vor, dem Drachen eine achteckige Form zu geben. Das sehr leichte und doch sehr widerstandsfähige Gerippe des Apparates wurde aus einer Art ganz zähen Rohres hergestellt, das an den Ufern des Sees in großen Mengen vorkam. Die Stengel waren dabei auch kräftig genug, um selbst einen ziemlich starken Wind bequem auszuhalten. Auf dieses Rohrgestell ließ Briant nun leichte, mit Kautschuk getränkte Segel spannen, die zur Bedeckung der Oberlichtfenster des Schoners gedient hatten. Als Schnur sollte eine gegen zweitausend Fuß lange, ganz dünne, aber scharf gedrehte Leine verwendet werden, die sonst auf dem Schiff dazu diente, das Log nachzuschleppen, und die geeignet schien, auch eine sehr starke Anspannung auszuhalten.
Es versteht sich ganz von selbst, daß der Drachen mit einem prächtigen Schwanz geschmückt werden sollte, da er ja notwendig war, um das große Gestell im Gleichgewicht zu halten. Die Schnur sollte über eine der sogenannten Drahtspille des Schoners gewickelt werden, denn bei starkem Wind hätten die Jungen den großen Drachen nicht mit der Hand halten können. So schafften sie das kleine Gerät auf die Sportterrasse und rammten es fest in den Boden ein, damit es auch dem Zug des »Riesen der Lüfte« – so hatten die Kleinen den Drachen einstimmig getauft – widerstehen konnte.
Nachdem sie diese Arbeit am Abend des 15. glücklich beendet hatten, bestimmte Briant den folgenden Nach-

mittag zum ersten Versuch, dem alle Jungen beiwohnen wollten. Am folgenden Tag erwies es sich jedoch unmöglich, den Versuch auszuführen, da ein so heftiger Sturm ausgebrochen war, daß er den Apparat sofort in Stücke zerrissen hätte, wenn er in die Luft aufgelassen worden wäre. Es war der gleiche Sturm, der Doniphan und seine Begleiter im nördlichen Teil der Insel überfallen und der auch gleichzeitig jene Schaluppe und die Schiffbrüchigen auf die Klippen der Insel geschleudert hatte, die daher später von den Jungen den Namen Severn-Riff erhielten.

Auch am Tag darauf, dem 16. Oktober, wehte noch eine so starke Brise, daß Briant seinen Drachen nicht erproben wollte. Da der Wind aber an Stärke sichtlich nachließ, sollte der Versuch am folgenden Morgen ausgeführt werden.

Es war am 17. Oktober – ein Datum, dem eine hervorragende Stelle in der Geschichte der Insel Chairman bestimmt sein sollte.

Das Wetter hatte sich sichtlich gebessert, und es wehte jetzt nur noch eine leichte, gleichmäßige Brise, die ganz geeignet schien, den Drachen in der Luft zu halten. Unter verschiedenen Vorbereitungen verging noch der Vormittag. So wurde es ein Uhr, bis der entscheidende Augenblick herankam. Schon sollte der auf der Erde liegende Drachen dem Druck des Windes preisgegeben werden, als die Aufmerksamkeit aller durch Phann abgelenkt wurde, der plötzlich an den Waldrand hinlief und ein so klägliches, so seltsames Bellen ertönen ließ, daß sich die Jungen mit Recht darüber verwunderten.

»Was mag Phann nur haben?« fragte Briant.

»Vielleicht hat er ein Tier unter den Bäumen aufgespürt«, antwortete Gordon.

»Nein, dann würde er ganz anders anschlagen.«

»Wir wollen doch nachsehen!« rief Service.

»Aber nicht unbewaffnet!« setzte Briant hinzu.

So liefen Service und Jacques zur Höhle zurück und holten zwei Gewehre, dann gingen sie zusammen mit

Briant und Gordon langsam zum Saum des Waldes. Phann sahen sie nicht mehr, aber sie hörten ihn noch immer. Die Jungen mußten kaum fünfzig Schritte zurücklegen, als sie den Hund vor einem Baum erblickten, an dessen Fuß eine menschliche Gestalt lag.

Unbeweglich wie eine Tote lag da eine Frau ausgestreckt! Ihre Kleider, ein Rock aus dickem Stoff, ein baumwollenes, um den Leib gebundenes Tuch schienen noch in gutem Zustand zu sein. Ihr Gesicht aber ließ die Spuren entsetzlicher Leiden erkennen, obwohl sie von kräftiger Konstitution und höchstens vierzig bis fünfundvierzig Jahre alt sein konnte. Erschöpft von Strapazen, vielleicht auch von Hunger, hatte sie das Bewußtsein verloren, doch bewegten noch schwache Atemzüge ihre Lippen.

Die Erregung der jungen Kolonisten angesichts des ersten menschlichen Wesens, das sie seit ihrer Anwesenheit auf der Insel trafen, wird man sich leicht vorstellen können.

»Sie atmet! Sie atmet!« rief Gordon. »Es ist bestimmt nur der Hunger, der Durst...«

Jacques eilte bei diesen Worten schon in die Höhle zurück, von wo er etwas Schiffszwieback und eine Flasche mit Brandy herbeibrachte. Über die Frau niedergebeugt, öffnete Briant ihre festgeschlossenen Lippen, und es gelang ihm, ihr einige Tropfen des belebenden Getränkes einzuflößen.

Die Frau machte eine leichte Bewegung und hob dann die Augenlider. Ihr Blick wurde freier, als sie die um sie versammelten Kinder sah. Dann führte sie das ihr von Jacques dargebotene Stück Zwieback begierig zum Mund. Die Jungen erkannten, daß die Unglückliche mehr aus Mangel an Nahrung als aus Ermüdung dem Tod nahe gewesen war.

Doch wer war diese Frau? Würde es möglich sein, mit ihr einige Worte zu wechseln, sich mit ihr zu verständigen? Während Briant noch überlegte, richtete sich die Unbekannte auf und sprach in reinem Englisch die Worte: »Ich danke euch, liebe Kinder, ich danke!«

Eine halbe Stunde später legten Briant und Baxter sie in der Halle nieder. Sobald sie sich etwas erholt hatte, beeilte sie sich auch, den Jungen ihre Geschichte zu erzählen. Wir lassen hier die Worte der Fremden folgen, aus denen zu ersehen ist, daß sie bei den jungen Kolonisten keine geringe Aufregung hervorrufen mußten:

»Ich heiße Katherine Ready oder einfach Kate. Ich stamme aus den Vereinigten Staaten und stand schon seit zwanzig Jahren in den Diensten der Familie Benfield, die in Albany, der Hauptstadt des Staates New York, wohnte.

Vor einem Monat waren Mr. und Mrs. Benfield nach San Francisco gekommen, um hier an Bord des Kauffahrerschiffes ›Severn‹ zu gehen, mit dem sie nach Chile zu ihren Eltern reisen wollten. Auch ich sollte sie auf dieser Überfahrt begleiten.

Die ›Severn‹ galt als ein tüchtiges Fahrzeug und hätte ohne Zweifel eine glückliche Fahrt gehabt, wenn nicht die neu angeworbene Besatzung, die aus acht Männern bestand, eine Bande von Schurken der schlimmsten Art gewesen wäre. Neun Tage nach der Abfahrt unternahm einer von ihnen, Walston, unterstützt von seinen Spießgesellen, eine Meuterei, bei der nicht nur der Kapitän des Schiffes und sein Obersteuermann, sondern auch gleichzeitig Herr und Frau Benfield getötet wurden. Die Meuterer planten, das Schiff zum Sklavenhandel zu verwenden, der noch in einigen Ländern Südamerikas in Blüte steht. Nur zwei Personen waren an Bord verschont geblieben. Ich, weil sich für mich der Matrose Forbes – ein weniger grausamer Geselle als die andern – eingesetzt hatte, und noch ein Steuermann der ›Severn‹, ein Mann von dreißig Jahren namens Evans, den sie wegen der Führung des Schiffes nicht entbehren konnten. Als sich jene schrecklichen Szenen in der Nacht vom 7. zum 8. Oktober abspielten, befand sich die ›Severn‹ etwa dreihundert Kilometer von der chilenischen Küste entfernt.

Unter Androhung des Todes wurde Evans nun gezwungen, den Kurs auf das Kap Hoorn zu halten, von dem aus das Schiff dann nach der Westküste Afrikas segeln sollte. Einige Tage später brach jedoch aus irgendeinem niemals bekannt gewordenen Grund Feuer an Bord aus. In kürzester Zeit gewann es eine solche Ausdehnung, daß Walston und seine Genossen die ›Severn‹ vergeblich vor der gänzlichen Zerstörung zu bewahren sich bemühten. Einer von ihnen fand dabei sogar den Tod, die andern mußten das Schiff verlassen. In größter Eile warfen sie etwas Proviant, Munition und Waffen in die große Schaluppe und ruderten von der ›Severn‹ weg, bevor sie in die Tiefe versank. Unsere Lage war äußerst kritisch, da uns noch dreihundert Kilometer von dem nächsten Land trennten. Weshalb die Meuterer außer dem Steuermann Evans, den sie ja dringend benötigten, auch mich mit auf die Schaluppe genommen haben, konnte ich nicht erfahren. Vielleicht war es doch dem Einfluß Forbes' zu verdanken, daß man mich nicht mit der ›Severn‹ untergehen ließ.

Am zweiten Tag nach dem Schiffbruch erhob sich ein wütender Sturm, der unsere Lage wesentlich verschlimmerte. Da der Wind von der See her wehte, wurde das Boot mit gebrochenem Mast und zerrissenen Segeln hier an Land getrieben.

Erschöpft von dem langen Kampf gegen den Sturm, konnten Walston und seine Gefährten, deren Proviant auch fast zu Ende gegangen war, sich nicht mehr gegen die Kälte und die Ermattung schützen. Eine ungeheure Welle warf kurz vor der Strandung fünf von ihnen über Bord, während ich zusammen mit den beiden anderen auf den Sand geschleudert wurde.

Lange Zeit blieben wir bewußtlos liegen. Auch als ich wieder zu mir kam, rührte ich mich nicht, obwohl ich annehmen konnte, daß Walston und die übrigen umgekommen seien. Ich wollte den Tag abwarten, um erst dann in diesem unbekannten Land Hilfe zu suchen, als ich gegen drei Uhr morgens im Sande neben dem Boot Schritte knirschen hörte.

Es waren Walston, Brandt und Rock, die sich aus den Wellen gerettet hatten. Nun beeilten sie sich, ihre beiden Genossen Forbes und Pike, die auf der anderen Seite der gestrandeten Schaluppe lagen, wieder ins Leben zurückzurufen. Dann verhandelten sie hin und her, was nun zu beginnen sei, dabei erzählten sie auch, daß der Steuermann Evans einige hundert Schritte weiter von den letzten beiden Meuterern, Cope und Book, bewacht werde. Ich hörte deutlich, wie sie folgende Worte wechselten:

›Wo sind wir?‹ fragte Pike.

›Ich weiß es nicht‹, antwortete Walston. ›Doch das tut nichts; wenn es Tag wird, können wir ja sehen, wie wir uns aus der Schlinge ziehen.‹

›Und unsere Waffen?‹ fragte Forbes.

›Die sind hier samt der unbeschädigten Munition‹, erwiderte Walston.

Dabei entnahm er dem Kasten der Schaluppe fünf Gewehre und mehrere Päckchen mit Patronen.

›Das ist freilich wenig‹, meinte Pike, ›um sich in diesem vielleicht von Wilden bewohnten Land seiner Haut zu wehren.‹

›Was wird mit Evans?‹ erkundigte sich Brandt.

›Der muß uns wohl oder übel begleiten, und wenn er sich weigert, werde ich ihm schon Vernunft beibringen.‹

›Was ist denn aus Kate geworden?‹ fragte Rock. ›Sollte es ihr gelungen sein, sich zu retten?‹

›Kate‹, antwortete Walston, ›oh, von der ist nichts zu fürchten. Ich habe sie über Bord gehen sehen, noch ehe das Boot richtig auf Grund geriet, und sie liegt also jedenfalls da unten.‹

›Da fällt mir ein Stein vom Herzen!‹ ließ sich Rock vernehmen. ›Sie wußte von uns doch etwas zu viel!‹

›Aber lange wäre das auch nicht der Fall gewesen!‹ setzte Walston hinzu, und über den Sinn seiner Worte hätte sich niemand täuschen können. Immerhin bewahrten sie mich davor, daß die Männer nach mir suchten, und so konnte ich unbemerkt in der Dunkelheit liegen bleiben. Wenige

Minuten später trugen Walston und seine Spießgesellen ihre Waffen und Munition sowie die letzten Reste des Proviants, etwa fünf Pfund gepökeltes Fleisch und zwei oder drei Kürbisflaschen mit Wasser, von der Unglücksstätte weg. Als ich sie nicht mehr hörte, stand ich auf. Es war auch Zeit, denn die ansteigende Flut erreichte schon den Strand, und bald wäre ich von den Wellen fortgespült worden. Während Walston und seine Bande nach Osten hin wanderten, hielt ich mich nach der entgegengesetzten Richtung und kam so bis an diesen See, dessen Ufer ich immer weiter folgte. Einige wilde Beeren waren alles, womit ich mich stärken konnte.«

Das war in wenigen Worten der Bericht Kates.

Die Insel Chairman, auf der bisher die jungen Kolonisten in völliger Sicherheit gewohnt hatten, beherbergte nun sieben gefährliche Verbrecher. Würden sie zaudern, die Franzosenhöhle anzugreifen, wenn sie diese entdeckten? Gewiß nicht; sie mußten ein zu großes Interesse haben, sich der Vorräte zu bemächtigen, den Proviant wegzuführen, die Waffen und vor allem die Werkzeuge zu rauben, ohne die es ihnen unmöglich sein würde, die Schaluppe der »Severn« wieder in seetüchtigen Zustand zu setzen. Und welchen Widerstand vermochten dann Briant und seine Kameraden, von denen die größten fünfzehn, die kleinsten kaum zehn Jahre zählten, ihnen wohl zu leisten? Waren das nicht erschreckende Aussichten? Wenn dieser Walston auf der Insel blieb, hatten sie unbedingt einen Angriff zu erwarten.

Briant dachte sogleich daran, daß Doniphan und seine Gefährten jetzt zuerst bedroht sein mußten. Dabei ahnten sie ja gar nichts von der Gefahr, von den Verbrechern, die gerade dort sein mußten, wo die vier sich für später eine Wohnung suchen wollten. Genügte von ihrer Seite nicht ein einziger Flintenschuß, um Walston ihre Gegenwart zu verraten? Und dann würden wahrscheinlich alle in die Hände jener Schurken fallen, von denen sie gewiß kein Mitleid erwarten konnten.

»Wir müssen ihnen zu Hilfe eilen«, sagte Briant. »Schon morgen müssen wir sie unterrichtet...«

»...und zur Franzosenhöhle zurückgeführt haben«, ergänzte Gordon. »Mehr als je gilt es jetzt, zusammenzubleiben, um geeignete Maßnahmen gegen einen Angriff der Meuterer zu ergreifen.«

»Ich werde sie holen«, erklärte Briant energisch. »Ich werde mit Moko die Jolle benutzen. In wenigen Stunden können wir über den See und den Ostfluß hinuntergesegelt sein, wie wir es schon getan haben. Es spricht ja alles dafür, daß Doniphan an der Mündung des Flusses anzutreffen sein wird. Wir müssen auch noch diesen Abend abfahren, wenn die Dunkelheit uns gestattet, den See zu überqueren.«

»Mit einiger Mühe dürftet ihr alle sechs in der Jolle Platz finden, und könntet so verhältnismäßig rasch zurückkehren«, sagte Gordon.

Das schien wirklich der beste Vorschlag, nicht allein im Interesse Doniphans und seiner Gefährten, sondern auch in dem der ganzen Kolonie. Vier Jungen mehr – und nicht die schlechtesten –, diese Unterstützung war im Fall eines Angriffes nicht zu verachten. Andererseits durften sie keine Stunde verlieren, wenn sie vor Ablauf des nächsten Tages in der Franzosenhöhle vereinigt sein wollten.

Wie man leicht denken kann, konnte vom Steigenlassen des Drachens nun nicht mehr die Rede sein. Das wäre die größte Unklugheit gewesen, denn damit hätte man nicht den auf offener See vorübersegelnden Schiffen, sondern in erster Linie Walston und seinen Spießgesellen die Anwesenheit der Kolonisten verraten. Aus dem gleichen Grunde ließ Briant deshalb auch sofort den Signalmast auf dem Gipfel des Auckland-Hügels niederlegen.

Bis zum Abend blieben alle in der Halle eingeschlossen. Kate dachte schon gar nicht mehr an sich, sondern nur noch an die jungen Leute. Mußten sie weiter auf der Insel Chairman zusammenbleiben, so wollte sie ihnen eine treu ergebene Dienerin sein, wollte sie pflegen und lieben wie eine Mutter. Schon gab sie den Kleinsten Kosenamen, schon schlug Service in Erinnerung an seinen Lieblingsroman vor, sie »Freitagine« zu nennen, wie es Crusoe mit seinem Gefährten unvergänglichen Andenkens getan hatte, weil es auch gerade an einem Freitag gewesen war, an dem Kate nach der Insel Chairman kam. Dann fügte er noch hinzu: »Diese Übeltäter, nun, die entsprechen doch ganz den Wilden der Robinsone! Dort kommt auch allemal eine Zeit, wo sich Wilde einstellen, und immer auch ein Zeitpunkt, wo man sich der Burschen entledigt.«

Um acht Uhr abends hatten Briant und Moko die Vorbereitungen zur Abfahrt beendet. An Waffen nahmen sie jeder nur einen Revolver und ein langes Jagdmesser mit. Nachdem sie ihren Kameraden Lebewohl gesagt hatten, waren sie bald im Dunkel verschwunden. Eine leichte Brise, die von Norden her wehte, mußte, wenn sie anhielt, die Hin- wie die Rückfahrt der Jolle erleichtern. Die Nacht war sehr dunkel – ein glücklicher Umstand für Briant, der unbemerkt bleiben wollte. Den Weg bestimmte er mit seinem Kompaß und konnte so hoffen, das entgegengesetzte Ufer des Sees an der richtigen Stelle zu erreichen. Als sie sich dem Strand näherten, beobachteten sie sorgfältig die Gegend, weil sie immer fürchteten, ein Feuer wahrzunehmen, das aller Wahrscheinlichkeit nach auf die Anwesenheit Walstons und seiner Begleiter hindeuten mußte, da Doniphan sich doch wohl im Küstengebiet, an der Mündung des Ostflusses aufhielt.

Die Jolle landete tatsächlich nahezu an der gleichen Stelle wie bei der ersten Fahrt. Briant und Moko hatten also noch etwa einen Kilometer dem Ufer zu folgen, um die enge Bucht zu erreichen, von der aus das Wasser des Sees durch den Fluß ablief. Das erforderte eine gewisse Zeit, denn da der Wind jetzt von vorn herwehte, mußten sie die ganze Strecke rudern. Gegen halb elf Uhr ergriff Briant plötzlich den Arm Mokos. Wenige hundert Schritte vom rechten Ufer des Ostflusses entfernt, schimmerte ein halb erloschenes Feuer durch die Finsternis. Wer mochte dort lagern? Walston oder Doniphan? Diese Frage mußte entschieden sein, ehe sie sich weiter auf dem Fluß hineinwagen konnten.

»Setze mich ab, Moko«, sagte Briant.

»Soll ich nicht mitgehen?« fragte der Schiffsjunge.

»Nein, es ist besser, ich bin allein! Dann ist die Gefahr geringer, daß ich beim Anschleichen bemerkt werde.«

Die Jolle legte sich ans Ufer, und Briant sprang ans Land. In der Hand hielt er das Jagdmesser, im Gürtel steckte der Revolver, von dem er nur in der höchsten Not Gebrauch machen wollte, um kein Geräusch zu verursachen. Nachdem er das etwas ansteigende Ufergelände erklommen hatte, schlich er sich unter den Bäumen hin.

Plötzlich blieb er stehen. In der Entfernung von etwa zwanzig Schritten schien es ihm bei dem matten Licht, das vom Feuer verbreitet wurde, als bemerkte er einen Schatten, der ebenso durch das Unterholz hinschlich, wie er es eben getan hatte. In diesem Augenblick ertönte ein entsetzliches Gebrüll – dann sprang irgend etwas vor.

Es war ein großer Jaguar. Sofort erklangen laute Rufe: »Hierher! Zu Hilfe!«

Briant erkannte die Stimme Doniphans. Von dem Jaguar über den Haufen geworfen, wehrte sich Doniphan aus Leibeskräften, ohne doch von seinen Waffen Gebrauch machen zu können. Durch seine Rufe geweckt, lief jetzt Wilcox mit dem Gewehr im Anschlag herbei und wollte Feuer geben.

»Schieß nicht!« rief Briant, und noch ehe Wilcox ihn hatte ordentlich erkennen können, stürzte er sich auf die Bestie, die sich jetzt gegen ihn wandte, während Doniphan mühsam wieder aufstand.

Zum Glück konnte Briant noch zur Seite springen, nachdem er dem Jaguar mit seinem Messer eine tiefe Wunde beigebracht hatte. Das alles ging so schnell, daß weder Wilcox noch Doniphan das geringste dabei tun konnten. Zu Tode getroffen, sank das Tier zusammen, als jetzt auch Webb und Cross zu Hilfe geeilt kamen.

Der Sieg war Briant aber immerhin teuer zu stehen gekommen, denn von einem Tatzenschlag zerrissen, blutete seine Schulter ziemlich heftig.
»Wie kommst du hierher?« erkundigte sich Wilcox erstaunt.
»Das werdet ihr später erfahren«, antwortete Briant. »Kommt nur gleich mit!«
»Nicht eher, als bis ich dir gedankt habe, Briant!« sagte Doniphan. »Du hast mir das Leben gerettet.«
»Ich habe nur getan, was du an meiner Stelle auch getan hättest«, erwiderte Briant. »Aber sprechen wir jetzt nicht davon, folgt mir nur rasch.«
Obwohl, wie sich herausstellte, die Verletzung Briants nicht gefährlich war, mußte man sie doch mit einem Taschentuch verbinden, und während Wilcox das so gut wie möglich besorgte, konnte der Junge seine Kameraden über alles Vorgefallene unterrichten.
Die Männer also, die Doniphan als Leichen von den Wellen weggeschwemmt glaubte, waren noch am Leben und irrten jetzt auf der Insel umher. Es waren gefährliche, zu allem entschlossene Verbrecher! Jetzt gab es keine Sicherheit mehr auf der Insel Chairman. Deshalb also, aus Furcht, daß der Knall vernommen werden könnte, hatte Briant Wilcox zugerufen, nicht auf den Jaguar zu schießen. Deshalb hatte er nur das Jagdmesser benutzt, um das gefährliche Raubtier zu töten.
»Ach, Briant, du bist doch besser als ich!« rief Doniphan tief erregt und streckte ihm die Hand hin.
»Nein, Doniphan«, antwortete Briant; »doch da ich einmal deine Hand in der meinen halte, so werde ich sie nicht eher loslassen, als bis du einwilligst, wieder mit uns zurückzukehren.«
»Ja, gern«, versicherte Doniphan. »Rechne auf mich! In Zukunft werde ich der erste sein, dir zu gehorchen. Morgen mit Tagesanbruch ziehen wir davon.«
»Nein, sofort«, drängte Briant, »damit wir noch ungesehen davonkommen können!«

»Aber wie denn?« fragte Cross.
»Moko ist mit hier, er erwartet uns mit der Jolle. Wir wollten eben in den Ostfluß einfahren, als ich den schwachen Schein eures Feuers bemerkte.«
Mit wenigen Worten erklärte Doniphan, warum sie an dieser Stelle und nicht an der Mündung des Ostflusses gelagert hatten. Sie waren alle noch am Abend des 16. nach dem Bärenfelsen-Hafen zurückgekehrt und von da aus am linken Ufer des Ostflusses bis zum See hinaufgezogen, wo sie Rast machten, um am nächsten Tag zur Franzosenhöhle weiterzumarschieren.
Jetzt kletterten sie also zu der Jolle hinunter, die für alle sechs fast zu klein war. So mußten sie sehr vorsichtig manövrieren; da der Wind jedoch günstig stand, leitete Moko das Boot mit solcher Sicherheit, daß die Überfahrt ohne Unfall gelang.
Am nächsten Morgen war die Kolonie also wieder vollzählig – ja sogar um ein Mitglied gewachsen, nämlich um Kate. Die Lage war für die Höhle äußerst gefährlich. Ohne Zweifel lag es zwar in Walstons Interesse, die Insel Chairman so schnell wie möglich wieder zu verlassen, erfuhr er aber von den sich hier bietenden Hilfsquellen, so würde er vor einem Angriff gewiß nicht zurückschrekken. Die jungen Kolonisten mußten sich also wohl oder übel den beschränkenden Vorsichtsmaßnahmen fügen, durften sich nicht mehr vom Rio Seeland entfernen und sich nicht in die weitere Umgebung des Sees hinauswagen, solange sie nicht mit Sicherheit annehmen konnten, daß Walston und seine Bande die Insel wieder verlassen hatten.
Da Doniphan nichts von der Anwesenheit der Matrosen bemerkt hatte, erschien es so gut wie sicher, daß Walston in der Richtung nach Osten gezogen war.
»Wohl möglich«, meinte Gordon. »Aber er hat an der Küste entlang wandern müssen, während wir geraden Weges durch den Wald gezogen sind. Nehmt die Karte zur Hand, und ihr werdet sehen, daß die Insel oberhalb der Enttäuschungs-Bai einen starken Bogen macht. Dort

liegt ein Gebiet, in dem die Verbrecher leicht haben Obdach suchen können, ohne sich zu weit von der Stelle, wo ihre Schaluppe gestrandet ist, entfernen zu müssen. Doch da fällt mir ein, vielleicht weiß Kate uns annähernd zu sagen, in welcher Gegend die Insel Chairman überhaupt liegt.«

Auf die Frage konnte die Frau aber keine Antwort geben. Nach dem Brand der »Severn«, und nachdem der Steuermann Evans die Führung der Schaluppe übernommen hatte, war er bestrebt gewesen, das Festland Amerikas, von dem die Insel also nicht gar zu weit entfernt sein konnte, anzulaufen. Da aber gerade die zahlreichen Inselgruppen der Küste in einer verhältnismäßig geringen Entfernung voneinander liegen, durften sie mit Wahrscheinlichkeit damit rechnen, daß Walston versuchen würde, das Festland zu erreichen, und daß er deshalb ein Interesse daran hatte, inzwischen auf dem östlichen Ufer zu verbleiben. Gelang es ihm nämlich, sein Boot wieder in seetüchtigen Zustand zu bringen, so konnte es keine zu große Mühe kosten, es nach irgendeinem Land Südamerikas zu führen.

»Hoffentlich hat Walston, als er nach der Mündung des Ostflusses kam, nicht Spuren von euch gefunden«, meinte Briant zu Doniphan.

»Was für Spuren?« antwortete Doniphan. »Ein Häufchen verglommener Asche? Was könnte er schon daraus schließen. Etwa, daß die Insel bewohnt sei? Nun, in diesem Fall, denke ich, würden die Schurken nur versuchen, sich zu verbergen.«

»Ganz richtig«, erwiderte Briant. »Außer, wenn sie zufällig erfahren, daß die Bevölkerung der Insel aus einer Handvoll Kinder besteht. Wir müssen also alles vermeiden, uns zu verraten. Kannst du dich erinnern, Doniphan, ob du bei deiner Rückkehr nach der Enttäuschungs-Bai etwa einzelne Flintenschüsse abgegeben hast?«

»Nein, ganz ausnahmsweise nicht«, versicherte Doniphan, »denn ich verknalle ja gern ein wenig Pulver! Aber seit wir die Küste verließen, waren wir hinreichend mit Wild versehen, und kein Knall hat daher unsere Gegenwart verraten können. Gestern nacht hätte zwar Wilcox beinahe auf den Jaguar gefeuert, glücklicherweise kamst du aber noch zur rechten Zeit, es zu verhindern – und um mir das Leben zu retten, indem du das deinige aufs Spiel setztest.«

Selbstverständlich war Briant seit seiner Heimkehr in die Franzosenhöhle sorgfältig gepflegt worden, so daß die Wunde rasch zuheilte. Er war nur noch etwas in seinen Armbewegungen behindert, doch auch dies verschwand schon nach kurzer Zeit gänzlich.

Inzwischen neigte sich der Monat Oktober seinem Ende zu, ohne daß von Walston in der Umgebung des Rio Seeland etwas zu entdecken gewesen wäre. Sollte er doch die Schaluppe ausgebessert haben und wieder abgefahren sein? Das schien nicht unmöglich; denn wie Kate sich erinnerte, besaß er eine Axt und konnte sich auch jener starkklingigen Messer bedienen, wie sie die Matrosen stets bei sich führen. An Holz fehlte es in der Nähe der Severn-Riffe außerdem ebenfalls nicht.

Doch bei der Unsicherheit, die in diesem Punkt herrschte, mußte doch die gewohnte Lebensweise in der Höhle weitgehend geändert werden, besonders konnten keine weiteren Ausflüge mehr unternommen werden. Zum Glück lieferten die in der Nähe errichteten Fallen und Schlingen eßbares Wild in ausreichender Menge, und außerdem hatten sich die Bewohner des Hühnerhofes so stark vermehrt, daß Service und Garnett sich gezwungen sahen, einen Teil davon zu opfern. Und selbst wenn der Winter eintrat, bevor die jungen Kolonisten ihre Freiheit wiedererlangt hatten, waren sie hinreichend mit Öl für ihre Laternen und mit Speisen für die Küche versehen. Nur Brennmaterial mußte hereingeholt werden; das fand sich aber immer in den umgestürzten Stämmen des Waldes, der auf dem kurzen Weg längs des Rio Seeland ohne besondere Gefahr erreicht werden konnte. Selbstverständlich achteten die

Jungen auch sorgfältig auf verdächtige Spuren in der Umgebung, konnten aber nichts wahrnehmen. Briant legte sich schon die Frage vor, ob die Matrosen von der »Severn« wirklich noch auf der Insel seien. Doniphan hatte jedoch mit eigenen Augen gesehen, in welch traurigem Zustand sich ihr Boot befand, daß der Mast abgebrochen, das Segel zerrissen und die Planken durch die Spitzen der Riffe durchlöchert waren. Freilich, wenn die Insel Chairman in der Nähe eines Festlandes oder einer Inselgruppe lag, so konnte die notdürftig ausgebesserte Schaluppe wohl benützt werden, um eine verhältnismäßig kurze Überfahrt zu wagen. Dem Steuermann Evans mußte die Lage der Insel doch irgendwie bekannt sein. Es war also möglich, daß Walston alles darangesetzt haben mochte, die Insel zu verlassen. Darüber mußte man sich jedoch erst Gewißheit verschaffen, ehe die gewohnte Lebensweise wiederaufgenommen werden konnte.

Mehrmals hatte Briant schon beabsichtigt, nach der Gegend im Osten des Sees auf Erkundung auszuziehen. Doniphan, Baxter und Wilcox wollten ihn begleiten. Es bestand aber doch die Gefahr, daß die Jungen bei dieser Gelegenheit Walston in die Hände fielen, und deshalb redete Gordon, dessen Rat noch immer williges Gehör fand, Briant seine Pläne aus. Da machte Kate einen Vorschlag, der nichts von diesen Gefahren befürchten ließ.

»Herr Briant«, begann sie eines Abends, als die jungen Kolonisten alle in der Halle versammelt saßen, »wollen Sie mir nicht erlauben, Sie morgen mit Tagesanbruch zu verlassen?«

»Uns verlassen?« fragte Briant.

»Ja, Sie können nicht immer in dieser Ungewißheit bleiben, und um zu erfahren, ob Walston noch auf der Insel ist, erbiete ich mich, nach der Stelle zu gehen, an die wir durch den Sturm verschlagen wurden. Ist die Schaluppe noch dort, so hat Walston nicht wegfahren können. Liegt sie aber nicht mehr am Strand, so haben Sie auch nichts mehr von ihm zu fürchten.«

»Was Sie tun wollen, Kate«, erklärte Doniphan, »ist genau das gleiche, was wir uns schon selbst vorgenommen hatten.«
»Zugegeben«, erwiderte Kate. »Doch was für Sie gefährlich wäre, kann es ja für mich nicht sein.«
»Doch Kate«, ließ Gordon sich vernehmen, »wenn Sie nun Walston wieder in die Hände fallen . . .«
»Nun«, antwortete Kate, »dann befinde ich mich eben nur in der gleichen Lage wie vor meiner Flucht, das ist alles.«
»Und wenn der Elende Sie gar umbringt?« meinte Briant.
»Oh, wenn ich ihm das erstemal entgangen bin«, gab Kate zuversichtlich zur Antwort, »warum sollte mir das nicht ein zweitesmal gelingen, zumal ich jetzt den Weg zur Franzosenhöhle kenne? Und wenn es sich fügt, daß ich etwa mit Evans fliehen könnte, dem ich alles, was Sie betrifft, gleich mitteilen würde, wie nützlich müßte der Steuermann für uns alle werden!«
»Wenn Evans die Möglichkeit zur Flucht geboten wäre«, wandte Doniphan ein, »warum sollte er sie noch nicht benutzt haben? Treibt ihn nicht das gleiche Interesse sich zu retten?«
»Doniphan hat recht«, sagte Gordon. »Evans kennt das Geheimnis Walstons und seiner Spießgesellen, die sich gar nicht besinnen würden, ihn zu töten, wenn sie seiner nicht zur Führung der Schaluppe nach dem Festland bedürften. Wenn er noch nicht geflüchtet ist, kann es nur daran liegen, daß er jeden Augenblick scharf überwacht wird.«
»Oder daß er einen Fluchtverusch schon mit dem Leben bezahlt hat!« setzte Doniphan hinzu. »Und auch Sie, Kate, wenn Sie wieder gefangen würden...«
»Glauben Sie mir«, versicherte Kate, »daß ich alles nur Mögliche tun werden, mich nicht wieder ergreifen zu lassen.«
»Daran zweifle ich nicht«, antwortete Briant, »wir werden aber nie zugeben, daß Sie sich dieser Gefahr aus-

setzen. Nein, es ist doch besser, ein weniger gefährliches Mittel zu ersinnen, um zu erfahren, ob Walston sich noch auf der Insel Chairman aufhält.«

Da Kates Vorschlag entschieden zurückgewiesen war, galt es nun weiterhin auf der Hut zu sein. War Walston überhaupt noch in der Lage, die Insel zu verlassen, so tat er das gewiß vor Eintritt der schlechten Jahreszeit, um nach einem Land zu kommen, wo man ihn und die Seinigen als Schiffbrüchige aufnehmen würde.

Wiederholt fuhren Doniphan, Briant und Moko in dunklen Nächten mit der Jolle über den See, beobachteten dabei aber niemals, weder am entgegengesetzten Ufer noch unter den Bäumen am Ostfluß, den Schein eines verdächtigen Feuers.

Immerhin blieb es sehr unangenehm, unter diesen Verhältnissen leben zu müssen, ohne den zwischen dem Fluß, dem See, dem Wald und dem Steilufer gelegenen Raum überschreiten zu dürfen. Briant sann deshalb auch unausgesetzt auf Mittel, sich über die Anwesenheit Walstons Gewißheit zu verschaffen und gleichzeitig sein Lager auszukundschaften. Um das zu erreichen, mußte man aber während der Nacht einmal die Insel von einer gewissen Höhe aus beobachten. Daran dachte Briant, und dieser Gedanke verwandelte sich in ihm allmählich zur fixen Idee. Leider gab es auf der Insel Chairman, abgesehen von dem Steilufer, keine einzige bedeutendere Bodenerhebung. Viele Male hatten Doniphan und zwei oder drei andere den Gipfel des Aucklandhügels bestiegen, konnten von dieser Stelle aus aber nicht einmal das jenseitige Seeufer erblicken, Rauch und Feuer waren unmöglich wahrzunehmen.

Nein, man hätte einige Hundert Fuß höher hinaufsteigen müssen, um einen Gesichtskreis zu gewinnen, der sich bis zu den ersten Felsen der Enttäuschungs-Bai hinaus erstreckte.

Da erwachte in Briant eine so kühne – man könnte sagen tollhäuslerische – Idee, daß er sie anfänglich selbst zu-

rückwies. Doch dann beschäftigte er sich immer von neuem damit.
Wie wir wissen, war das Vorhaben mit dem Drachen seinerzeit unterbrochen worden. Nach der Auffindung Kates hatte man ja wegen der Verbrecher auf das Projekt verzichten müssen, denn der Drachen wäre von allen Punkten der Insel aus sichtbar gewesen. Doch wenn man ihn nicht mehr als Signal verwenden konnte, war es da nicht möglich, ihn für das Auskundschaften zu verwerten? Daß ein solches Vorhaben gefährlich war, kümmerte Briant wenig. Das Risiko erschien ihm verschwindend gering gegenüber den Erfolgen, die er zu erzielen hoffte, und wenn alle von der Vorsicht gebotenen Maßregeln ergriffen wurden, bestand immerhin Aussicht, daß der kühne Versuch vollständig glückte. Briant war zwar nicht imstande, die Steigkraft, die ein Flugapparat dieser Art haben mußte, richtig zu berechnen, es genügte ihm aber, daß der Drachen vorhanden war, und es schien auszureichen, ihn zu vergrößern und ihm mehr Festigkeit zu verleihen. Stieg man dann damit in der Nacht einige hundert Fuß hoch in die Luft, so gelang es vielleicht, den Schein eines Lagerfeuers auf der Insel, und zwar allen Voraussetzungen nach in dem Teil zwischen dem Binnensee und der Enttäuschungs-Bai, zu entdecken.
Jetzt handelte es sich für ihn also nur noch darum, die Zustimmung seiner Kameraden zu erlangen. So setzte er am Abend des 4. November Gordon, Doniphan, Baxter, Wilcox und Webb von seinem Plan in Kenntnis.
»Wie meinst du denn das? Du willst doch nicht mit dem Drachen aufsteigen?« fragte Wilcox. Briant setzte nun sein Vorhaben in wenigen Worten näher auseinander, allerdings nicht ohne zu befürchten, daß es mit Kopfschütteln aufgenommen werde. Seinen Kameraden fiel es gar nicht ein, darüber zu lachen. Sie spürten nicht die geringste Veranlassung dazu, und bis auf Gordon, der sich fragte, ob Briant wirklich im Ernst sprach, schienen die anderen sehr geneigt, ihm völlig beizustimmen.

»Wird der Drachen aber überhaupt ein solches Gewicht tragen können?« bemerkte Doniphan.
»Gewiß«, antwortete Briant. »Natürlich werden wir ihn vergrößern und sein Gestell verstärken müssen. Alles hängt aber dabei von den Größenverhältnissen und von der Stärke des Windes beim Aufsteigen ab.«
»Welche Höhe glaubst du mit Rücksicht auf deinen Plan erreichen zu müssen?« erkundigte sich Baxter.
»Wenn man sechs- bis siebenhundert Fuß hinaufkäme«, antwortete Briant, »so müßte wohl von jedem beliebigen Teil der Insel her ein Feuer ohne weiteres wahrzunehmen sein.«
»Gut, das ist also auszuführen«, rief Service, der dem Gespräch gelauscht hatte, »und zwar ohne jedes Zögern! Ich für meinen Teil habe es herzlich satt, an jeder freien Bewegung gehindert zu sein.«
Als die anderen zu Bett gegangen waren, erkundigte sich Gordon bei Briant: »Sage mir einmal, ist es wirklich dein Ernst, ein solch halsbrecherisches Unternehmen zu wagen?«
»Ich will es mindestens versuchen.«
»Es ist aber höchst gefährlich!«
»Vielleicht weniger, als wir uns vorstellen.«
»Und wer von uns wird sich erbieten, bei diesem Versuch, sein Leben aufs Spiel zu setzen?«
»Du selbst wärst doch sicher der erste, Gordon, wenn dich das Los dazu bestimmte!«
»Soll denn darüber ein Los entscheiden?«
»Nein, wer von uns sich diesem Opfer unterzieht, der soll es aus freiem Entschlusse tun.«
»Deine Wahl ist wohl schon getroffen, Briant?«
»Vielleicht!«
Und Briant drückte warm die Hände Gordons.

Ein gefährlicher Versuch

Am Morgen des 25. November gingen Briant und Baxter ans Werk. Ehe sie den Drachen aber vergrößerten, schien es ratsam zu wissen, welches Gewicht er in seinem jetzigen Zustand zu tragen vermochte. Das mußte, da sie es nicht berechnen konnten, ein Versuch erweisen. Immerhin sollte der Drachen, abgesehen von seinem Eigengewicht, eine Last von mindestens hundertzwanzig bis hundertdreißig Pfund mitnehmen.

Es war nicht nötig, zu diesem ersten Versuch die Nacht abzuwarten. Da der Wind gerade von Südwesten her wehte, glaubte Briant die Gelegenheit nutzen zu müssen. Wenn der Drache nur in geringer Höhe festgehalten wurde, konnte man ihn vom östlichen Ufer aus bestimmt nicht wahrnehmen. Der Versuch gelang auch nach Wunsch und lieferte das Ergebnis, daß der Drache auch bei mäßigem Winddruck einen zwanzigpfündigen Sack aufhob. Die kleine Schnellwaage der »Sloughi« gestattete, dieses Gewicht sehr genau zu bestimmen. Der Drachen wurde nun wieder heruntergezogen und auf dem Boden der Sportterrasse niedergelegt.

In erster Linie verstärkte nun Baxter das Gestell mit Hilfe von dünnen Stricken, die in einem Mittelknoten so zusammenliefen, wie die Fischbeinstäbe eines Regenschirms in dem auf dem Stock gleitenden Ring. Dann vergrößerte er die Oberfläche, indem er das Gestell verlängerte und den Leinenbezug erweiterte. Bei dieser Arbeit half Kate, an Nadel und Faden fehlte es ja nicht, und die geschickte Aufwärterin verstand sich vortrefflich auf Näharbeiten.

Nach mehreren Versuchen fanden Briant und Baxter heraus, daß die Last am unteren Drittel des Gestells, und zwar an einer der Querlatten, befestigt werden mußte, die zur Spannung der Leinwand dienten. Zwei an dieses Querstück geknüpfte Stricke sollten die Last dann etwa zwanzig Fuß weiter unten schwebend erhalten. Die Halteschnur richtete man in einer Länge von etwa zwölfhundert Fuß vor, sie mußte so, das Durchbiegen eingerechnet, das Erreichen einer Höhe von sieben- bis achthundert Fuß gestatten.

Um endlich den Gefahren eines Absturzes so weit wie möglich vorzubeugen, wenn etwa die Schnur doch zerreißen oder das Gestell brechen sollte, beschlossen die Jungen, den Aufstieg über dem See selbst vorzunehmen. Einem geübten Schwimmer mußte es nach einem solchen Sturz immer noch möglich sein, das westliche Seeufer zu erreichen.

Nachdem der Drache vergrößert worden war, zeigte er eine Oberfläche von siebzig Quadratmetern, bei achteckiger Gestalt, der Radius maß fünfzehn und jede Seitenlinie etwa vier Fuß. Mit seinem sehr festen Gestell und der für den Wind undurchlässigen Leinwand mußte er ein Gewicht von hundert bis hundertzwanzig Pfund leicht mitnehmen.

Was die »Gondel« betraf, in der dann der Beobachter Platz nehmen sollte, so bestand sie einfach aus einem jener Körbe, wie sie auf Schiffen für mancherlei Zwecke dienten. Dieser Korb war tief genug, um einen Knaben von mittlerer Größe bis zur Achselhöhle aufzunehmen, und breit genug, um ihm sowohl freie Bewegung zu gestatten als auch ein Herausspringen zu ermöglichen, wenn das die Not erforderte.

Wie man sich leicht denken kann, war diese Arbeit nicht an einem Tag abgetan. Am Morgen des 5. begonnen, wurde sie erst am Nachmittag des 7. vollendet. Briant verlegte also auf diesen Abend einen Probeaufstieg, der die Steigkraft des Drachen und seine Stabilität in der Luft erkennen lassen sollte.

Während der letzten Tage hatte sich die allgemeine Lage in keiner Hinsicht verändert. Wiederholt waren Posten stundenlang zum Beobachten auf dem Steilufer geblieben. Sie sahen dabei aber nichts Verdächtiges, weder im Norden zwischen der Franzosenhöhle und dem Saum des Waldes noch im Süden jenseits des Flusses oder im Westen nach der Sloughibai zu, ebensowenig auch auf dem Familiensee, auf dem Walston doch leicht genug hätte vordringen können. Kein Knall ließ sich in der Umgebung des Auckland-Hügels hören, keine Rauchsäule stieg am Horizont auf.

Jetzt blieb nur noch eine technische Frage zu lösen übrig: Wie sollte der Beobachter in die Lage gesetzt werden, ein Signal zu geben, wenn er es für angezeigt hielt, wieder nach der Erde herabgezogen zu werden? Dafür sprach sich Briant aus, als ihn Doniphan und Gordon deshalb befragten.

»An ein Lichtsignal ist nicht zu denken«, erklärte er, »denn das könnte von Walston ebensogut bemerkt werden. Baxter und ich haben verabredet, daß ein Bindfaden, ebenso lang wie die Schnur des Drachens, am Korb befestigt werden soll, während das andere Ende unten auf der Erde in den Händen eines von uns bleibt. Durch diesen Bindfaden lassen wir eine kleine Bleikugel gleiten. Es wird dann genügen, die Kugel von oben am Bindfaden hinunterzulassen, und so das Zeichen zum Herunterziehen zu geben.«

»Gut ausgeklügelt!« meinte Doniphan.

Nachdem sie sich also über alles verständigt hatten, mußten sie nur noch den Probeaufstieg des Drachens allein mit einer entsprechenden Last vornehmen. Der Mond konnte vor zwei Uhr nachts nicht aufgehen, und es wehte überdies eine geeignete, von Südwesten kommende Brise. Die Bedingungen erschienen also ganz günstig, um noch am gleichen Abend zu diesem Versuch zu schreiten.

Um neun Uhr war es schon tief dunkel. Einige ziemlich dichte Wolken zogen durch die Luft über einen fast sternlosen Himmel hin. Der Apparat mochte sich jetzt noch so hoch erheben, er konnte doch nicht einmal aus der Nähe der Franzosenhöhle her mehr gesehen werden.

Doniphan und Wilcox hatten eine Winde von der

»Sloughi« nach der Mitte der Sportterrasse geschafft und gut im Erdboden befestigt. Die lange, sorgfältig aufgewickelte Schnur wurde ebenso wie der zum Signalgeben bestimmte Bindfaden so vorbereitet, daß sie ganz leicht abrollen konnten. In den Korb hatte Briant einen Sack mit Erde gesetzt, der genau 130 Pfund und damit mehr wog als der schwerste seiner Kameraden.
Doniphan, Baxter, Wilcox und Webb stellten sich bei dem etwa hundert Schritt von der Winde auf der Erde liegenden Drachen auf. Sie sollten ihn dann langsam in die Höhe richten. Sobald er, entsprechend seiner Neigung, genügend Wind abfing, wollten Briant, Gordon, Service, Garnett und Cross, die zur Bedienung der Winde bereitstanden, ihm je nach seinem Aufsteigen in die Luft mehr Schnur abrollen lassen.
»Achtung!« rief Briant.
»Wir sind fertig!« antwortete Doniphan.
»Los!«
Der Drachen erhob sich langsam, erzitterte und knarrte ein wenig unter dem Druck des Windes und neigte sich dann vorwärts.
»Nachlassen! Schnur nachlassen«, rief Wilcox.
Sofort begann die Welle der Winde sich infolge der Schnuranspannung zu drehen, während der Drachen sich mit dem belasteten Korb langsam in die Luft erhob. Sofort verschwand er aber auch schon in der Dunkelheit. Trotzdem man ihn nicht mehr sehen konnte, fühlten die Jungen, daß er gleichmäßig zog, ein Beweis dafür, daß in den oberen Schichten ein anhaltender Wind wehte, der nur einen mäßigen Druck ausübte, und daß auch die Waage an dem Apparat richtig angebracht war.
Briant ließ, um diesen Versuch den gegebenen Verhältnissen entsprechend so überzeugend wie möglich zu gestalten, die Schnur bis ans Ende ablaufen, wodurch er ihre Spannung beurteilen konnte, die sich übrigens als nicht übermäßig erwies. Von der Rolle waren zwölfhundert Fuß Schnur abgelaufen, und damit mußte sich der Drachen

auf sieben- bis achthundert Fuß erhoben haben. Der ganze Vorgang beanspruchte nicht mehr als etwa zehn Minuten. Dann setzten die Jungen wieder die Kurbel in Bewegung, um die Schnur einzuziehen. Dieser zweite Teil der Arbeit dauerte freilich weit länger, und sie brauchten nicht weniger als eine Stunde, um die lange Schnur wieder aufzuwickeln. Ganz wie bei einem Luftballon ist auch bei einem Drachen die Landung immer die schwierigste Aufgabe, wenn sie ohne Stoß erfolgen soll. Die Brise erwies sich jedoch als so beständig, daß auch das in der gewünschten Weise gelang. Der Drachen legte sich ganz sanft, fast genau an der Stelle, wo er emporgestiegen war, auf den Erdboden nieder. Er brauchte jetzt nur mehr auf der Erde festgehalten zu werden, um ihn keinen Wind fangen zu lassen, und Baxter erbot sich, zusammen mit Wilcox ihn bis zum Tagesanbruch zu überwachen.

Am anderen Tage, dem 8. November, sollte zur gleichen Stunde die entscheidende Auffahrt erfolgen. Jetzt warteten alle nur noch darauf, wieder in die Höhle zurückkehren zu können. Briant gab aber keine Anweisung dazu und schien vielmehr vollständig in Gedanken versunken.

»Gehen wir heim«, sagte endlich Gordon, »es wird schon spät.«

»Einen Augenblick«, rief plötzlich Briant. »Wartet doch ein wenig! Ich habe euch einen Vorschlag zu machen. Unser Versuch ist ganz nach Wunsch ausgefallen, denn der Wind hielt sich recht beständig und war weder zu stark noch zu schwach. Wissen wir aber schon, wie das Wetter morgen sein wird, ob der Wind uns morgen gestatten wird, den Drachen wirklich über dem See zu halten? Es schiene mir gut, unser Vorhaben nicht zu verschieben.«

»Gewiß, nachdem der Versuch einmal beschlossen wurde, dürfte das am besten sein«, entgegnete Doniphan. Nach diesen Worten trat aber Stille ein, und es schien, als ob alle für einen Augenblick zögerten, sich einer so schweren Gefahr auszusetzen. Als aber Briant die Frage stellte:

»Wer wird nun mit aufsteigen?«, rief eine Stimme sofort: »Ich!«
Es war Jacques, der sich gemeldet hatte, doch fast gleichzeitig erklang es auch: »Ich! Ich!«, und zwar von seiten Doniphans, Baxters, Wilcox' und Services.
Jacques nahm aber gleich wieder das Wort: »Laß mich es wagen, Bruder! Mir kommt es zu. Ich bitte dich, laß mich mit aufsteigen!«
»Und warum dir mehr als uns, mehr als jedem anderen?« ließ Doniphan sich vernehmen.
»Ja, warum?« fragte Baxter.
»Weil es meine Pflicht ist!« stieß Jacques hervor.
»Deine Pflicht?« wiederholte Gordon.
»Was ist da los, Briant?« erkundigte sich Doniphan.
»Jacques behauptet ein Recht darauf zu haben, sich für uns in Gefahr zu begeben. Haben wir denn nicht das gleiche Recht? Was hat er getan, um es für sich zu beanspruchen?«
»Was ich getan habe«, antwortete Jacques zaudernd, »nun, so will ich es euch sagen…«
»Jacques!« rief Briant bestürzt, als wollte er das Geständnis seines Bruders verhindern.
»Nein!« rief Jacques mit von Erregung unterbrochener Stimme.
»Laß mich alles gestehen, es lastet zu schwer auf mir! Gordon, Doniphan ... ihr alle, wenn ihr euch hier befindet, fern von euern Eltern auf dieser Insel… so bin ich… ich allein schuld daran! Daß die ›Sloughi‹ aufs hohe Meer trieb… kam daher, daß ich aus Unverstand… nein, aus Scherz… in sinnloser Spielerei… die Taue löste, die das Schiff am Kai von Auckland festhielten. Und dann, als ich die Jacht abtreiben sah, habe ich den Kopf verloren, habe nicht um Hilfe gerufen, als es noch Zeit war. Dann… eine Stunde päter… in dunkler Nacht… auf offener See… ach, verzeiht Freunde, verzeiht!«
Der arme Junge schluchzte bitterlich, trotz Kates Bemühungen, ihn zu beruhigen.

»Gut, Jacques!« sagte jetzt Briant. »Du hast deinen Fehler eingestanden und willst jetzt das Leben daranwagen, ihn wiedergutzumachen oder wenigstens teilweise das Übel auszugleichen.«

»Hat er das nicht schon längst ausgeglichen?« fiel ihm Doniphan ins Wort. »Hat er sich nicht zwanzigmal Gefahren ausgesetzt, um uns einen Dienst zu erweisen? Oh, Briant, jetzt verstehe ich auch, warum du deinen Bruder immer zuerst ins Treffen schicktest, wenn es ein gefährliches Wagestück galt. Aus diesem Grunde wagte er sich in den dicken Nebel hinaus, um Cross und mich zu suchen. Mit eigener Lebensgefahr zu suchen! Ja, Jacques, wir verzeihen dir, und du hast es nicht nötig, dir noch besonders Vergebung für deinen Fehler zu erkaufen!«

Alle umringten Jacques und drückten ihm die Hände. Aber gegenüber dem Geständnis, das er eben abgelegt hatte, gegenüber dem von ihm geforderten Recht versuchte Doniphan und die anderen vergebens Einspruch zu erheben. Es blieb nichts übrig, als ihm zuzugestehen, sich dem Wind, der etwas Neigung zum Auffrischen zeigte, anzuvertrauen.

Jacques dankte den Kameraden; schon bereit, in dem von dem Erdsack befreiten Korb Platz zu nehmen, wandte er sich noch einmal an Briant zurück. Dieser stand regungslos einige Schritte hinter der Winde, rief dann aber plötzlich: »Halt, Jacques, du bleibst da, denn ich werde mit aufsteigen!«

»Du?« rief Doniphan erstaunt.

»Ja, ich! Ob Jacques' Vergehen durch ihn oder durch seinen Bruder wettgemacht wird, ändert doch nichts. Als mir übrigens der Gedanke zu diesem Unternehmen kam, hatte jemand glauben können, ich hätte die Absicht, es einen andern ausführen zu lassen?«

»Bruder«, bat Jacques, »ich bitte dich darum!«

»Nein!«

»Dann überlaß mir die Ausführung«, sagte Doniphan.

»Nein, Doniphan«, entgegnete Briant mit einem jeden

Widerspruch ausschließenden Ton. »Nur ich selbst werde mit aufsteigen. Ich will es!«

»Das wußte ich im voraus, Briant«, sagte Gordon, indem er die Hand des Freundes drückte.

Briant stieg in den Korb, und als er ordentlich Platz genommen hatte, gab er den Befehl, den Drachen aufzurichten. Der sich unter dem Druck des Windes neigende Apparat stieg zuerst langsam empor, dann ließen Baxter, Wilcox, Cross und Service, die an der Winde standen, mehr Schnur ablaufen, während Garnett, der den Signal-Bindfaden in der Hand hielt, auch diesen nachgleiten ließ. Binnen zehn Sekunden war der Drachen im Dunkeln verschwunden, er stieg regelmäßig, doch langsam. Die Gleichmäßigkeit der Brise sicherte ihm ein vollkommenes Gleichgewicht, so daß er kaum von einer Seite zur anderen schwankte.

Briant hielt sich selbst unbeweglich und hatte mit beiden Händen die Aufhängeleine der eigentümlichen Gondel fest gepackt, die kaum eine leichte Schaukelbewegung machte. Die Angst, die er erst beim Aufsteigen empfunden hatte, schwand und machte seiner alten Kaltblütigkeit Platz.

Zehn Minuten nachdem der Drachen den Boden verlassen hatte, verriet ein schwacher Ruck, daß seine Aufwärtsbewegung zu Ende war. Briant begann ganz ruhig seine Beobachtungen. Mit einer Hand sich an den Aufhängeleinen haltend, führte er das Fernrohr mit der anderen vor die Augen. Unter ihm herrschte tiefe Dunkelheit. See, Wälder und Steilufer bildeten eine verschwommen Masse, von der er keine Einzelheiten unterscheiden konnte. Der Umkreis der Insel hob sich dagegen deutlich genug vom Meer ab, und von seinem Standpunkt aus konnte Briant sie sogar im ganzen Umfang übersehen. Hätte er diesen Ausflug am hellen Tage ausgeführt und seine Blicke über den lichtbedeckten Horizont schweifen lassen, so würde er vielleicht entweder andere Inseln oder selbst ein Festland haben entdecken müssen, wenn ein solches innerhalb eines Halbmessers von siebzig bis achtzig Kilometern lag, eine Entfernung, die sein Gesichtskreis gewiß umfaßte. War jetzt gegen Westen, Norden und Süden der Himmel so bewölkt, daß er nach dieser Seite nichts zu erkennen vermochte, so war das in der Richtung nach Osten nicht der Fall, wo ein kleiner Abschnitt des Firmaments, von Wolken ganz frei, einzelne Sterne aufflackern ließ. Gerade nach dieser Seite rief ein ziemlich heller Schein, der sich an den niedrigen Wolkenschichten noch spiegelte, Briants Aufmerksamkeit wach. »Das ist der Schein eines Feuers!« sagte er sich. Sollte Walston sein Lager dort aufgeschlagen haben? Nein, dieses Feuer war viel zu weit entfernt und befand sich unzweifelhaft außerhalb der Insel! Sollte es der Ausbruch eines Vulkans sein? Jetzt fiel es Briant wieder ein, daß er bei seinem letzten Zug nach der Enttäuschungs-Bai einen weißlichen Fleck im Fernrohr beobachten konnte.

»Ja«, murmelte er für sich, »das war in der Richtung. Und dieser Fleck gehört vielleicht zu einem Land, ganz nahe bei der Insel Chairman!«

In diesem Augenblick bemerkte er auch noch einen zweiten Lichtschein, nur viel näher, höchstens sieben bis acht Kilometer weit, und demnach auf der Insel. Zwischen den Bäumen im Osten des Sees flammte deutlich ein Feuer auf. »Das ist aber im Wald«, sagte er sich, »und zwar an dessen Saum, nach der Seite der Küste hin.«

Es schien jedoch, als wäre dieser helle Glanz nur sichtbar geworden, um sofort wieder zu verschwinden, denn es gelang Briant vorerst nicht, ihn noch einmal wahrzunehmen. Aber für ihn stand es fest, dort, nicht weit, an der Mündung des Ostflusses loderte ein Lagerfeuer. Er hatte das bestimmt gesehen und da, da erblickte er es noch einmal, wie es durch das Dickicht der Bäume schimmerte! Walston und seine Bande lagerten also dort in der Nähe des kleinen Hafens. Die Mordgesellen von der »Severn« hatten die Insel Chairman nicht verlassen. Die jungen Kolonisten waren ihrem Angriff nach wie vor ausgesetzt,

und noch immer gab es keine Sicherheit. Welche Enttäuschung bereitete das Briant! Offenbar hatte Walston bei der Unmöglichkeit, seine Schaluppe auszubessern, darauf verzichten müssen, wieder in See zu gehen, um eines der benachbarten Länder zu erreichen.
Da Briant seine Beobachtungen beendet hatte, hielt er es für nutzlos, seinen Aufenthalt noch weiter zu verlängern. Der Wind frischte jetzt auch merkbar auf. Nachdem er sich überzeugt hatte, daß der Signalfaden hinreichend angespannt war, ließ er die Kugel hinabgleiten, die in wenigen Sekunden in die Hand Garnetts lief.
Sogleich begann die Schnur an der Winde den Drachen nach dem Boden hinabzuziehen.
Man kann sich vorstellen, daß Gordon und die anderen das Signal zum Absteigen mit größter Ungeduld erwartet hatten, denn die zwanzig Minuten, die Briant oben in der Luft verweilte, erschienen ihnen wie Stunden. Inzwischen handhabten Doniphan und seine Gefährten nach Kräften die Kurbeln der Winde. Auch sie merkten ja, daß der Wind an Stärke zunahm und jetzt auch weniger regelmäßig wehte. Sie empfanden das an den Stößen der Schnur und dachten nicht ohne Besorgnis an Briant. Aber dreiviertel Stunden nach dem von Briant gegebenen Signal blies der Wind mit voller Kraft. In diesem Augenblick mochte der Drachen noch gegen hundert Fuß über den See schweben. Plötzlich erfolgte ein sehr heftiger Ruck. Wilcox, Doniphan, Service, Webb und Baxter, denen jeder Widerhalt fehlte, wären dabei bald zur Erde gestürzt. Die Schnur des Drachens war gerissen. Die Jungen schrien laut auf und standen dann wie gelähmt, aber ehe sie sich noch richtig von ihrem Schrecken erholt hatten, sahen sie schon eine Gestalt aus dem See auf den Strand kriechen. Es war Briant!
Im Augenblick, als die Schnur riß, fühlte Briant, daß der Drachen über ihm eine Art Fallschirm bildete, der seinen Sturz sichtlich minderte. Er mußte also nur darauf achten, möglichst rasch aus dem Korb freizukommen, ehe dieser

noch die Oberfläche des Sees erreichte. Kurz vor dem Untertauchen sprang er kopfüber hinaus, und da er ein guter Schwimmer war, bereitete es ihm keine besonderen Schwierigkeiten, das höchstens dreihundert Fuß entfernte Ufer zu gewinnen.

Nachdem Briant seinen Gefährten kurz berichtet hatte, gingen sie alle in ihre Höhle zurück, wo Moko den Rest der Nacht über die Wache übernahm. An nächsten Morgen besprachen die Großen ausführlich die Lage. Jetzt waren, wie Gordon bemerkte, schon vierzehn Tage verflossen, seit Walston und dessen Begleiter sich auf der Insel aufhielten.

Wenn sie also bis jetzt die Schaluppe noch nicht ausgebessert hatten, so konnte das nur daran liegen, daß ihnen die notwendigen Werkzeuge fehlten.

»Das muß wohl so sein«, sagte Doniphan, »denn eigentlich schien mir jenes Boot gar nicht so sehr beschädigt. Wäre unsere ›Sloughi‹ beim Stranden nicht ärger zugerichtet worden, so wäre es uns bestimmt gelungen, sie wieder in seetüchtigen Zustand zu versetzen.«

Wenn Walston indes noch nicht abgefahren war, so durfte man deshalb nicht annehmen, daß er beabsichtigte, sich auf der Insel Chairman festzusetzen, denn dann hätte er unzweifelhaft auch das Innere des Landes schon eingehender untersucht, und die Franzosenhöhle konnte dabei von seinem Besuche nicht verschont bleiben. Briant erläuterte noch einmal seine Beobachtungen und hob dabei hervor: »Gestern nacht, als ich den Horizont ins Auge faßte, unterschied ich einen Lichtschein, der bestimmt außerhalb der Insel zu suchen war und der nur von einem tätigen Vulkan herrühren kann. Ich nehme an, daß in jener Gegend also Land liegen muß. Die Matrosen der ›Severn‹ werden das selbstverständlich auch wissen und alles daransetzen, um dorthin zu gelangen.«

»Daran zweifle ich nicht«, antwortete Baxter. »Was würden sie auch hier noch gewinnen? Offenbar rührt der Umstand, daß wir von ihrer Anwesenheit noch nicht befreit sind, daher, daß sie ihre Schaluppe noch nicht genügend auszubessern vermochten.«

Was Briant hier seinen Kameraden mitteilte, war von größter Wichtigkeit. Es gab ihnen die Gewißheit, daß die Insel Chairman nicht, wie sie geglaubt hatten, ganz isoliert in diesem Teil des Stillen Ozeans lag. Was die Sache aber verschlimmerte, war der Umstand, daß Walston sich jetzt in der Nähe der Mündung des Ostflusses aufhielt. Nachdem er die Küste verlassen hatte, war er nun um etwa achtzehn Kilometer näher hierhergekommen. Er brauchte nur noch den Ostfluß hinaufzugehen, um in die Sicht des Sees zu gelangen, und wenn er um dessen Südspitze herumzog, mußte er die Höhle der Jungen entdecken.

Im Hinblick auf diese Möglichkeit traf Briant jetzt die strengsten Maßregeln. Er untersagte alle Ausflüge und beschränkte die Aufenthalte in der Umgebung der Höhle auf das Notwendigste. Die Jungen sollten nicht einmal mehr auf das linke Ufer des Flusses bis nach den Dickichten des Waldes gehen. Gleichzeitig verbarg Baxter die Umpfählung seines Viehhofes ebenso wie die beiden Eingänge zur Halle und zum Vorratsraum durch ein Gewirr von Buschwerk und Zweigen.

Es gab auch noch andere Gründe zu ernster Sorge. Costar wurde von einem Fieber ergriffen, das sein Leben zu bedrohen schien. Gordon mußte zur Apotheke des Schoners seine Zuflucht nehmen, fürchtete dabei aber immer, einen Irrtum begehen zu können. Glücklicherweise tat Kate für den Kranken, was eine Mutter für ihr eigenes Kind nur hätte tun können. Sie pflegte ihn mit großer Sorgfalt und wachte Tag und Nacht an seiner Seite. Dank ihrer Aufopferung ließ das Fieber endlich nach, und der Zustand des Jungen besserte sich sichtlich.

In den ersten vierzehn Tagen des Novembers regnete es auch häufig. Vom 17. an stieg das Barometer wieder auf Schönwetter, und es trat eine jener Jahreszeit entsprechende Wärme ein. Bäume, Büsche und Sträucher, die ganze Pflanzenwelt bildete bald ein Meer aus Grün und Blüten.

Um so drückender wurden für alle die Stunden in der Höhle. Baxter, der das Tagebuch führte, hatte gar nichts mehr einzutragen, und tiefe Entmutigung erfaßte auch die tatkräftigsten Naturen mit Ausnahme Gordons, der stets mit Einzelheiten seiner Verwaltungsarbeit beschäftigt war. Selbst Briant fühlte sich zuweilen sehr niedergedrückt, obwohl er alle Energie zusammenraffte, das nicht merken zu lassen. Er versuchte dagegen vielmehr dadurch anzukämpfen, daß er seine Kameraden antrieb, ihr Studium fortzusetzen, die festgesetzten Zusammenkünfte abzuhalten und zu lesen. Er rief in ihnen unaufhörlich die Erinnerung an die Heimat und an die Eltern wach, die sie gewiß einmal wiedersehen würden.

Evans Flucht

Am 21. November, gegen zwei Uhr nachmittags, war Doniphan am Gestade des Sees gerade mit Angeln beschäftigt, als seine Aufmerksamkeit durch das Geschrei von etwa zwanzig rabenähnlichen Vögeln abgelenkt wurde, die über dem linken Ufer des Flusses kreisten. Doniphan hätte sich um die laut schwärmende Schar nicht gekümmert, wenn ihr Verhalten nicht immerhin etwas besonders Auffallendes gezeigt hätte. Die Vögel beschrieben nämlich weite Kreise, deren Umfang sich mit ihrer Annäherung zur Erde immer mehr verminderte, dann stürzten sie plötzlich zu einer dichten Gruppe vereinigt auf den Erdboden nieder. Hier verdoppelte sich nun ihr Geschrei. Doniphan suchte sie aber vergeblich hinter dem hohen Gras, hinter dem sie verschwunden waren, zu beobachten. Da kam ihm der Gedanke, daß an jener Stelle wohl der Körper eines toten Tieres liegen möge. Neugierig zu erfahren, um was es sich handle, kehrte er zur Höhle zurück, besprach sich kurz mit Briant, und bat dann Moko, ihn mit der Jolle nach dem anderen Ufer des Flusses überzuführen. Beide bestiegen das kleine Boot, und wenige Minuten später schritten sie vorsichtig über den Grasteppich des Ufergeländes hinauf. Sogleich flatterten die Vögel empor und erhoben mit lautem Geschrei Widerspruch gegen die ungelegenen Störenfriede.

An der betreffenden Stelle lag tatsächlich der Körper eines jungen Guanakos, das erst seit einigen Stunden tot sein konnte, da es noch nicht einmal ganz erkaltet war. Doniphan untersuchte das Tier. An der Seite hatte es eine blutende Wunde, die nicht vom Zahn des Jaguar oder eines anderen Raubtieres herrührte. »Dieses Guanako hat offenbar einen Schuß erhalten«, bemerkte er.

»Hier ist der Beweis dafür!« antwortete der Schiffsjunge, der, nachdem er die Wunde mit seinem Messer untersucht hatte, daraus eine Kugel hervorbrachte. Diese Kugel zeigte weit mehr das Kaliber der auf Schiffen gebräuchlichen Gewehre als das einer Jagdflinte. Sie konnte also nur von Walston oder von einem seiner Gefährten herrühren. Doniphan und Moko fuhren rasch zur Franzosenhöhle zurück und besprachen sich da mit den Kameraden. Daß die Matrosen der »Severn« das Guanako niedergeschossen hatten, darüber gab es keinen Zweifel, obwohl weder Doniphan noch sonst ein anderer einen Schuß gehört hatte. Es schien nur wichtig zu wissen, zu welcher Zeit und an welchem Ort das Guanako diese Kugel erhalten hatte. Nach Prüfung aller Möglichkeiten schien es sicher, daß der Vorgang nicht mehr als fünf bis sechs Stunden zurücklag, die notwendige Zeit, in der das Tier bis an den Fluß gelangen konnte. Daraus folgte weiter, daß einer der Leute Walstons im Lauf des Morgens in der Nähe der Südspitze des Sees gejagt haben mußte, und daß die Bande nach Überschreiten des Ostflusses sich der Gegend der Franzosenhöhle mehr und mehr näherte. So verschlimmerte sich die Lage bedeutend, obgleich eine augenblicklich drohende Gefahr nicht vorlag.

Einige Tage später vergrößerte aber ein Vorfall die Besorgnisse und überzeugte die Jungen, daß die Sicherheit mehr denn je in Frage gestellt war.
Am 24., gegen neun Uhr vormittags, hatten Briant und Gordon eine Erkundung über den Fluß hinaus unternommen, um zu sehen, ob man nicht quer über den schmalen Fußpfad zwischen See und Sumpf eine Art Brustwehr aufschütten konnte. Unter dem Schutz dieser Brustwehr sollten Doniphan und die besten Schützen schnell Aufstellung nehmen können, wenn das Eintreffen Walstons zeitig genug gemeldet wurde.
Beide befanden sich höchstens dreihundert Schritte jenseits des Flusses, als Briant den Fuß auf einen Gegenstand setzte, den er dabei zertrat. Er achtete nicht weiter darauf, da er meinte, es sei eine von den Muscheln, die bei der Springflut über das Südmoor gespült werden. Gordon, der hinter ihm ging, hielt ihn jedoch an und sagte: »Warte doch!«
Er bückte sich und hob den zertretenen Gegenstand auf.
»Da sieh!« sagte er.
»Das ist ja eine Pfeife!« rief Briant.
In der Tat hielt Gordon eine schwärzlich gebrannte Tonpfeife in der Hand, deren Rohr dicht am Anfang des Kopfes gebrochen war.
»Diese Pfeife muß ein Mitglied der Bande verloren haben.«
Gordon und Briant kehrten sofort zur Höhle zurück. Hier konnte Kate, der Briant die Pfeife zeigte, bestätigen, daß sie diese in den Händen Walstons gesehen habe. Es gab also keinen Zweifel mehr, daß die Übeltäter schon bis über die äußerste Spitze des Sees hinausgelangt waren. Vielleicht hatten sie während der Nacht sogar das Flußufer erreicht.
Und wenn Walston die Franzosenhöhle entdeckt hatte, sollte er dann nicht auf den Gedanken kommen, daß hier Werkzeuge, Instrumente, Schießbedarf, Nahrungsmittel – kurz alles, was ihnen ganz oder beinahe fehlte, vorhanden

waren, und daß sieben kräftige Männer leicht genug mit einem guten Dutzend Jungen fertig werden konnten, besonders wenn es ihnen gelang, sie zu überraschen?

Angesichts dieser drohenden Gefahr verstärkten die Jungen noch ihre Wachsamkeit. Während des ganzen Tages blieb jetzt ein Beobachtungsposten auf dem Kamm des Auckland-Hügels, um jede verdächtige Annäherung, sowohl vom See, vom Wald oder vom Sumpf her, sofort melden zu können. Die Nacht über mußten sich zwei der Großen am Eingang der Halle und des Vorratsraumes aufhalten, um jedes Geräusch von außen zu erlauschen. Beide Türen wurden übrigens durch Pfähle verstärkt und mit großen, im Innern der Höhle schon angehäuften Steinen mußte es in kürzester Zeit möglich sein, sie vollständig zu verbarrikadieren. Von den beiden schmalen, durch die Wand gebrochenen Fensteröffnungen, die als Schießscharten für die zwei kleinen Kanonen dienten, verteidigte die eine den Vorraum nach der Seite des Rio Seeland, die andere nach der Seite des Sees. Übrigens lagen die Gewehre und Revolver geladen zur Hand, um beim ersten Alarm ihre Schuldigkeit zu tun.

So kam der 27. November heran, und es herrschte eine fast unerträgliche Hitze. Schwere Haufenwolken wälzten sich langsam über die Insel, und fernes Donnerrollen verkündete ein herannahendes Unwetter. Am Abend dieses Tages kehrten Briant und seine Kameraden zeitiger als sonst nach der Halle zurück, doch nicht ohne die seit einiger Zeit gewöhnliche Vorsicht, die Jolle im Innern des Vorratsraumes unterzubringen. Sie verschlossen sorgfältig die Tür und erwarteten alle nur noch die Zeit des Schlafengehens, nachdem sie noch ein gemeinschaftliches Gebet verrichtet und im Geist einen Gruß an ihre Angehörigen, die weit fort waren, gesandt hatten.

Gegen einhalb zehn Uhr wütete das Unwetter mit voller Kraft. Die Halle leuchtete vom Widerschein greller Blitze, der durch die Wandöffnungen eindrang. Unaufhörlich krachte und rollte der Donner, und es schien zuweilen,

als ob die ganze Masse des Auckland-Hügels bei dem betäubenden Geprassel erzitterte.
Costar, Dole, Iverson und Jenkins, die sich auf ihren Lagerstätten ausgestreckt hatten, fuhren immer wieder aus dem Schlaf auf. In der Felsenhöhle war jedoch noch nichts zu fürchten, auch wenn der Blitzstrahl die Uferhöhle zwanzig- oder auch hundertmal getroffen hätte.
Briant und Doniphan öffneten vorsichtig ein wenig die Tür, fuhren aber sofort von den Blitzen geblendet zurück, nachdem sie einen flüchtigen Blick nach draußen geworfen hatten. Der ganze Himmel war ein einziges Feuermeer, und der die zuckenden Blitze widerspiegelnde See schien eine blendende glutflüssige Masse einherzuwälzen. Zwischen zehn und elf Uhr setzten Donner und Blitz nicht einen Augenblick aus, erst kurz vor Mitternacht schien die Gewalt des Unwetters sich zu erschöpfen. Länger und länger werdende Zwischenräume trennten die Donnerschläge, die mit der Entfernung immer schwächer wurden. Dann erhob sich der Wind, trieb die nahe der Erde streichenden Wolken vor sich her, und bald prasselte der Regen in Strömen nieder.
Die Kleinen begannen sich allmählich wieder zu beruhigen. Zwei oder drei bisher von den Decken verhüllte Köpfe wagten sich wieder hervor, obgleich es für alle hohe Zeit war, endlich zu schlafen. Auch Briant und die anderen wollten sich, nachdem sie die gewöhnlichen Vorsichtsmaßregeln getroffen hatten, eben niederlegen, als Phann plötzlich ein Zeichen einer unerklärlichen Aufregung erkennen ließ. Er richtete sich in die Höhe, trabte nach der Tür und gab ein dumpfes anhaltendes Knurren von sich.
Die Jungen ergriffen ihre Gewehre und ihre Revolver. Dann ging Doniphan zum Eingang der Halle und Moko zu dem des Vorratsraumes. Obwohl beide das Ohr an die Tür legten, konnten sie doch kein Geräusch von außen vernehmen. Phann zeigte noch immer die nämliche Unruhe und begann bald sogar so wütend zu bellen, daß selbst Gordon ihn nicht zum Schweigen zu bringen ver-

mochte. Das war aber gerade jetzt recht unerwünscht. Wie man in ruhigen Augenblicken hätte das Geräusch eines Schrittes auf dem Vorland wahrnehmen können, so mußte das Gebell des Hundes draußen natürlich erst recht gehört werden.

Plötzlich ertönte ein Knall, der mit einem Donnerschlag gar nicht zu verwechseln war. Er rührte offenbar von einem Flintenschuß her, der höchstens zweihundert Schritte weit von der Franzosenhöhle abgefeuert sein konnte.

Alle hielten sich zur Abwehr eines Angriffs bereit. Mit den Gewehren in der Hand an den beiden Türen stehend, waren Doniphan, Baxter, Wilcox und Cross bereit, auf jeden Feuer zu geben, der diese zu stürmen wagen würde. Die anderen begannen schon, mit den bereitliegenden Steinblöcken die Türen zu verbarrikadieren, als sie eine Stimme von draußen hörten.

»Zu Hilfe! Zu Hilfe« ertönte es wie bittend. Kate, die in der Nähe stand, schrie auf: »Er ist es!«

»Wer?« fragte Briant.

»Öffnet nur schnell!« drängte Kate. Die Tür wurde aufgerissen und von Wasser triefend, stürzte ein Mann in die Halle.

Es war Evans, der Steuermann der »Severn«!

Kaum eingetreten, kehrte er sofort um und legte das Ohr an die schnell wieder geschlossene Tür, und erst als er von draußen nichts hörte, schritt er nach der Mitte der Halle zu. Jetzt konnten ihn die Jungen auch näher betrachten. Er mochte ein Mann von fünfundzwanzig bis dreißig Jahren sein, hatte breite Schultern, lebhafte Augen, eine offene Stirn, intelligente und einnehmende Züge, wenn sein Gesicht auch durch einen verwilderten, buschigen Bart zur Hälfte versteckt war.

»Kinder! Ja, nichts als Kinder!« waren die ersten Worte des Steuermanns. Plötzlich aber leuchteten seine Augen heller, sein Gesicht erglänzte vor Freude, und er breitete die Arme aus. »Kate!« rief er. »Sie leben also noch?« Bei

diesen Worten ergriff er die Hände der Frau, als wollte er sich überzeugen, daß sie kein Geist war.
»Ja, ich lebe noch, wie Sie, Evans!« antwortete Kate. »Gott hat mich errettet, wie er Sie errettet hat, und er ist's, der Sie diesen Kindern zu Hilfe schickt!«
Der Steuermann zählte mit den Augen die jungen Leute. »Fünfzehn!« sagte er. »Und kaum fünf bis sechs, die imstande wären, sich einigermaßen zu verteidigen!«
»Sind wir von einem Angriff bedroht, Master Evans?« fragte Briant sofort.
»Nein, junger Freund! Wenigstens für den Augenblick nicht«, erwiderte Evans.
Selbstverständlich drängte es alle, die Geschichte des Steuermanns kennenzulernen. Zunächst mußte Evans indes seine ganz durchnäßten Kleider ablegen, die vom Wasser trieften, da er den Rio Seeland hatte durchschwimmen müssen. Er war außerdem vor Anstrengung und Hunger erschöpft, da er seit vollen zwölf Stunden nichts gegessen und vom frühen Morgen an keinen Augenblick geruht hatte. Briant führte den Mann sofort nach dem Vorratsraum, wo Gordon ihm einen guten passenden Matrosenanzug aushändigte. Dann versorgte ihn Moko mit kaltem Wildbret, Schiffszwieback, einigen Tassen dampfenden Tees und einem ordentlichen Glas Brandy. Eine Viertelstunde später begann Evans den Bericht über die Ereignisse, die seit der unfreiwilligen Landung der Matrosen der »Severn« auf der Insel sich abgespielt hatten.
»Einige Augenblicke, ehe die Schaluppe auf den Strand geworfen wurde«, sagte er, »waren sechs Mann, darunter auch ich, bei den ersten Riffen hinausgeschleudert worden, doch trug außer ein paar Hautabschürfungen keiner bei diesem Unfall eine Verletzung davon. Sehr schwierig gestaltete es sich aber, in der Finsternis aus der Brandung und aus dem wütenden Meer herauszukommen. Nach großen Anstrengungen erreichten wir jedoch, Walston, Brandt, Rock, Book, Cope und ich, heil und gesund eine Uferstelle, welche die Wogen nicht mehr überfluteten.

Zwei Mann – Forbes und Pike – fehlten noch. Ob sie von einer Sturzsee hinausgespült worden waren oder sich auch gerettet hatten, konnten wir nicht entscheiden. Und was Kate betraf, so glaubte ich, daß sie von den Wellen mit weggezogen sei und fürchtete, sie niemals wiederzusehen. Als wir an den Strand gelangten, konnten wir die Schaluppe nicht gleich entdecken.«

»Aber einige von uns hatten sie schon vorher gesehen«, unterbrach ihn Briant.

»Schon vorher?« fragte Evans verwundert.

»Jawohl, Master Evans«, fuhr Doniphan fort. »Wir warren am Abend des Schiffbruchs gerade zu der Stelle gekommen, wo zwei Ihrer Kameraden im Sande lagen. Als wir nach Tagesanbruch wieder dorthin gingen, um ihnen die letzte Ehre zu erweisen, waren sie verschwunden.«

»Wahrhaftig«, nahm Evans wieder das Wort, »jetzt sehe ich, wie das alles zusammenhängt. Forbes und Pike, die wir ertrunken glaubten – oh, wäre es doch der Fall gewesen, so zählten wir jetzt zwei Schurken von diesen weniger! –, lagen damals nur in geringer Entfernung von der Schaluppe. Dort wurden sie dann später von Walston und den übrigen wiedergefunden und durch einen tüchtigen Schluck Gin ins Leben zurückgebracht.

Zum Glück für sie – wenn es auch ein Unglück für uns ist – waren die Kisten und Behälter des Bootes beim Stranden nicht zertrümmert worden. Munition, Waffen, fünf vom Schiff herrührende Gewehre und was an Proviant eingepackt worden war, alles wurde aus der Schaluppe geschafft, denn sie mußten ja befürchten, daß diese durch die nächste Flut gänzlich zerstört würde. Nachdem das geschehen war, verließen wir die Unglücksstätte und wanderten an der Küste hin in der Richtung nach Osten. Von Kate nahmen alle an, daß sie ertrunken sei. Doch, wo hatten Sie sich versteckt gehalten, Kate?«

Kate berichtete nun mit wenigen Worten von ihrer eigenen Rettung, dann fuhr Evans fort: »Eine Stunde später hatten wir eine Gruppe dicht stehender Bäume erreicht, wo wir uns für den Rest der Nacht lagerten. Am nächsten Morgen gingen wir noch einmal zur Schaluppe zurück und versuchten, ihre Planken auszubessern. Da wir an Werkzeugen aber nur eine einfache Axt besaßen, erwies es sich als unmöglich, die eingedrückte Bordwand wieder herzustellen, und das Boot auch nur für eine kurze Überfahrt seetüchtig zu machen. Wir brachen also wieder auf, um eine weniger trostlose Gegend als Lagerplatz zu wählen, wo die Jagd uns auch die tägliche Nahrung zu liefern versprach und wo wir gleichzeitig einen Fluß mit Süßwasser fanden, denn unser Vorrat war fast ganz erschöpft. Als wir so etwa fünfzehn Kilometer längs der Küste hinabgezogen waren, erreichten wir einen kleinen Fluß...«

»Den Ostfluß!« sagte Service.

»Meinetwegen den Ostfluß!« antwortete Evans. »Dort, im Hintergrund einer geräumigen Bucht, fand sich inmitten der Uferfelsen eine Art natürlicher Hafen...«

»Der Bärenfelsen-Hafen!« ließ sich jetzt Costar vernehmen.

»Du sollst recht haben, mein Kleiner, also der Bärenfelsen-Hafen«, erwiderte Evans. »Nichts schien leichter, als sich an dieser Stelle festzusetzen, und wenn wir die Schaluppe hierherschaffen konnten, so mußte es vielleicht gelingen, sie wieder in brauchbaren Zustand zu versetzen. Wir kehrten also nochmals zu den Klippen zurück, und nachdem wir die Schaluppe so viel wie möglich entlastet hatten, gelang es uns auch, obgleich das Wasser darin fast bis an den Bordrand reichte, sie am Strand hinzuschleppen und nach jenem Hafen zu bugsieren, wo sie jetzt in Sicherheit liegt.«

»Die Schaluppe liegt beim Bärenfelsen?« fragte Briant.

»Ja, mein Sohn, und ich glaube, es wäre möglich, sie zu reparieren, wenn wir nur die dazu nötigen Werkzeuge besäßen...«

»Aber die haben wir ja!« rief Doniphan lebhaft.

»Ganz recht, und das vermutete Walston auch schon, als ihn der Zufall lehrte, daß die Insel bewohnt war.«

»Wie hat er das aber erfahren können?« fragte Gordon.

»Sehr einfach«, antwortete Evans. »Jetzt, vor acht Tagen, waren wir, Walston, seine Gefährten und ich – denn mich ließ man niemals allein – zum Auskundschaften quer durch den Wald gezogen. Nach einer drei- bis vierstündigen Wanderung am Ufer eures Ostflusses hinauf gelangten wir an einen großen Binnensee, aus dem jener Wasserlauf abfloß. Dort fanden wir, ihr könnt euch unsere Verwunderung wohl vorstellen, einen am Strand angeschwemmten seltsamen Apparat. Er bestand aus einem mit Leinwand überzogenen Gerippe von Rohrlatten...«

»Unser Drachen«, rief Dole.

»Unser Drachen, der in den See gefallen ist«, setzte Briant hinzu, »und den der Wind dorthin getrieben haben mag.«

»Ach, das war ein Drachen?« erwiderte Evans. »Meiner Treu, wir konnten das nicht erraten, und das Ding bereitete uns arges Kopfzerbrechen. Auf jeden Fall hatte es sich doch nicht selbst gemacht. Es mußte auf der Insel hergestellt worden sein, darüber gab es keinen Zweifel. Die Insel war also bewohnt? Aber von wem? Das wollte Walston natürlich gern wissen. In mir reifte aber von jenem Tage an der Entschluß zu fliehen. Wer die Bewohner dieser Insel auch sein mochten, und selbst wenn es Wilde waren, schlimmer konnten sie auf keinen Fall sein, als die Meuterer von der ›Severn‹.«

»Doch wie ist unsere Höhle entdeckt worden?« fragte Baxter.

»Darauf komme ich noch«, antwortete Evans. »Doch ehe ich mit meinem Bericht fortfahre, sagt mir einmal, wozu euch dieser gewaltige Drachen gedient hat. Bildete er ein Signal?«

Gordon erzählte Evans alles und erklärte ihm den Zweck des Drachens, und daß Briant zum Wohl aller dabei sein Leben aufs Spiel gesetzt hatte und auch, wie ihm der Nachweis gelungen war, daß Walston noch auf der Insel weilte.

»Sie sind ein tüchtiger junger Mann!« sagte Evans, der

Briants Hand ergriff und sie freundschaftlich schüttelte. Dann fuhr er fort: »Ihr begreift, daß Walston nur noch das eine am Herzen lag, nämlich Klarheit darüber zu erhalten, wer die Bewohner dieser uns zunächst unbekannten Insel waren. Mit Eingeborenen konnte er sich vielleicht verständigen, waren es Schiffbrüchige, so besaßen sie möglicherweise die Werkzeuge, die ihm fehlten. In diesem Fall würden sie ihm wohl ihre Unterstützung nicht verweigern, die Schaluppe so weit instand zu setzen, daß sie die nächste Insel erreichen konnte. Die Nachforschungen begannen also aufs neue, und ich muß gestehen, mit großer Vorsicht. Man drang nur nach und nach durch die Wälder am rechten Ufer des Sees vor, um dessen Südspitze zu erreichen. Doch kein menschliches Wesen wurde bemerkt, kein Gewehrschuß ließ sich auf diesem Teil der Insel hören.«

»Sehr erklärlich«, unterbrach ihn Briant, »weil sich schon niemand von uns mehr aus der Höhle entfernte, und es strengstens untersagt war, ein Gewehr abzufeuern.«

»Und doch wurdet ihr zuletzt entdeckt«, fuhr Evans fort. »Wie hätte das auch auf die Dauer ausbleiben können? Es war in der Nacht vom 23. zum 24. November, als einer der Genossen Walstons vom südlichen Seeufer her in Sicht eurer Höhle kam. Das Unglück wollte es, daß er dabei zufällig einen Lichtschein bemerkte, der durch die Wand des Steilufers schimmerte. – Ohne Zweifel der Schein eurer Laterne, den ihr einen Augenblick durch die geöffnete Tür hinausdringen ließt. – Am folgenden Tag ging Walston selbst nach jener Stelle und hielt sich den Abend über im hohen Gras, nur wenige Schritte vom Fluß entfernt, versteckt.«

»Das wußten wir schon«, sagte Briant.

»Ihr hättet das gewußt?«

»Jawohl, denn an dieser Stelle fanden wir, Gordon und ich, die Reste einer kleinen Tonpfeife, die Kate mit Bestimmtheit für eine Pfeife Walstons erklärte.«

»Ganz recht!« bestätigte Evans diese Worte. »Walston

hatte sie bei dieser Gelegenheit verloren, was ihn bei der Rückkehr sehr ärgerte. Von da ab kannte er jedoch das Vorhandensein der kleinen Kolonie. Während er sich hinter Gras und Gebüsch verborgen hielt, hatte er die meisten von euch am rechten Ufer des Flusses gesehen. Nur Jungen hatte er vor sich, die sieben Männer leicht überwältigen können mußten. Walston kehrte zurück und berichtete seinen Spießgesellen, was er beobachtet hatte. Ein Meinungsaustausch zwischen ihm und Brandt, den ich belauschte, belehrte mich, was gegen euch geplant wurde.«

»Diese Scheusale!« rief Kate entrüstet dazwischen. »Sie hätten auch mit diesen Kindern kein Erbarmen gehabt!«

»Vor etwa zwölf Stunden«, fuhr Evans fort, »konnte ich mir die Abwesenheit Walstons und der übrigen zu Nutzen machen, die mich unter Forbes' und Rocks Aufsicht zurückgelassen hatten. Der Augenblick schien mir zu meinem Vorhaben günstig. Nun kam es mir vor allem darauf an, die beiden Schurken auf falsche Fährten zu leiten, oder wenigstens vor ihnen einen merklichen Vorsprung zu gewinnen. Etwa um zehn Uhr morgens lief ich quer durch den Wald davon. Augenblicklich merkte das aber Forbes und eilte mir nach. Er und Rock waren mit Gewehren versehen, ich hatte nichts als mein Matrosenmesser, um mich zu verteidigen, und meine Beine, um mich möglichst rasch aus dem Staub zu machen. Diese Jagd dauerte den ganzen Tag. In schräger Richtung durch den Wald stürmend, war ich an das linke Ufer des Sees gekommen. Ich mußte noch seine Spitze umkreisen, denn aus dem früher angehörten Gespräch wußte ich, daß ihr in dessen Nähe an dem Ufer eines nach Westen strömenden Flusses wohnen solltet.

Wahrhaftig, niemals habe ich so schwer und so lange um mein Leben gekämpft! Fast fünfundzwanzig Kilometer bin ich an diesem Tag gelaufen. Alle Wetter, die Spitzbuben rannten ebenso schnell wie ich, und ihre Kugeln flogen natürlich noch schneller. Mehr als einmal pfiffen sie mir recht eindringlich um die Ohren. Stellt euch nur die Sachlage vor: Ich kannte ihr Geheimnis; wenn ich ihnen entkam, konnte ich sie zur Anzeige bringen, so mußten sie mich also auf jeden Fall wieder zu fangen suchen. Immerhin hoffte ich noch, daß diese unerwünschte Treibjagd mit der Nacht ein Ende finden würde. Nichts von dem! Schon war ich über die Spitze des Sees hinaus und lief an der anderen Seite wieder hinauf, doch immer fühlte ich Forbes und Rock mir noch auf den Fersen. Jetzt brach auch das seit mehreren Stunden drohende Gewitter los. Das erschwerte meine Flucht, denn beim Aufleuchten der Blitze konnten die Schurken mich in Höhe des Strandes sehen. Endlich befand ich mich noch gegen hundert Schritt vom Fluß entfernt. Gelang es mir, ihn zwischen mich und die Spitzbuben zu bringen, so war ich gerettet. Niemals hätten sie gewagt, ihn zu überschreiten, da sie wußten, daß sie damit in die Nähe von eurer Höhle gekommen wären. Ich lief also, was ich laufen konnte, um das linke Ufer des Wasserlaufs zu erreichen, als ein letzter Blitz die Umgebung erleuchtete. Sofort krachte auch schon ein Schuß...«

»Den haben wir auch gehört«, sagte Doniphan.

»Wahrscheinlich«, antwortete Evans. »Eine Kugel streifte meine Schulter. Ich sprang in die Höhe und stürzte mich in den Fluß. Mit wenigen Stößen erreichte ich das andere Ufer und verbarg mich unter dem Schilf. Dann hörte ich noch, wie Rock und Forbes am jenseitigen Ufer zueinander sagten: ›Glaubst du ihn getroffen zu haben?‹ – ›Dafür stehe ich ein!‹ – ›So liegt er also auf dem Grund?‹ – ›Ganz gewiß, und jetzt schon mausetot!‹ – ›Den wären wir also glücklich los!‹ – Damit schlugen sie sich wieder rückwärts in den Wald. Eine Minute später kroch ich aus dem Schilf heraus und wandte mich nach der Ecke des Steilufers. Da hörte ich ein Gebell, ich rief, die Tür öffnete sich... und nun«, setzte Evans hinzu, indem er die Hand nach der Seite des Sees hin ausstreckte, »nun ist es an uns, mit denen aufzuräumen und eure Insel von ihnen zu befreien!«

Voll Staunen hörte nun Evans auch von den Schicksalen der jungen Schiffbrüchigen und erkundigte sich schließlich, als sie ihren Bericht beendet hatten: »Und seit zwanzig Monaten hat sich kein Schiff in Sicht der Insel gezeigt?«

»Wenigstens haben wir draußen auf dem Meer keines bemerkt«, antwortete Briant.

»Hattet ihr irgendwelche Signale errichtet?«

»Ja, einen Mast auf dem höchsten Punkt des Steilufers.«

»Und den hat niemand wahrgenommen?«

»Nein, Master Evans«, versicherte Doniphan. »Wir haben ihn allerdings seit sechs Wochen niedergelegt, um nicht die Aufmerksamkeit Walstons zu erregen.«

»Das war richtig. Jetzt weiß der Schurke aber leider doch, woran er ist. Wir müssen also Tag und Nacht auf unserer Hut sein.«

»Warum«, nahm da Gordon das Wort, »muß uns nur das Unglück treffen, hier mit einer solchen Verbrecherrotte zu tun zu bekommen, statt mit ehrbaren Leuten, die zu unterstützen uns eine Freude gewesen wäre? Unsere kleine Kolonie hätte damit eine wünschenswerte Verstärkung erfahren. Jetzt droht uns in nächster Zukunft dafür der Kampf, die Pflicht, unser Leben zu verteidigen, und den Ausgang kann man nicht einmal vorhersehen. Und doch, wenn es möglich wäre, diesen Kampf zu vermeiden, wenn Walston zustimmte, die Insel zu räumen...«

»Was willst du damit sagen?« fragte Briant.

»Ich bin der Ansicht, er und seine Begleiter wären schon abgesegelt, wenn sie ihre Schaluppe hätten benutzen können. – Ist es nicht so, Master Evans?«

»Gewiß!«

»Doch wenn man nun mit ihnen in friedliche Unterhandlung träte, wenn wir ihnen das notwendige Werkzeug lieferten, vielleicht nähmen sie das an? Ich weiß wohl, wie widerwärtig es erscheint, mit den Mördern von der ›Severn‹ zu verhandeln; doch wenn es darum geht, uns von ihnen zu befreien und einen Angriff zu vermeiden, der wahrscheinlich viel Blut kostet... Wie denkt ihr darüber?«

Evans hatte aufmerksam zugehört. »In der Tat«, antwortete er, »es würde gewiß jedes Mittel gut sein, uns von diesen Übeltätern zu erlösen. Wenn sie wirklich, nachdem sie in den Stand gesetzt wurden, ihre Schaluppe auszubessern, darauf eingingen, abzufahren, so wäre das allemal besser, als sich auf einen Kampf einzulassen, dessen Ausgang immerhin zweifelhaft sein kann. Doch wer könnte sich auf Walston verlassen? Wenn Sie mit ihm in Verbindung treten, würde er das ohne Zweifel nur benutzen, um Ihre Höhle zu überfallen und sich Ihres ganzen Besitzes zu bemächtigen. Er kommt vielleicht auf den Gedanken, daß Sie vom Schiffbruch noch etwas Geld gerettet haben könnten. Glauben Sie mir, diese Schurken würden Ihnen Ihre Wohltat nur durch irgendeine Schandtat belohnen. In diesen Herzen ist kein Raum für Dankbarkeit! Sich mit ihnen verständigen, heißt sich ihnen ausliefern.

Und dann brauchen sie nicht allein Werkzeuge, sondern vor allem Schießbedarf. Gewiß besitzen sie noch so viel, um zu einem Angriff überzugehen; wenn es aber darauf ankommt, andere Länder mit bewaffneter Hand zu durchstreifen, so wird das Pulver und Blei nicht ausreichen, das ihnen noch übriggeblieben ist. Sie würden das also von Ihnen verlangen, würden es fordern! Könnten Sie den Mördern das zugestehen?«

»Nein, gewiß nicht!« antwortete Gordon.

»Nun, dann würden jene eben versuchen, es mit Gewalt zu erlangen. Sie hätten damit den drohenden Kampf nur vertagt, und er müßte unter weniger günstigen Bedingungen für sie ausbrechen.«

»Sie haben recht, Master Evans«, stimmte ihm Gordon zu. »Halten wir uns in der Verteidigung und warten ab.«

»Ja, das ist wohl das Richtigste. Warten wir alles ab. Doch wir müssen uns auch noch mit einem anderen Punkt auseinandersetzen.«

»Was denn?«
»Hören Sie mich an. Walston kann, wie Sie wissen, die Insel nur auf der Schaluppe der ›Severn‹ verlassen.«
»Das liegt auf der Hand«, sagte Briant.
»Diese Schaluppe ist aber verhältnismäßig leicht wiederherzustellen, dafür stehe ich ein; und wenn Walston darauf verzichtete, sie wieder instand zu setzen, so lag das nur am Mangel an Werkzeugen.«
»Sonst wäre es gewiß längst geschehen«, meinte Baxter.
»Ganz recht, liefern Sie Walston nur die Hilfsmittel, das Boot wirklich auszubessern – ich nehme einmal an, er gäbe den Gedanken an eine Plünderung Ihrer Höhle auf –, so würde er sich beeilen, davonzufahren, ohne sich um Sie weiter zu kümmern.«
»Ach, wenn er es doch schon getan hätte!« rief Service.
»Alle Wetter, wenn er es getan hätte«, antwortete Evans, »wie kämen wir dann von der Insel weg, wenn wir das Boot nicht mehr haben?«
»Wie«, fragte Gordon erregt, »Sie rechnen auf dieses Boot, um die Insel zu verlassen?«
»Natürlich, Herr Gordon!«
»Und damit wollen Sie nach Neuseeland fahren, über den Stillen Ozean weg segeln?« setzte Doniphan hinzu.
»Über den Ozean? Nein, meine lieben Freunde«, erwiderte Evans. »Wohl aber könnten wir damit einen weniger entfernten Punkt erreichen, von dem wir Aussicht hätten, nach Auckland zurückzukehren.«
»Diese Schaluppe sollte geeignet sein, mit ihr eine Überfahrt von mehreren hundert Kilometern zu wagen?« bemerkte Doniphan.
»Mehrere hundert Kilometer?« antwortete Evans. »Nein, das freilich nicht, aber doch im Notfall fünfzig!«
»Ist die Insel denn nicht überall vom offenen Meer umgeben?« fragte Doniphan. »Im Westen dehnt sich der Ozean aus«, antwortete Evans, »aber nicht im Süden, Norden und Osten, dort sind nur Kanäle, die man in sechzig Stunden überqueren kann.«

»So täuschten wir uns also nicht mit der Annahme, daß hier andere Länder in der Nähe liegen?« sagte Gordon.
»Nein, keineswegs. Im Osten liegen sogar sehr ausgedehnte Landstrecken.«
»Ja, im Osten!« rief Briant. »Jener weiße Fleck und dann der Feuerschein, den ich in dieser Richtung wahrnahm...«
»Ein weißlicher Fleck, sagen Sie?« fragte Evans. »Das ist offenbar irgendein Gletscher, und der Feuerschein rührt von der Flammengarbe eines Vulkans her, dessen Lage übrigens auf der Karte verzeichnet sein müßte. Aber sagt doch einmal, wo glaubt ihr denn eigentlich zu sein?«
»Auf einer vereinzelt liegenden Insel des Stillen Ozeans«, erklärte Gordon.
»Auf einer Insel? Nun ja! Auf einer vereinzelten? Nein! Glaubt mir getrost, daß diese Insel zu einer der zahlreichen Inselgruppen gehört, die der Küste Südamerikas vorlagern und – halt einmal, da Sie den Vorgebirgen, Buchten und Wasserläufen Ihrer Insel Namen gegeben haben, hörte ich doch noch nicht, wie Sie diese selbst nennen.«
»Die Insel Chairman, nach dem Namen unseres Internats«, antwortete Doniphan.
»Die Insel Chairman?« wiederholte Evans. »Nun, damit hat sie also zwei Namen, denn sie heißt schon längst die Insel Hannover.«

Gewalt oder List?

Am nächsten Morgen holte Briant den Atlas herbei und Evans schlug die Karte Südamerikas auf, dann wies er auf jene Meeresstraße, die im Süden des Kontinents die Insel Feuerland vom Festland trennt und die nach ihrem Entdecker, dem ersten Weltumsegler Magellan, benannt ist.
»Und seht ihr nun hier«, setzte Evans hinzu, »jenseits der

Magellan-Straße eine Insel, die durch einfache Kanäle von der Insel Cambridge im Süden und von der Insel Madre de Dios und Chatam im Norden eingeschlossen ist? Nun, diese Insel auf dem 51. Grad südlicher Breite ist die Insel Hannover, der ihr den Namen Insel Chairman gegeben, und die ihr seit länger als zwanzig Monaten bewohnt habt!«

Über den Atlas gebeugt, betrachteten Gordon, Briant und Doniphan neugierig diese Insel, die sie für sehr entfernt von jedem Land gehalten hatten, und die doch der amerikanischen Küste so nahe lag.

»Wie«, sagte Gordon, »wir werden von Chile nur durch einen Meeresarm getrennt?«

»Ja, meine Freunde«, versicherte Evans. »Doch zwischen der Insel Hannover und dem amerikanischen Festland liegen ebenso verlassene Inseln wie diese hier. Einmal nach dem Festland gelangt, hättet ihr Hunderte von Kilometern bis zu den nächsten Niederlassungen Chiles oder Argentiniens zurücklegen müssen. Welche Beschwerden hätte das mit sich gebracht, gar nicht zu reden von den Gefahren, denn die Puelche-Indianer, die durch die Pampas schweifen, sind nicht gerade gastfreundlich. Ich meine also, es war besser, diese Insel nicht zu verlassen, schon weil die materielle Existenz hier gesichert erschien und wir sie, wie ich zu Gott hoffe, noch zusammen verlassen werden können.«

Die verschiedenen Kanäle also, die die Insel Chairman umflossen, maßen an gewissen Stellen nicht mehr als zwanzig bis fünfzig Kilometer Breite, und Moko hätte sie bei günstigem Wetter ohne Mühe schon in der kleinen Jolle überqueren können. Daß Briant, Gordon und Doniphan die umliegenden Inseln bei ihren Ausflügen nach dem Norden und dem Osten nicht hatten wahrnehmen können, lag nur daran, daß sie völlig flach waren. Übrigens hatte, wie Briant bei aufmerksamem Betrachten der Karte feststellte, der Zufall sie immer nur nach solchen Punkten der Küste geführt, die von den Nachbarinseln verhältnismäßig entfernt lagen. Vielleicht hätte Doniphan bei seinem Besuch der Klippen die Südspitze der Insel Chatam erkennen müssen, wenn der von den Dunstmassen des bald ausbrechenden Sturms erfüllte Horizont nicht bloß in sehr beschränktem Umkreis überschaubar gewesen wäre. Was die Enttäuschungs-Bai anging, die ziemlich tief in die Insel einschnitt, so konnte man weder von der Mündung des Ostflusses noch vom Gipfel des Bärenfelsens etwas von dem im Osten gelegenen Eiland sehen, noch weniger natürlich von der Insel Esperance, die etwa zweiunddreißig Kilometer weit entfernt lag. Um die benachbarten Länder wahrnehmen zu können, hätten sie nach dem Nordkap gehen müssen, von wo aus die untersten Teile der Insel Chatam und der Insel Madre de Dios jenseits der Conception-Straße sichtbar gewesen wären. Die jungen Kolonisten hatten ihre Ausflüge jedoch niemals bis zu diesen entfernten Punkten ausgedehnt. Was die Karte des Franzosen betraf, so konnte sich Evans allerdings nicht erklären, warum jene Inseln und Ländermassen auf ihr nicht verzeichnet standen. Da der Schiffbrüchige imstande gewesen war, die Umfassungslinie der Insel Hannover so richtig wiederzugeben, mußte er doch ganz um dieselbe herumgekommen sein. Sollte man nun annehmen, daß gerade bei seinem Besuch der genannten Punkte der bedeckte Himmel seinen Gesichtskreis auf nur wenige Kilometer beschränkt hatte? Das war zumindest unglaubhaft. Wenn es nun gelang, sich der Schaluppe der »Severn« zu bemächtigen, und sie wieder auszubessern, nach welcher Seite hin würde Evans sie wohl führen?

Diese Frage richtete Gordon an den Steuermann.

»Ich würde weder nach Norden, noch nach Osten hin zu gelangen suchen«, antwortete dieser. »Je weiter wir zu Wasser gelangen können, desto besser. Gewiß könnte uns die Schaluppe bei günstigem Wind nach irgendeinem Hafen Chiles bringen, wo wir sicherlich den besten Empfang finden würden. Der Seegang an diesen Küsten ist aber stets ziemlich schwer, während die Kanäle der Inselgruppe uns immer eine bequeme Fahrt gestatten.«

»Gewiß«, erklärte Briant. »Doch werden wir in jenen Gegenden auch Niederlassungen finden, von denen wir in die Heimat zurückkehren können?«

»Daran zweifle ich nicht«, erwiderte Evans. »Hier, betrachtet einmal diese Karte. Wenn wir die Durchfahrt der Königin-Adelaide-Inseln hinter uns haben, wohin gelangen wir dann durch den Smith-Kanal? In die Magellan-Straße, nicht wahr? Nun, ziemlich am Eingang der Meeresenge liegt hier der Hafen Tamar, der zu Desolations-Land gehört, und hier wären wir schon so gut wie auf dem Rückweg.«

»Doch wenn wir dort kein Schiff finden«, antwortete Briant, »wollen wir da warten, bis eines vorüberkommt?«

»Nein, folgen Sie mir nur einmal etwas weiter durch die Magellan-Straße. Sehen Sie hier die große Halbinsel Braunschweig? Hier, im Hintergrund einer Bai, in Port Gallant, legen die Schiffe sehr häufig an. Müßten wir noch weiter segeln, und das Kap Forward im Süden der Halbinsel umschiffen, so finden wir da die Bougainville-Bai, wo die meisten Fahrzeuge anhalten, die durch die Meerenge passieren. Über diesen Punkt hinaus liegt ferner noch Port Famine, nördlich von Punta Arenas.«

Der Steuermann hatte recht. Einmal in der Meerenge, mußte die Schaluppe zahlreiche Ankerplätze finden. Unter solchen Verhältnissen schien die Heimkehr gesichert, ohne die Möglichkeit zu erwähnen, daß man schon unterwegs Schiffe auf dem Weg nach Australien oder Neuseeland treffen konnte. Die Rettung der jungen Kolonisten schien also gesichert, wenn sie die Meerenge erreichen konnten. Dazu war es freilich notwendig, die Schaluppe der »Severn« wieder instand zu setzen, und um das ausführen zu können, sich ihrer zu bemächtigen. – Woran doch nicht eher zu denken war, bis sie mit Walston und seinen Spießgesellen abgerechnet hatten.

Wäre die Schaluppe noch an der Stelle gelegen, wo Doniphan sie an der Küste der Severn-Riffe gefunden hatte, so hätte man vielleicht versuchen können, sich ihrer zu bemächtigen. Walston, der sich in der Hauptsache etwa zwanzig Kilometer entfernt davon aufhielt, würde schwerlich etwas davon gemerkt haben. Was ihm gelungen war, konnte Evans natürlich auch, d. h. die Schaluppe nicht zur Mündung des Ostflusses, sondern zur Mündung des Rio Seeland und sogar bis zur Höhe der Franzosenhöhle schaffen. Hier würde die Ausbesserung unter der Anleitung des Steuermanns leicht durchzuführen gewesen sein. Unglücklicherweise konnte man diese Möglichkeit aber nicht ausführen. Die Schaluppe war nur mit Gewalt zu erobern.

Evan flößte übrigens den jungen Kolonisten ein unbegrenztes Vertrauen ein. Kate hatte ja so viel und in warmen Worten von ihm gesprochen. Seit der Steuermann seinen Bart sich hatte schneiden können, erweckte schon sein offenes, entschlossenes Gesicht großes Vertrauen. Weil er energisch und mutig war, fand man, daß er auch gut, von entschlossenem Charakter und zu jedem Opfer fähig sein müsse.

Der Vorratsraum und die Halle schienen ihm zur Verteidigung völlig geeignet. Von der Außenseite beherrschte die eine das Ufergelände und den Fluß, die andere die Sportterrasse bis zum Gestade des Sees. Die Wandöffnungen gestatteten, nach diesen Richtungen hin bei vollständiger Deckung zu feuern. Mit ihren acht Gewehren konnten sie die Angreifer in Schach halten und mit den beiden kleinen Kanonen sie mit einem Kartätschenhagel überschütten, wenn sie sich bis an die Höhle heranwagen sollten. Kam es aber gar zu einem Handgemenge, so würden alle ihre Revolver, Äxte und Schiffsmesser zu gebrauchen wissen.

Evans lobte Briant auch, daß dieser im Innern so viele Steine aufgehäuft hatte, die zum sicheren Verschließen der Türen nötig erschienen. Im Innern also waren die Verteidiger verhältnismäßig stark, draußen freilich schwach.

Man darf nicht vergessen, daß es nur sechs Knaben im Alter von dreizehn bis fünfzehn Jahren waren, gegen sieben kräftige Männer, die waffengewohnt und tollkühn, nicht einmal vor einem Mord zurückschreckten.
»Sie halten Walstons Leute also für sehr zu fürchtende Burschen, Master Evans?« fragte Gordon.
»Ja, für sehr gefährliche Gesellen.«
»Bis auf einen, der vielleicht nicht ganz verloren ist«, ließ Kate sich vernehmen. »Ich meine Forbes, der mir das Leben gerettet hat.«
»Forbes?« antwortete Evans. »Ach, alle Wetter, ob er nun bloß durch schlechten Rat und aus Furcht von seinen Genossen dazu verführt wurde, jedenfalls trägt er auch seinen Teil Schuld an dem Gemetzel auf der ›Severn‹. Hat der Schurke mit Rock mich nicht aufs tollste verfolgt? Hat er nicht auf mich wie auf ein wildes Tier geschossen? Hat er sich nicht beglückwünscht, als er mich im Fluß ertrunken glaubte? Nein, liebe Kate, ich fürchte, er ist nicht mehr wert als die anderen! Wenn er Sie damals verschonte, so wußte er gewiß recht gut, daß die Schurken Ihrer Dienste noch bedurften, und er würde nicht zurückschrecken, wenn es darauf ankäme, die Höhle hier zu überfallen.«
Inzwischen gingen einige Tage dahin, ohne daß etwas Verdächtiges von den jungen Leuten, die gerade in der Umgebung des Auckland-Hügels aufs strengste wachten, gemeldet worden wäre, was Evans einigermaßen verwunderte. Da er die Pläne Walstons kannte, und wußte, welches Interesse dieser hatte, ihre Ausführung zu beschleunigen, so legte er sich die Frage vor, warum zwischen dem 27. und dem 30. November noch gar nichts geschehen war.
Da kam ihm der Gedanke, daß Walston vielleicht mit List statt mit Gewalt versuchen werde, zum Ziel zu gelangen und in die Franzosenhöhle einzudringen. Er teilte seine Vermutungen Briant und den anderen mit.
»Solange wir uns im Innern der Höhle halten«, sagte er,

»würde er gezwungen sein, eine oder die andere Tür zu stürmen, da er niemanden hat, der sie ihm öffnet. Er könnte also durchaus versuchen, durch eine List Zugang zu erhalten.«

»Und wie?« fragte Gordon.

»Vielleicht in der Weise, wie es mir gerade zufällig eingefallen ist«, antwortete Evans. »Ihr wißt, daß Kate und ich die einzigen sind, die Walston als Anführer einer Bande von Mordbuben, deren Angriffe die kleine Kolonie zu fürchten hätte, anzeigen können. Walston ist nun überzeugt, daß Kate bei der Strandung den Tod gefunden hat. Was mich betrifft, so bin ich vorschriftsmäßig im Fluß ertrunken, nachdem Rock und Forbes auf mich gefeuert haben – und ihr wißt ja, daß ich sie habe frohlocken hören. Walston muß demnach annehmen, daß ihr noch von gar nichts unterrichtet seid, nicht einmal von der Anwesenheit der Matrosen der ›Severn‹ auf eurer Insel, und daß ihr, wenn einer von ihnen hier erschiene, ihn wie jeden Schiffbrüchigen bestens aufnehmen würdet. Wäre ein solcher Schuft aber einmal hereingekommen, so müßte es ihm leicht sein, seine Spießgesellen einzulassen. – Und das würde für uns jeden Widerstand fast unmöglich machen.«

»Nun gut«, meinte Briant, »wenn also Walston oder irgendein anderer unsere Gastfreundschaft in Anspruch zu nehmen suchte, so würden wir ihn mit einem Lot Blei hinwegweisen…«

»Wenn wir vor ihm nicht etwa besser die Mütze ziehen«, warf Gordon ein.

»Ja, Sie haben vielleicht recht, Herr Gordon«, erwiderte der Steuermann. »Das könnte sogar besser sein. List wider List! Im gegebenen Fall werden wir ja sehen, was zu tun ist.«

Ja, es empfahl sich gewiß, mit größter Klugheit zu Werk zu gehen. Wendete sich die Sache zum Guten, gelang es Evans, sich in den Besitz der Schaluppe der »Severn« zu setzen, so durfte man wohl hoffen, daß die Stunde der

Erlösung nicht mehr fern war. Doch welche Gefahren drohten noch bis dahin! Und würde diese ganze kleine Schar noch vollzählig sein, wenn sie endlich nach Neuseeland zurückkehrte?

Am folgenden Tag verlief der Vormittag auch ohne Zwischenfall. In Begleitung Doniphans und Baxters wagte sich der Steuermann sogar einen Kilometer weit in der Richtung nach dem Wald hinauf, wobei alle drei hinter den vereinzelten Bäumen am Fuß des Auckland-Hügels Deckung suchten. Er bemerkte nichts Außergewöhnliches, und Phann, der auch mitlief, verhielt sich so ruhig, daß sie ebenfalls beruhigt waren.

Gegen Abend jedoch, kurz vor Sonnenuntergang, kam es zu einem Alarm. Webb und Cross, die auf dem Steilufer Wache hielten, eilten hinunter und meldeten die Annäherung zweier Männer, die das südliche Vorland des Sees am anderen Ufer des Flusses heraufkamen. Kate und Evans zogen sich, um nicht bemerkt zu werden, in den Vorratsraum zurück. Von da aus gewahrten sie, durch die Schießscharten beobachtend, die beiden angemeldeten Männer. Es waren Rock und Forbes.

»Da haben wir's ja«, sagte der Steuermann, »sie verlegen sich auf die List und wollen sich hier als Matrosen einführen, die sich aus einem Schiffbruch gerettet haben.«

»Was sollen wir nun tun?« sagte Briant.

»Ich meine, sie bestens aufnehmen«, erwiderte Evans.

»Diese Elenden auch noch gut empfangen«, rief Briant. »Ich wäre dazu nimmer imstande...«

»Laß mich das besorgen«, unterbrach ihn Gordon.

»Recht so!« sagte der Steuermann. »Doch hüten Sie sich, die Männer etwas von unserer Anwesenheit erfahren zu lassen. Kate und ich, wir werden uns schon zeigen, wenn es Zeit ist!«

Evans und die Aufwärterin versteckten sich in einem der Nebenräume des Verbindungsganges, dessen Tür hinter ihnen verschlossen wurde. Gleich darauf gingen Gordon und Baxter nach dem Flußufer. Bei ihrem Anblick heuchelten die beiden Männer das größte Erstaunen, und Gordon stellte sich ebenfalls so, als ob er nicht weniger verwundert sei. Rock und Forbes schienen von Strapazen erschöpft, und als sie an den Wasserlauf herankamen, entstand folgendes Gespräch: »Wer seid ihr?«

»Schiffbrüchige, die im Süden dieser Insel mit der Schaluppe des Dreimasters ›Severn‹ verunglückt sind.«

»Seid ihr Engländer?«

»Nein, Amerikaner.«

»Und eure Gefährten?«

»Die sind umgekommen. Uns allein gelang die Rettung aus dem Schiffbruch. Doch jetzt sind unsere Kräfte zu Ende! Aber mit wem haben wir es hier zu tun?«

»Mit den Kolonisten der Insel Chairman.«

»So bitten wir um gastfreundliche Aufnahme, denn uns fehlt einfach alles.«

»Schiffbrüchige haben den gerechten Anspruch auf Beistand von ihresgleichen!« antwortete Gordon. »Auch ihr sollt uns willkommen sein.«

Auf ein Signal Gordons hin bestieg Moko die Jolle, die nahe dem kleinen Land angebunden lag, und mit einigen Ruderschlägen beförderte er die Matrosen nach dem rechten Ufer des Rio Seeland.

Die Gestalt Rocks war alles andere als vertrauenerwekkend. Forbes sah etwas besser aus, und wahrscheinlich hatte ihn Walston gerade aus diesem Grunde mitgeschickt. Nach besten Kräften spielten nun beide die Rolle der Schiffbrüchigen. Um keinen Verdacht zu erregen, vermieden sie es, sich eingehende Fragen vorlegen zu lassen, indem sie erklärten, mehr durch Anstrengung als von Nahrungsmangel erschöpft zu sein und deshalb baten, zunächst etwas ausruhen und vielleicht die Nacht in der Höhle zubringen zu dürfen.

Beim Eintritt in die Höhle – und das entging Gordon keineswegs – konnten sie sich nicht enthalten, auf die Anordnung der Halle etwas gar zu prüfende Blicke zu werfen. Sie schienen auch nicht wenig erstaunt über das

Verteidigungsmaterial, das die kleine Kolonie besaß, besonders über die Kanone, die durch die Schießscharte lugte.

Die jungen Kolonisten mußten also, wenn auch mit größtem Widerstreben, ihre Rolle vorläufig weiterspielen, da Rock und Forbes sich, nachdem sie den Bericht ihrer Erlebnisse bis zum nächsten Tag verschoben, nur schnellstens niederzulegen wünschten.

»Eine Handvoll trockenes Gras wird uns als Lagerstätte genügen«, sagte Rock, »da wir euch so wenig wie möglich belästigen möchten. Habt ihr vielleicht noch einen ähnlichen Raum wie diesen?«

»Ja«, antwortete Gordon, »den, der uns als Küche dient, und dort könnt ihr gut bis morgen ausruhen.«

Rock und sein Begleiter gingen also nach dem Vorratsraum hinüber, dessen Inneres sie mit forschendem Blick überflogen, wobei sie gleich erkennen mußten, daß die Tür desselben sich nach dem Fluß zu öffnete. Wirklich hätte niemand zuvorkommender gegen diese Verunglückten sein können! Die beiden Schurken mußten sich sagen, daß es sich, um mit diesen unschuldigen Kindern fertig zu werden, gar nicht der Mühe lohne, eine solche Posse aufzuspielen.

Rock und Forbes legten sich im Vorratsraum nieder. Hier sollten sie freilich nicht allein bleiben, da Moko im gleichen Raum schlief; um ihn kümmerten sie sich jedoch nicht und waren entschlossen, ihn einfach zu erwürgen, wenn sie bemerkten, daß er nur mit einem Auge schlief. Zur verabredeten Stunde sollten sie nämlich die Tür öffnen, und Walston, der sich mit den anderen Spießgesellen am Ufer aufhielt, konnte dann die Höhle ohne Widerstand in seine Gewalt bekommen.

Gegen neun Uhr, als Rock und Forbes voraussichtlich schon schlafen mußten, trat auch Moko ein und warf sich sogleich auf sein Lager, bereit, beim ersten verdächtigen Zeichen Lärm zu schlagen. Briant und die übrigen waren in der Halle geblieben. Nachdem sie die Tür des Verbindungsganges geschlossen hatten, gesellten sich Evans und Kate wieder zu ihnen. Alles war so gekommen, wie der Steuermann es vorausgesehen hatte, und dieser zweifelte nicht daran, daß Walston jetzt in der nächsten Umgebung nur den Augenblick abwartete, eindringen zu können.

»Seien wir auf unserer Hut!« sagte er.

Inzwischen vergingen zwei Stunden, und Moko fragte sich schon, ob Rock und Forbes ihren Anschlag nicht bis zu einer anderen Nacht verschoben haben mochten, als seine Aufmerksamkeit durch ein leichtes Geräusch geweckt wurde. Beim Schein der an der Decke hängenden Lampe sah er Rock und Forbes den Winkel, in dem sie gelegen hatten, verlassen und nach der Seite der Tür hinkriechen. Diese Tür war durch einige große Steine gesichert, eine Barrikade, die nur schwer beseitigt werden konnte.

Die beiden Matrosen begannen damit, die Steine einzeln abzutragen und leise längs der Wand aufzuschichten. Nach einigen Minuten hatten sie die Tür vollständig freigelegt. Jetzt brauchte nur noch der Riegel zurückgeschoben zu werden, der sie von innen verschloß, um den Zugang zur Höhle zu öffnen. In diesem Augenblick aber, als Rock die Tür aufstoßen wollte, legte sich eine Hand auf seine Schulter. Er drehte sich um und erkannte den Steuermann, dessen Gesicht die Laterne voll beleuchtete.

»Evans!« rief er entsetzt.

»Hierher, Jungs!« ertönte die Stimme des Steuermanns. Briant und seine Gefährten stürzten sofort in den Vorratsraum. Hier packten sie zunächst Forbes und machten ihm jedes Entkommen unmöglich. Rock hatte mit einem wuchtigen Stoß Evans zurückgedrängt und versetzte ihm dabei einen Messerstich, der ihn jedoch nur leicht am linken Arm streifte. Dann eilte er durch die offene Tür hinaus. Er hatte noch keine zehn Schritte gemacht, als ein Schuß hinter ihm krachte. Der Steuermann hatte geschossen. Allem Anschein nach blieb der Flüchtling aber unverletzt, wenigstens hörte man keinen Aufschrei.

»Alle Wetter! Ich habe den Schuft verfehlt!« rief Evans. »Doch wir haben ja den andern. Einer wird es also immerhin weniger sein!«
Das Messer in der Hand, erhob er schon den Arm gegen Forbes.
»Gnade! Gnade!« winselte der Elende, den die vier Jungen gefesselt hatten.
»Ja, Gnade, Evans!« bat Kate, sich zwischen den Steuermann und Forbes drängend. »Gewährt ihm Gnade, da er mir das Leben gerettet hat!«
»Meinetwegen«, sagte Evans. »Ich gebe Ihnen nach, Kate. Wenigstens für den Augenblick.«
Sicher geknebelt wurde jetzt Forbes in eine der Nebenkammern gesteckt. Dann verschloß und verbarrikadierte man die Tür des Vorratsraumes wieder, und alle blieben bis zum Tagesanbruch wach, um jeder Überraschung vorzubeugen.

Der letzte Kampf

Trotz der anstrengenden Nacht ohne Schlaf fiel es jedoch am Tag niemandem ein, nur eine Stunde Ruhe zu suchen. Es gab jetzt keinen Zweifel, daß Walston, nachdem die List mißlungen war, Gewalt anwenden würde. Rock, der dem Schuß des Steuermanns hatte entgehen können, mußte ihn wieder aufgesucht und gemeldet haben, daß er, da seine Schliche entdeckt waren, nur mit Gewalt in die Höhle hineingelangen könnte.
Schon beim Morgenrot gingen Evans, Briant, Doniphan und Gordon vorsichtig hinaus. Bei Sonnenaufgang stiegen die Morgennebel mehr und mehr und legten den See frei, den eine leichte Brise kräuselte.
Die ganze Umgebung der Franzosenhöhle erschien völlig still. Phann, der auf der Sportterrasse herumlief, ließ keine Zeichen von Unruhe erkennen. Evans beschäftigte sich

vor allem damit, auf dem Boden nach Fußspuren zu suchen. Wirklich zeigten sie sich in großer Menge – besonders ganz nahe an der Höhle. Sie kreuzten sich in den verschiedensten Richtungen und bewiesen deutlich, daß Walston und seine Begleiter bis zum Fluß selbst vorgedrungen waren und dort auf das Öffnen der Tür gelauert hatten. Blutflecken bemerkte man auf dem Sand nicht – ein Beweis, daß Rock durch die Kugel des Steuermanns nicht verwundet sein konnte. Hier drängte sich jedoch die Frage auf, ob Walston wie die falschen Schiffbrüchigen vom Süden des Familiensees gekommen oder nicht vielmehr vom Norden her zur Franzosenhöhle vorgedrungen war. In letzterem Fall mußte Rock nach dem Walde entflohen sein, um sich ihm wieder anzuschließen.

Da es doch wichtig erschien, diese Tatsache aufzuklären, beschloß man, Forbes zu fragen. Evans kehrte also nach der Halle zurück und öffnete die Tür des kleinen Raumes, in dem Forbes untergebracht worden war, löste ihm seine Fesseln und führte ihn in die Halle.

»Forbes«, begann Evans, »dein und Rocks listiger Anschlag hat seinen Zweck verfehlt. Mir liegt daran zu wissen, was Walston zunächst plante, und du mußt davon unterrichtet sein. Willst du Antwort geben?«

Forbes hatte den Kopf gesenkt, und wagte nicht, die Augen weder zu Evans noch zu Kate oder zu den Jungen zu erheben, zu denen der Steuermann ihn geführt hatte. Kate versuchte zu vermitteln.

»Forbes«, sagte sie, »früher zeigtet Ihr eine Spur von Mitgefühl, als Ihr Eure Kameraden während des Gemetzels auf der ›Severn‹ abhieltet, auch mich umzubringen. Wäret Ihr jetzt nicht bereit, auch etwas zu tun, um diese Kinder vor einem Gemetzel zu bewahren?«

Forbes gab keine Antwort.

»Forbes«, fuhr Kate fort, »sie haben Euch das Leben geschenkt, da Ihr den Tod verdientet! Jede menschliche Regung kann in Euch nicht erloschen sein! Nachdem Ihr so viel Böses getan habt, könnt Ihr noch auf den Weg des

Guten zurückkehren. Bedenkt, zu welch scheußlichem Verbrechen Ihr die Hand bietet!«
In diesem Augenblick seufzte Forbes auf. »Was kann ich denn tun?« antwortete er.
»Du kannst uns mitteilen, was diese Nacht geschehen sollte, was später gegen uns geplant ist. Erwartetest du Walston und die übrigen, die wohl hier eindringen wollten, sobald die Tür geöffnet wurde?« nahm Evans wieder das Wort.
»Ja!«
»Und diese Jungen, die dich so freundlich aufgenommen hatten, wären ermordet worden?«
Forbes ließ den Kopf noch tiefer sinken und fand nicht die Kraft zu einer Antwort.
»So sage uns, von welcher Seite Walston und die andern hierher gekommen sind«, erkundigte sich der Steuermann.
»Vom Norden des Sees her«, erwiderte Forbes.
»Während ihr beide, Rock und du, vom Süden her kamt?«
»Ja!«
»Haben sie schon im Westen die anderen Teile der Insel besucht?«
»Noch nicht.«
»Wo mögen sie sich jetzt aufhalten?«
»Das weiß ich nicht.«
»Du kannst uns nicht mehr sagen?«
»Nein, Evans nein!«
»Und du denkst, daß Walston wiederkommen wird?«
»Ja!«
Offenbar hatten Walston und seine Gefährten, als sie den Schuß des Steuermanns hörten und erkannten, daß ihre List durchschaut war, es für ratsam gehalten, sich in der Hoffnung auf eine bessere Gelegenheit seitwärts in die Büsche zu schlagen. Evans, der nicht erwarten konnte, von Forbes noch weitere Aufklärungen zu erhalten, führte ihn wieder zu seinem Gefängnis, das verschlossen wurde.
Die Lage war und blieb also immer noch sehr ernst. Wo befand sich jetzt Walston? Hielt er sich im Wald verbor-

gen? Forbes hatte das nicht sagen können oder nicht sagen wollen. Und doch wäre es wünschenswert gewesen, in dieser Beziehung unterrichtet zu sein. Deshalb kam der Steuermann auf den Gedanken, in jene Richtung hin eine, wenn auch mit Gefahr verbundene, Erkundung vorzunehmen. So eröffnete er nach dem Frühstück den Jungen seinen Plan, bis zum Saum des Waldes hinauszugehen, da es ihm gar zu sehr am Herzen lag, zu erfahren, ob die Verbrecher noch immer in der Nachbarschaft der Höhle verweilten. Dieser Vorschlag wurde ohne weiteres angenommen, und man traf alle geeigneten Maßregeln, um sich nach Möglichkeit zu sichern.

Gewiß zählten Walston und seine Spießgesellen seit der Gefangennahme von Forbes nur noch sechs Mann, während die kleine Kolonie aus fünfzehn Jungen, ohne Kate und Evans zu rechnen, bestand. Von dieser Zahl waren aber die Kleinsten abzuziehen, die an einem Kampf nicht unmittelbar teilnehmen konnten. Es wurde also beschlossen, daß während der Erkundung des Steuermanns Iverson, Jenkins, Dole und Costar mit Kate, Moko und Jacques unter der Hut Baxters in der Halle zurückbleiben sollten. Die Großen dagegen, nämlich Briant, Gordon, Doniphan, Cross, Service, Webb, Wilcox und Garnett, wollten Evans begleiten. Acht Jungen gegen sechs Männer im kräftigsten Alter, das war freilich kein gutes Verhältnis. Zwar führte jeder der Jungen als Waffen Gewehr und Revolver, während Walston nur fünf Flinten besaß. Unter diesen Umständen mußte also ein Fernkampf noch die besten Aussichten bieten, da Doniphan, Wilcox und Cross sehr gute Schützen und folglich den amerikanischen Matrosen überlegen waren. Dazu fehlte es ihnen nicht an Munition, während Walston, wie der Steuermann wußte, sich nur auf wenige Patronen beschränkt sah.

Es war gegen zwei Uhr nachmittags, als die kleine Truppe unter der Führung von Evans zusammentrat. Baxter, Jacques, Moko, Kate und die Kleinen kehrten sofort in die Franzosenhöhle zurück, wo die Tür zwar verschlossen, aber nicht verbarrikadiert wurde, um gegebenenfalls dem Steuermann und den anderen schnell Schutz bieten zu können. Übrigens war ebensowenig vom Süden wie vom Westen her etwas zu fürchten, da Walston, um von diesen Richtungen her anzugreifen, erst nach der Sloughibai und dann längs des Flusses hätte hinziehen müssen, was zuviel Zeit erforderte. Nach der Aussage von Forbes war er vielmehr am westlichen Ufer des Sees heruntergekommen und kannte jenen Teil der Insel wohl überhaupt nicht. Evans brauchte demnach keinen Rückenangriff zu fürchten, da feindliche Kräfte jedenfalls nur im Norden zu suchen sein konnten.

Die Knaben und der Steuermann drangen längs des Ufers am Auckland-Hügel möglichst behutsam vor. Jenseits des Geheges gestatteten ihnen Sträucher und Baumgruppen, den Wald zu erreichen, ohne sich allzusehr bloßzustellen. Evans marschierte an der Spitze, nachdem er den Feuereifer Doniphans, der immer der erste sein wollte, mühsam gedämpft hatte. Als er an dem kleinen Erdhügel vorbeigekommen war, der die sterblichen Überreste des französischen Schiffbrüchigen bedeckte, hielt er es für angezeigt, eine Richtung einzuschlagen, die sich mehr dem Strand des Sees näherte.

Phann, den Gordon vergeblich zurückzuhalten versucht hatte, schien mit aufgerichteten Ohren und die Nase am Boden etwas aufzuspüren, und bald gewahrte man, daß er eine Fährte gefunden haben mußte.

»Achtung!« rief Briant.

»Ja«, antwortete Gordon. »Das ist nicht die Fährte eines Tieres. Seht nur das seltsame Verhalten des Hundes!«

»Schleichen wir unter dem Gebüsch hin«, sagte Evans.

Einige Augenblicke später hatten alle die ersten Baumgruppen erreicht. Hier am Saum des Waldes fanden sie noch Spuren eines frischen Lagers, halbverkohlte Zweige und kaum erkaltete Asche.

»Ganz sicherlich hat Walston an dieser Stelle die letzte Nacht zugebracht«, bemerkte Gordon.

»Und vielleicht war er sogar vor wenigen Stunden noch hier«, antwortete Evans. »Ich halte es also für richtiger, wir ziehen uns mehr nach dem Steilufer hin zurück.«
Er hatte kaum geendet, als von rechts her ein Knall erschallte. Eine Kugel schlug, nachdem sie Briant leicht am Kopf gestreift hatte, in den Baum, an den er sich lehnte. Fast zur gleichen Zeit donnerte noch ein anderer Schuß, dem ein Schrei folgte, während etwa fünfzig Schritte weiter etwas schnell unter den Bäumen verschwand. Doniphan war es gewesen, der, als Ziel den Rauch des ersten Schusses nehmend, Feuer gegeben hatte.
Phann raste jetzt plötzlich davon und Doniphan eilte ihm ohne zu überlegen nach.
»Vorwärts!« rief Evans. »Wir können ihn nicht allein ins Gedränge kommen lassen!«
Einige Augenblicke später hatten sie Doniphan erreicht und bildeten einen Kreis um einen inmitten des hohen Grases ausgestreckten Körper, der kein Lebenszeichen mehr von sich gab.
»Das ist Pike!« sagte Evans. »Dieser Schurke hat seinen Lohn empfangen! Wenn der Teufel auf ihn Jagd macht, wird er nicht als Schneider wieder nach Hause kommen.«
»Die andern können nicht weit von hier sein«, bemerkte Garnett.
In diesem Augenblick knallte es wieder, diesmal von der linken Seite, und Service erhielt einen Streifschuß an der Stirn.
»Bist du verwundet?« rief Gordon, auf ihn zueilend.
»Oh, es ist nichts«, antwortete Service. »Höchstens eine leichte Schramme!«
Jetzt galt es zusammenzubleiben, denn nachdem Pike den Tod gefunden hatte, blieb Walston nur noch mit vier Leuten übrig, die in geringer Entfernung hinter den Bäumen Aufstellung genommen haben konnten. Evans und die Jungen kauerten sich unter dem Gesträuch nieder, bereit, sich zu verteidigen, von welcher Seite der Angriff auch erfolgte.

Plötzlich rief Garnett: »Wo ist denn Briant?«
»Ich sehe ihn nicht mehr!« antwortete Wilcox. In der Tat war Briant verschwunden, und da Phann jetzt erneut heftig bellte, war zu fürchten, daß der Junge mit einigen Leuten der Bande ins Handgemenge geraten war.
»Briant! Briant!« rief Doniphan. Ohne lange zu überlegen, folgten die Jungen den Spuren Phanns. Sie schlüpften von Baum zu Baum und gewannen so immer mehr an Boden.
»Vorsicht, Master Evans, Vorsicht!« rief plötzlich Cross, der sich schnell zur Erde niederwarf. Der Steuermann ging gerade noch rechtzeitig in Deckung, so daß die Kugel nur wenige Zentimeter über ihn hinwegpfiff. Als er sich wieder aufrichtete, bemerkte er einen der Spießgesellen Walstons, der durch das Gehölz flüchtete. Er erkannte Rock, der ihm die Nacht vorher entkommen war, und gab sofort Feuer. Rock verschwand, als ob die Erde sich unter ihm aufgetan hätte.
»Sollte ich ihn nochmals verfehlt haben?« rief Evans. »Alle Wetter, das wäre Pech!«
Alles das geschah in wenigen Sekunden. Plötzlich erschallte das Gebell des Hundes ganz in der Nähe und gleich darauf hörte man die Stimme Doniphans: »Festhalten, Briant, halt aus!« rief er.
Evans und die andern sprangen nach dieser Seite hin und sahen etwa zwanzig Schritte weiter Briant im Kampf mit Cope. Der Elende hatte den Knaben schon zu Boden geworfen und holte eben mit seinem Messer aus, als Doniphan, der zur rechten Zeit dazu kam, um den Stoß abzulenken, sich auf Cope warf, ohne vorher Gelegenheit gehabt zu haben, seinen Revolver zu ziehen. So traf ihn jetzt das Messer des Schurken, und er brach zusammen. Cope, der bemerkte, daß Evans, Garnett und Webb ihm den Rückzug abzuschneiden versuchten, ergriff die Flucht. Mehrere Schüsse wurden ihm gleichzeitig nachgesandt. Er verschwand jedoch, und Phann kam zurück, ohne ihn eingeholt zu haben.

Briant kniete bei Doniphan nieder und stützte den Kopf des Verwundeten. Evans und die anderen luden ihre Gewehre und beobachteten sorgfältig die Umgebung.
Der Kampf war bisher entschieden zum Nachteil Walstons verlaufen. Leider schien Doniphan aber sehr schwer verwundet. Die Augen geschlossen, das Gesicht weiß wie Wachs, machte er nicht die geringste Bewegung und hörte nicht einmal, daß Briant seinen Namen rief. Evans beugte sich zu dem Knaben nieder, knöpfte seine Weste auf und riß das vom Blut getränkte Hemd herunter. Aus einer schmalen dreieckigen Wunde in Höhe der vierten Rippe an der linken Seite sickerte noch immer Blut. Daß die Spitze des Messers jedoch das Herz nicht getroffen haben konnte, ergab sich schon daraus, daß Doniphan noch atmete.
»Wir müssen ihn sofort in die Höhle schaffen«, sagte Gordon.
Evans billigte den Vorschlag um so mehr, als jetzt eine Atempause in dem Gefecht eingetreten schien. Wahrscheinlich hatte es Walston angesichts der ungünstigen Wendung der Dinge vorgezogen, sich in die Tiefen des Waldes zu flüchten.
Am meisten beunruhigte es aber Evans, daß er weder Walston selbst noch Book, vielleicht die Gefährlichsten der Bande, gesehen hatte.
Der Zustand Doniphans erforderte, ihn mit größter Vorsicht zu transportieren. Cross und Service bauten eine Tragbahre aus Ästen und Zweigen, auf die der Verwundete gelegt wurde, ohne daß er dabei zum Bewußtsein gekommen wäre. Dann hoben vier seiner Kameraden ihn sofort auf, während die anderen, das Gewehr schußfertig und den Revolver in der Hand, den Zug begleiteten.
Nichts störte ihren Heimweg, zuweilen seufzte Doniphan tief auf, dann ließ Gordon sofort halten, um die Atemzüge des Verwundeten zu beobachten. Dreiviertel des Weges wurden auf diese Weise zurückgelegt. Bis zur Franzosenhöhle konnten es nur noch acht- oder neunhundert Schrit-

te sein, wenn auch die Tür noch hinter einem Vorsprung des Steilufers verborgen war. Plötzlich ertönten Rufe von der Flußseite her, und Phann sprang in dieser Richtung davon.

Offenbar war die Höhle von Walston und seinen beiden anderen Spießgesellen angegriffen worden. Der Steuermann überlegte nicht lange. Während Cross, Webb und Garnett bei Doniphan blieben, den man nicht allein lassen durfte, eilte er mit Gordon, Briant, Service und Wilcox auf dem kürzesten Wege zur Franzosenhöhle hin. Einige Augenblicke später, als sie die Sportterrasse übersehen konnten, blieben sie vom Schreck gebannt stehen. Eben jetzt trat nämlich Walston aus der Tür der Halle und schleppte einen Jungen nach dem Fluß zu. Dieser Junge war Jacques. Vergebens versuchte Kate, die Walston nachstürzte, Jacques zu helfen. Gleich darauf tauchte auch der zweite Begleiter Walstons auf, der den kleinen Costar gepackt hielt und ihn in der gleichen Richtung mit fortzog. Die anderen Jungen waren nirgends zu sehen. Walston und Brandt näherten sich rasch dem Fluß. Da sahen die Ankömmlinge auch Book, der in der Jolle wartete, die er aus dem Vorratsraum dorthin geschafft haben mußte.

Erreichten die Räuber erst einmal das linke Ufer, waren sie gegen jeden Angriff gesichert. Ehe man ihnen hätte den Weg verlegen können, mußten sie mit Jacques und Costar als Geiseln in ihren Händen schon im Lager beim Bärenfelsen angelangt sein.

Evans und seine Begleiter liefen also, was die Beine hergaben, um die Sportterrasse zu erreichen, ehe es Walston und seinen Spießgesellen gelang, sich jenseits des Flusses in Sicherheit zu bringen. Schießen war unmöglich, sie würden sonst Costar und Jacques gefährdet haben.

Phann sprang voraus und packte mit einem furchtbaren Satz Brandt an der Kehle. Dieser mußte, um den Hund abwehren zu können, Costar loslassen, während Walston sich beeilte, Jacques nach der Jolle zu zerren. In diesem Augenblick stürmte noch ein Mann aus der Halle. Es war

Forbes! Walston rief ihm zu: »Hierher, Forbes! Komm!« Evans war stehengeblieben, er wollte schon Feuer geben, als er sah, daß Forbes sich plötzlich auf Walston stürzte. Verdutzt über diesen Angriff, den er niemals vermutet hatte, mußte dieser jetzt Jacques ebenfalls freigeben und stieß mit seinem Messer nach dem neuen Feinde. Forbes sank zu Walstons Füßen nieder. Das ging alles so blitzschnell, daß die Jungen immer noch hundert Schritte von der Sportterrasse entfernt waren. Walston dachte jetzt nur noch an seine Flucht. Er sprang zu seinen beiden Gefährten hinunter, die schon in der Jolle warteten. In dem Augenblick aber, als sie das Boot abstießen, krachte es wie ein heftiger Donnerschlag. Ein Hagel von Bleikugeln schlug in das Wasser des Flusses und in die Jolle. Jemand mußte das kleine Geschütz durch die Schießscharte des Vorratsraums abgefeuert haben.
Die Mordgesellen der »Severn« hatten ihr Ende gefunden.

Gerettet!

Ein neuer Lebensabschnitt begann für die jungen Kolonisten der Insel Chairman. Nachdem sie bisher für die Sicherung ihrer Existenz gekämpft hatten, sollten sie jetzt nur noch für ihre Befreiung arbeiten, um jetzt durch eine letzte Anstrengung den Weg in die Freiheit und damit zurück in die Heimat zu finden.
Es war Moko gewesen, der den rettenden Schuß abgegeben hatte. Er erzählte, wie es den Meuterern gelungen war, die Tür einzustoßen und in die Höhle selbst einzudringen. Als Briant und seine Gefährten jetzt die Sachlage mit nüchternen Augen überschauen konnten, ergriff sie ein nachträgliches Schaudern.
Glücklicherweise war, wie sich herausstellte, Doniphans Verwundung zwar sehr schwer, aber doch wenigstens nicht lebensgefährlich. Anders dagegen bei Forbes, den

Walston niedergestochen hatte; er schien wenig Aussichten zu haben, mit dem Leben davonzukommen. Als er das Bewußtsein wiedererlangte, und Kate erblickte, die sich über sein Lager beugte, sagte er schwach: »Ich danke dir, Kate, ich danke dir, aber es ist nutzlos... Ich bin doch verloren.« Bei diesen Worten drangen ihm die Tränen aus den Augen. Kate versuchte ihn zu trösten, aber sein Zustand verschlimmerte sich von Stunde zu Stunde. Während der wenigen Augenblicke, in denen seine Schmerzen etwas nachließen, richteten sich seine ruhelosen Augen auf Kate oder Evans.

Gegen vier Uhr morgens hatte Forbes ausgelitten, ein qualvoller Todeskampf blieb ihm erspart, fast ohne ein Zeichen von Schmerz hauchte er seinen letzten Seufzer aus.

Man begrub ihn am nächsten Tag ganz nahe der Stelle, wo der französische Schiffbrüchige ruhte, und nun bezeichneten zwei kleine Kreuze die Gräber. Doch noch immer konnte das Schicksal der kleinen Kolonie nicht als gesichert gelten, solange man nicht wußte, was mit Rock und Cope geschehen war. Evans beschloß deshalb, zusammen mit Gordon, Briant und Baxter noch einmal in den Wald zurückzukehren. Sie nahmen Phann mit, der die Fährte der beiden Männer aufspüren sollte. Die Nachforschungen dauerten nicht lange. Cope, dessen Weg man an einer Blutspur unschwer verfolgen konnte, wurde nur wenige hundert Schritte von der Stelle, wo ihn die Kugel ereilt hatte, tot aufgefunden. Ebenso entdeckten sie den Leichnam Pikes, der gleich zu Beginn des Gefechts gefallen war. Was endlich Rock anging, der so überraschend verschwunden war, als hätte ihn die Erde verschlungen, so konnte Evans auch diese Tatsache sehr schnell erklären. Der Elende war tödlich getroffen in eine der von Wilcox ausgehobenen Fallgruben geraten, die jetzt für ihn und seine beiden Spießgesellen zum Grab wurden.

Am folgenden Tag besprachen Evans, Gordon, Briant und Baxter die Aufgaben, die eine unmittelbare Erledigung erheischten. Vor allem kam es jetzt darauf an, die Schaluppe der »Severn« für die Kolonie zu sichern. Das bedingte aber einen Ausflug nach dem Bärenfelsen und einen längeren Aufenthalt, wenn dort die nötigen Arbeiten ausgeführt werden sollten, um das Fahrzeug wieder seetüchtig zu machen. Man einigte sich also dahin, daß Evans, Briant und Baxter auf dem Seeweg und durch den Ostfluß fahren sollten, denn damit benutzten sie den kürzesten und zugleich sichersten Weg. Die Jolle hatte glücklicherweise unter dem Kartätschenhagel nicht schwer gelitten. Man belud sie also jetzt mit Werkzeugen zum Ausbessern der Planken, mit Mundvorrat, Munition und Waffen, und bei günstigem Seitenwind segelte sie am 6. Dezember morgens unter der Führung von Evans ab. Da der Wind beständig blieb, ging die Fahrt über den See sehr rasch. Nicht weit von der Mündung des Ostflusses entfernt lag die aus dem Wasser gezogene Schaluppe im Sand. Nachdem sie Evans sorgfältig besichtigt hatte, sagte er: »Wir haben hier Werkzeug zur Hand, aber es fehlt uns das Material für Spanten und Planken.

In eurer Höhle finden sich nun Planken und Krummhölzer genug, die vom Rumpf der ›Sloughi‹ herrühren, wenn wir nur das Fahrzeug nach dem Rio Seeland bugsieren könnten.«

»Ja, das war auch mein Gedanke«, fiel Briant ein. »Sollte das nicht möglich sein, Master Evans?«

»Daran zweifle ich nicht im geringsten«, erwiderte Evans. »Da die Schaluppe von den Klippen bis hierher gelangt ist, wird sie auch von hier bis zum Fluß zu schaffen sein. Dort wäre für uns die Arbeit wesentlich leichter, und dann fahren wir von der Franzosenhöhle nach der Sloughibai und segeln von da aus aufs Meer hinaus!«

So beschlossen sie die erste Flut des folgenden Tages zu benutzen, um den Ostfluß stromauf zu fahren und die Schaluppe dabei im Schlepptau der Jolle mitzunehmen. Zunächst bemühte sich Evans so gut wie möglich, die Risse des Fahrzeuges mit Wergpfropfen zu schließen, die

er von der Höhle mitgebracht hatte, und mit dieser Arbeit wurde er erst am späten Abend fertig.
Am folgenden Morgen verbanden sie die Schaluppe durch ein Seil mit der Jolle und fuhren mit der Flut wieder zurück. Da sie auch noch die Ruder gebrauchten, kamen sie mit dem Eintritt des höchsten Wasserstandes recht gut vorwärts, nur als die Ebbe sich fühlbar machte, ließ sich das große Fahrzeug, in das wieder Wasser eingedrungen war, nur sehr mühsam schleppen. So dauerte es bis zum späten Nachmittag, ehe die Jolle das rechte Ufer des Sees erreichte. Der Steuermann hielt es nicht für gut, unter diesen Umständen eine Nachtfahrt zu wagen. Außerdem zeigte der Wind gegen Abend Neigung abzuflauen, während die Brise höchstwahrscheinlich, wie es in der schönen Jahreszeit fast stets geschieht, mit den ersten Sonnenstrahlen wieder auffrischen würde. So lagerten sie sich also und segelten erst am nächsten Tag nach Westen. Die Fahrt über den See ging ohne die geringste Störung vonstatten. Gegen drei Uhr nachmittags tauchten die Höhen des Auckland-Hügels am westlichen Horizont auf. Um fünf Uhr fuhren die Jolle und die Schaluppe in den Rio Seeland ein und gingen unter dem Schutz des kleinen Dammes vor Anker.
Während ihrer Abwesenheit hatte sich Doniphans Zustand ein wenig gebessert. Der tapfere Junge vermochte jetzt schon den Händedruck seiner Kameraden zu erwidern. Obgleich er noch auf strenge Diät beschränkt blieb, so begannen seine Kräfte doch zuzunehmen, und unter den Umschlägen, die Kate von zwei zu zwei Stunden erneuerte, mußte sich seine Wunde voraussichtlich bald völlig schließen.
Ohne Zweifel brauchte er aber noch eine lange Zeit bis zur völligen Genesung.
Am nächsten Tag schon nahmen die Ausbesserungsarbeiten ihren Anfang. Zuerst mußte man sich freilich tüchtig ins Geschirr legen, um die Schaluppe aufs Land zu ziehen. Bei dreißig Fuß Länge und – am Hauptquerbalken –

sechs Fuß Breite mußte sie für die siebzehn Passagiere ausreichen, die jetzt zu der kleinen Kolonie gehörten.
Nach diesem mühseligen Anfang gingen die Arbeiten aber sehr regelmäßig vor sich. Ein gleich guter Schiffszimmermann wie guter Seemann, verstand sich Evans vollkommen darauf und lernte dabei auch die Geschicklichkeit Baxters zu schätzen. An Material fehlte es hier ebenso wenig wie an Werkzeugen. Mit den Überresten vom Rumpf des Schoners konnte man die zerbrochenen Krummhölzer, die geborstene Bordwand und die zerstörten Kreuzhölzer wiederherstellen; das alte, in eingedicktem Fichtensaft wieder erweichte Werg gestattete, die Fugen des Rumpfes vollständig abzudichten.
Die früher nur am Vorderteil gedeckte Schaluppe wurde jetzt zu zwei Dritteln eingedeckt, weil das bei schlechtem Wetter besseren Schutz versprach. Die Bramstenge der »Sloughi« vertrat hier den Großmast, und Kate gelang es, unter Anleitung des Steuermannes die nötigen Segel herzustellen. Bei dieser Ausrüstung war das Gleichgewicht des Fahrzeuges besser gesichert, und man konnte außerdem den Wind jederzeit ausnutzen. Die Arbeiten nahmen aber immerhin dreißig Tage in Anspruch und wurden erst am 8. Januar beendet. Nun galt es nur noch, gewisse Einzelheiten der Ausrüstung zu bestimmen.
Der Steuermann wollte nichts außer acht lassen, um die Schaluppe in möglichst guten Zustand zu versetzen. Sie sollte ebenso zur Fahrt durch die Wasserstraßen der Magellanischen Inselgruppe geeignet sein, wie im Notfall einige hundert Kilometer unter Segel bleiben können, wenn es unumgänglich wurde, bis zur Niederlassung von Punta Arenas an der Ostküste der Halbinsel Braunschweig zu fahren. In der Zwischenzeit hatten die Kolonisten noch das Christfest gefeiert, das letzte, wie sie hofften, auf dieser Insel.
Auch die Genesung Doniphans schritt weiter fort, er konnte jetzt schon die Halle verlassen, wenn er sich auch noch recht schwach fühlte. Doch die gute Luft und kräfti-

ge Nahrung gaben ihm seine Kräfte sichtlich wieder. Übrigens beabsichtigten seine Kameraden gar nicht abzufahren, ehe er nicht imstande war, ohne Gefahr eines Rückfalls eine Reise für einige Wochen auszuhalten. Inzwischen nahm das Leben in der Höhle seinen gewohnten Fortgang, nur die Unterrichtsstunden, wurden nicht mehr so streng eingehalten, da die Kleinen, Jenkins, Iverson, Dole und Costar der Meinung waren, daß sie ihre Ferien nun doch noch nützen müßten.

Während der letzten zehn Tage des Januar ging Evans daran, das Fahrzeug zu beladen. Wohl wollten Briant und die anderen alles, was sie aus der »Sloughi« gerettet hatten, mitnehmen. Aus Mangel an Platz war das jedoch nicht möglich, und sie mußten daher sorgfältig auswählen. In erster Linie brachte Gordon das Geld sicher unter, das er an Bord der Jacht vorgefunden hatte, und das die jungen Kolonisten für ihre bevorstehende Heimfahrt möglicherweise dringend brauchen konnten. Moko sorgte für Mundvorrat in ausreichender Menge, und zwar nicht allein für eine auf einige Wochen berechnete Reise, sondern auch für den Fall, daß die Umstände sie zwingen würden, auf einer Insel des Archipels an Land zu gehen, ehe sie einen günstigen Hafen erreichten. Auch was an Schießbedarf noch übrig war, fand ebenso wie die Gewehre und Revolver in den Kästen der Schaluppe Aufnahme. Doniphan bestand darauf, die beiden kleinen Geschütze der Jacht mitzunehmen. Belasteten sie das Fahrzeug zu stark, so konnte man sich ihrer unterwegs ja jederzeit entledigen.

Das nötige Süßwasser, das sie aus dem Fluß schöpften, ließ Gordon in zehn kleine Fässer füllen, die unten im Boot aufgestellt wurden.

Am 3. Februar war die gesamte Ladung untergebracht. Jetzt handelte es sich nur noch darum, den Abfahrtstag zu bestimmen, sobald Doniphan in der Lage war, die Reise aushalten zu können. Dieser aber verursachte keinen nennenswerten Aufschub mehr. Seine Wunde war gänz-

lich vernarbt, und auf Briants oder Kates Arm gestützt, unternahm er jetzt täglich größere Spaziergänge.
»Reisen wir ohne Verzug ab!« sagte er. »Wenn ich erst unterwegs bin, wird die Seeluft mich bestimmt vollends wiederherstellen.«
Die Abfahrt wurde nun auf den 5. Februar festgelegt. Am Vorabend dieses Tages setzte Gordon die Haustiere wieder in Freiheit. Guanakos, Vigogne-Schafe, Trappen und das ganze Federvieh – alles flüchtete, undankbar für die genossene Pflege, die einen, was sie laufen, die anderen, was sie springen konnten.
»Die Undankbaren!« rief Gordon. »Das ist der Lohn für alle Mühe, die wir an sie verschwendeten!«
»Ja, so ist nun einmal die Welt!« antwortete Service mit so komischem Ernst, daß sein philosophischer Ausspruch mit allgemeinem Gelächter aufgenommen wurde.
Am nächsten Morgen schifften sich die jungen Passagiere auf der Schaluppe ein, die Jolle wurde ins Schlepptau genommen. Bevor sie aber die Taue vom Ufer lösten, wollten Briant und seine Kameraden noch einmal zu den Gräbern von François Baudoin und Forbes gehen. Andächtig beteten sie ein letztes Mal für die beiden Unglücklichen.
Doniphan hatte am Hinterende des Bootes neben Evans, der das Steuer führen sollte, Platz genommen. Im Vorderteil hielten Briant und Moko die Schoten der Segel, obwohl man zur Fahrt auf dem Fluß mehr mit der Strömung rechnen konnte als mit dem Wind, dessen Richtung durch die Kette des Auckland-Hügels vielfach geändert wurde. Die übrigen suchten nach Gutdünken ihren Platz auf dem Deck. Die Taue wurden losgeworfen, und die Ruder schlugen in das Wasser.
Drei Hurras grüßten noch einmal die gastliche Wohnstätte, die den jungen Kolonisten für so lange Monate ein sicheres Obdach gewährt hatte, und nicht ohne gewisse Rührung sahen sie den Auckland-Hügel hinter den Bäumen des Ufergeländes verschwinden.

Den Rio Seeland hinab kam die Schaluppe kaum schneller als dessen Strömung vorwärts. Auf der Höhe der Schlammlache mußte Evans dann gegen Mittag Anker werfen. Erst ziemlich spät abends traf die Schaluppe an der Mündung des Flusses ein. Da es die Dunkelheit nicht zuließ, sich durch die engen Rinnen des Klippengürtels zu winden, wollte Evans als vorsichtiger Seemann den anderen Tag abwarten, um in See zu stechen.
Gegen Abend hatte sich der Wind gelegt, und als die Seevögel, die Felstauben, Möwen und Taucherenten ihre Löcher in der Felswand aufgesucht hatten, herrschte in der Sloughibai das tiefste Schweigen.
Am anderen Morgen mußte bei dem herrschenden Landwind die Fahrt verhältnismäßig leicht sein. Evans ließ also die drei Segel der Schaluppe hissen, und von der sicheren Hand des Steuermanns geleitet, glitt sie aus der Mündung des Flusses hinaus.
In diesem Augenblick richteten sich alle Blicke nach dem Kamm des Auckland-Hügels und dann auf die Felsen der Sloughibai, die mit der Umschiffung des Amerikanischen Kaps ebenfalls verschwanden.
Acht Stunden später drang die Schaluppe in den Kanal zur Seite der Insel Cambridge ein. Die letzte Spitze der Insel Chairman versank damit am nördlichen Horizont.
Die Fahrt durch die Kanäle des magellanischen Archipels ging ohne Zwischenfälle vonstatten. Vom Wind begünstigt, gelangte die Schaluppe am 11. Februar durch den Smith-Sund in die Magellan-Straße. Zur Rechten erhob sich die St.-Anna-Spitze, zur Linken, im Hintergrund der Beaufort-Bucht, bauten sich einige jener prächtigen Gletscherriesen auf, von denen Briant einen der höchsten vom Osten der Insel Chairman aus vor langer Zeit undeutlich gesehen hatte.
An Bord ging alles gut; man hätte glauben können, daß die Meerluft Doniphan ganz besonders zusagte, denn er aß und trank nicht allein kräftig, sondern fühlte sich auch schon so stark, daß er bereit war, das Robinsonleben

noch einmal aufzunehmen, wenn es das Schicksal erforderte.
Im Lauf des 12. Februar gelangte die Schaluppe in Sicht der Insel Tamar. Ohne hier anzulegen, schlug Evans eine südwestliche Richtung ein. Er plante, an der Ostküste der Halbinsel Braunschweig entlang bis zur Niederlassung von Punta Arena hinaufzusteuern.
Es wurde aber nicht notwendig, so weit zu segeln. Am Morgen des 13. rief Service, der im Vorderteil der Schaluppe stand: »Eine Rauchwolke an Steuerbord!«
»Das ist die Rauchsäule eines Dampfers!« rief Evans.
Briant erkletterte sogleich das Tauwerk des Mastes, erreichte die Spitze und rief: »Ein Schiff! Ein Schiff!«
Das Fahrzeug kam bald in Sicht. Es war ein Dampfer von sieben- bis achthundert Tonnen, der mit einer Geschwindigkeit von elf bis zwölf Seemeilen dahinfuhr. Die Jungen begannen zu rufen und feuerten die Gewehre ab. Der Dampfer bemerkte die Schaluppe, und zehn Minuten später legte sie neben dem Schiff an.
Mit wenigen Worten erzählten sie dem Kapitän von dem Abenteuer der »Sloughi«. Von dem verschollenen Schoner hatte man übrigens in England und Amerika mit reger Teilnahme gehört, und der Kapitän beeilte sich, die Passagiere der Schaluppe an Bord zu nehmen. Er bot sich sogar an, sie geraden Wegs nach Auckland zu führen, was für ihn keinen großen Umweg bedeutete, da sein Schiff nach Melbourne bestimmt war.
Die Überfahrt ging rasch vonstatten, und am 25. Februar schon ankerte der Dampfer auf der Reede von Auckland. Bis auf wenige Tage waren jetzt zwei Jahre verflossen, seit die fünfzehn Zöglinge des Internats Chairman fast dreitausend Kilometer weit von Neuseeland weg verschlagen worden waren.
Wir müssen darauf verzichten, die Freuden der Familien zu schildern, denen ihre Söhne so unerwartet wiedergegeben waren, Söhne, die man in den Tiefen des Stillen Ozeans ertrunken glaubte. Nicht einer fehlte von allen,

die einst der Sturm nach dem südlichsten Amerika verschlagen hatte. Fast augenblicklich verbreitete sich in der Stadt die Kunde, daß die jungen Schiffbrüchigen wieder heimgekehrt seien. Die ganze Bevölkerung strömte zusammen und jubelte laut.

Alle wollten genau wissen, was sich auf der Insel Chairman zugetragen hatte. Diese Neugierde sollte bald befriedigt werden. Erstens hielt Doniphan einige Vorträge; Vorträge, die ihm rauschenden Beifall brachten, worüber der Junge natürlich nicht wenig stolz war. Dann wurde auch das von Baxter, man kann sagen, Stunde für Stunde vervollständigte Tagebuch der Franzosenhöhle veröffentlicht, und es bedurfte vieler tausend Exemplare, um nur die Leser auf Neuseeland zu befriedigen. Endlich druckten die Zeitungen der ganzen Welt Berichte ab, denn es gab so gut wie niemanden, der sich nicht für den Unfall der »Sloughi« interessiert hatte. Die Klugheit Gordons, die Opferwilligkeit Briants, die Unerschrockenheit Doniphans, die stille Ergebnung aller, der Kleinen wie der Großen, fand überall bewundernde Anerkennung.

Es ist nicht notwendig, bei dem Empfang, der Kate und Evans zuteil wurde, länger zu verweilen. Hatten sie sich nicht für die Rettung dieser Jungen geopfert? Kate wurde von den Familien Briant, Garnett, Wilcox und manchen anderen beansprucht, ja fast erkämpft. Schließlich entschied sie sich für das Haus der Eltern Doniphans, dem sie durch ihre Pflege ja das Leben gerettet hatte.

Durch eine öffentliche Subskription wurde ein Handelsschiff, die »Chairman«, angekauft und Evans zum Geschenk gemacht, der damit gleichzeitig dessen Eigentümer und Kapitän wurde, nur mit der Bedingung, daß Auckland der Heimathafen zu bleiben habe. Und wenn ihn seine späteren Reisen nach Neuseeland zurückführten, fand er stets in den Familien »seiner Jungen« die herzlichste Aufnahme.

Die Arena-Bibliothek der Abenteuer im gebundenen Programm

Eine Auswahl der bedeutendsten klassischen Werke der Abenteuerliteratur liegt hier in moderner Gestaltung vor. Die Reihe wendet sich an junge und erwachsene Freunde der Abenteuerliteratur.

Robert M. Ballantyne
Die Koralleninsel

James F. Cooper
Der Rote Freibeuter

Daniel Defoe
Robinson Crusoe

Die späteren Fahrten des Robinson Crusoe

Conan Doyle
Die vergessene Welt

Alexandre Dumas
Die drei Musketiere

Die neuen Abenteuer der Musketiere

F. Gerstäcker
Die Flußpiraten des Mississippi

Rider Haggard
Volk des Nebels

Jatvigo Linquez
Der Cid

Herman Melville
Moby Dick

E. A. Poe/J. Verne
Das Rätsel des Eismeeres

Walter Scott
Der Bogenschütze des Königs

R. L. Stevenson
Die Schatzinsel

Der Junker von Ballantrae

Mark Twain
Tom Sawyers Abenteuer

Huckleberry Finns Abenteuer

Jules Verne
Der Kurier des Zaren

Reise um die Erde in 80 Tagen

Arena

Zwei fesselnde Tier-Anthologien von Wimm Willborg

Wimm Willborg
Donnernde Hufe
Edle Pferde haben zu allen Zeiten die Phantasie der Dichter angeregt. Ihre schönsten und spannendsten Geschichten hat Wimm Willborg hier zusammengetragen. Die Sammlung reicht von einer alten Beschwörungsformel, um selbst ein Zauberpferd herzustellen, bis hin zu Melvilles Geschichte vom Weißen Hengst, der die Menschen immer wieder beschäftigte. Wir lesen von Pferden in der Schlacht und vor dem Streitwagen und von der Reaktion der Indianer bei ihrer ersten Begegnung mit diesem Tier.
»Die Geschichten, Mythen, Zaubersprüche und Episoden bilden eine gehaltvolle Anthologie für Jugendliche, aber auch für pferdeliebende Erwachsene. Sehr empfohlen.« Basler Jugendschriftenkommission
192 Seiten, reich illustriert,
mehrfarb. Schutzumschlag

Wimm Willborg
Freunde auf schnellen Pfoten
Hunde, oft die treuesten, manchmal die einzigen Freunde eines Menschen: Von ihnen handelt diese Anthologie. Wir hören von Vierbeinern im Rudel und an der Leine, auf Wachtposten und im Jagdrevier. Aber auch der Hund als Filmstar fehlt hier nicht. So ist dieses reichillustrierte Buch mit seinen mal ernsten, mal heiteren Geschichten eine echte Fundgrube für jeden Hundefreund und darüber hinaus ein willkommenes Geschenk für die ganze Familie.
192 Seiten, zahlreiche Illustrationen,
mehrfarb. Schutzumschlag
